文庫

文庫書下ろし／長編時代小説

冬のやんま

読売屋 天一郎㈡

辻堂 魁《かい》

KOBUNSHA

光 文 社

この作品は光文社文庫のために書下ろされました。

読売屋天一郎　目次

『読売屋 天一郎（二） 冬のやんま』 主な登場人物

水月《みなづき》天一郎《てんいちろう》 ―― 築地の読売「末成り屋」の主人。二十二歳の時に、村井家を出る。座頭の玄の市、御家人部屋住みの修斎、三流と出あい、読売屋を始める。

村《むら》井《い》孝江《たかえ》 ―― 天一郎の母であり、村井五十左衛門の妻。

村井五十《いそ》左衛門《ざえもん》 ―― 千五百石の旗本。天一郎の母・孝江が後添えに入る。天一郎にとって育ての父。

蕪城《かぶらぎ》和助《わすけ》 ―― 「末成り屋」の売子。芝三才小路の御家人・蕪城家の四男。

錦《にしき》修斎《しゅうさい》 ―― 「末成り屋」の絵師。本名は中原修三郎。御徒町の御家人・中原家の三男。

鍬形《くわがた》三流《さんりゅう》 ―― 「末成り屋」の彫師であり摺師。本名は本多広之進。本所の御家人・本多家の二男。

玄《げん》の市《いち》 ―― 南小田原町に住む五十すぎの座頭。天一郎たちの後援者でもある。

壬生《みぶ》美鶴《みつる》 ―― 姫路酒井家江戸家老・壬生左衛門之丞のひとり娘。

読売屋　天一郎（二）
冬のやんま

序　目の上のこぶ

一

夜の汐留川《しおどめがわ》に、気だるげに鳴る足駄《あしだ》と雪駄《せった》の足音が流れていた。

新橋河岸《しんばしがし》の船着場に数艘《すうそう》の船影が、ひっそりと舫《もや》っていた。

小比丘尼《こびくに》の提《さ》げた二つの提灯《ちょうちん》の明かりが河岸場を見下ろす新橋《しんばし》にゆれ、それは暗闇の中を右へ左へとさまよう二つの人魂《ひとだま》のように見えた。

人影が橋へ通りかかるたび、人魂は人恋しげに影を追いかけ、駒下駄と雪駄が橋板を儚《はかな》げに鳴らすのだった。

「おかん……」

と二つの澄《す》んだ御勧進《おかんじん》の声が、とき折り、暗い静寂《しじま》にからみ合った。

二人の小比丘尼は、八官町《はちかんちょう》の裏店《うらだな》で春を鬻《ひさ》ぐ比丘尼女郎《じょろう》の客引きだった。深まりゆく冬の夜更《よふ》け、毎晩、新橋で客を引いている。

新橋から中《なか》ノ橋《はし》へかかる西の川筋に、土手店《どてだな》の明かりがちらほらとこぼれていた。

一軒の土手店の年配の亭主が、今しがた腰を上げた三人連れの残したちろりや猪口《ちょこ》、肴《さかな》の皿、煙草盆《たばこぼん》を片づけながら、粗末な竹格子《たけごうし》の小窓より暗い川面《かわも》に浮かぶ寂しい町明かりを見やった。

それから橋上にゆれる小比丘尼の提灯の明かりへ眼差《まなざ》しを流し、「さぶ」とひと言呟《つぶや》いて汐留川へ開いた窓の障子戸《しょうじど》を閉めた。

店は煮炊《にた》き物の鍋を架けた竈《かまど》が土手通りへ向き、甘辛い匂いと薄い煙を明かりとりの格子窓から表へまいていた。

竈と鉤型《かぎがた》になった壁ぎわに流し場と調理台のある板場に続いて、《あなごの蒲焼《かばやき》》などと記した腰高障子《こしだか》の二枚戸が土手通りを隔てている。

入れ床の席と長腰掛《ながこしかけ》の並ぶ店土間に、客の姿はもうなかった。

店土間の反対側の壁に品書《しなが》きの札が貼ってあり、土間の一隅《いちぐう》から壁に沿って手摺もない狭い梯子段《はしごだん》が屋根裏部屋へ上がっている。

屋根裏部屋に、どん、と音がして亭主は足を止め、煤《すす》けた天井を見上げた。

酔っ払った小天雅《こてんが》の喚《わめ》き声が聞こえた。

またか？——と、亭主は首をひねった。

流し場へいき、桶《おけ》に水を汲《く》んで洗い物を始めていると、天井が再び、どんどん、と鳴った。そして、小天雅のさっきより刺々《とげとげ》しい喚《わめ》き声が続いた。

「酒癖《さけぐせ》がな……」

亭主は天井を見上げて呟いた。

夜の四ツ（十時）がすぎ、店を閉じる刻限だった。だが一刻《いっとき》（二時間）ばかり前、小天雅がここら辺では《やんま》という綽名《あだな》で通っているてき屋の公平《こうへい》を連れて現われ、屋根裏部屋へ上がったまま下りてこないため、店を閉められなかった。

小天雅はきたときからすでに、酔っ払っていた。

「酒っ」

亭主にひと言投げ、「やんま、こい」と、着物の前身《まえみ》ごろをつかんで梯子段を駆け上がっていき、従う公平とともに屋根裏部屋に消えた。

新しい「酒っ」の声が次々とかかり、ちろりを持って上がるたびに小天雅の目が据わっていくのがわかった。何度目かのとき亭主は、

「菱蔵《ひしぞう》さん、そろそろきり上げどきじゃありませんか」

と止めた。

菱蔵とは、当代の人気歌舞伎役者・姫川《ひめかわ》菱蔵のことである。師匠・市瀬《いちのせ》十兵衛《じゅうべえ》の俳号《天雅《てんが》》にちなんで《小天雅》と呼ばれ、それが芝居好きの間に愛称として広まった。

だが、小天雅は酔眼《すいがん》を血走らせ、「余計な口出しをするな。それよりどんどん酒を持ってきやがれっ」と、かえって声を裏がえす始末だった。

小天雅が酔うといつもこうなった。自分を見失い、正体をなくして喚き散らしたり、ときには暴れ出して手に負えなくなることがあった。

「公平、さあもっとやれ。これでやれ」

小天雅は小鉢の香《こう》の物を煮皿へぶちまけ、公平に小鉢を差し出した。

「ああ、菱蔵さん、ほどほどになすって」

亭主は白髪《しらが》まじりの眉をしかめた。

「うるせえっ」

小天雅は怒鳴り、ちろりの酒を公平に持たせた小鉢へどぼどぼとついだ。

公平は無理やり連れてこられたらしく、両肩の間に青ざめた顔を埋め、小天雅のなすがままだった。

亭主は流し場で洗い終わった皿や鉢を棚に並べた。

火を落とすために竈の前へかがんだ。

「酒癖がな……」

と、また呟いて竈の燃え残った薪《たきぎ》に手をのばしたときだった。

突然、どどどどど……と天井がゆれて、屋根裏部屋から皿や碗のひっくりかえる音が聞こえた。

天井をふり仰いだ次の瞬間、小天雅が悲鳴を上げて梯子段を転がり落ちてきた。

「わおおお」

と、小天雅は下まで転がり落ち、店土間の隅に「ぐふ」とひっくりかえって四肢《しし》を投げ出した。

亭主が啞然《あぜん》とする間《ま》もなく、公平が梯子段を軽々とはねて小天雅の腹へ飛びかかり、獣《けもの》のような奇声を発し殴りかかるのが見えた。

馬乗りになった公平は両腕を激しく交互に羽ばたかせ、小天雅へ息つくひまもない拳の連打を浴びせた。

公平の拳が顎《あご》の細い小天雅の優顔《やさがお》に鈍い音をたててはじけ、そのたびに優顔が風に震える小枝みたいにゆれた。

小天雅は下から金切り声を上げて罵《ののし》り、公平をふり落とそうと腹を突き上げ、身体をくねらせ、両腕をめったやたらにふり廻した。小天雅よりもずっと小柄な公平は、腹の上でひょいひょいとゆさぶられた。

だが、ゆさぶられながらも浴びせる拳の雨が、的確に目から鼻、唇《くちびる》に頬、耳や喉を捉《とら》え、小天雅の金切り声の罵声《ばせい》が泣き声に変わるのに時間はかからなかった。

「あひぃぃぃぃ……」

と、言葉にならない悲鳴を上げ始めた。白足袋《しろたび》をつけた生白い両脚を、空《むな》しくばたつかせ、鼻血か唇が切れてか、血飛沫《ちしぶき》が飛んだ。

「ああ、い、いかん」

動顛《どうてん》した亭主がわれに返り、周章《あわ》てて竈の前から二人のそばへ走ったとき、小天雅はすでにぐったりしていた。公平を背中から抱き留め、

「やめねえか」

と叫んだ。

公平の身体は、亭主の両腕が余るほどに痩《や》せて小柄ながら、鋼《はがね》のように頑丈《がんじょう》で力が漲《みなぎ》っていた。その身体が亭主の抱き留めた腕の中で躍動《やくどう》し、拳を左右から見舞う動きに亭主の身体が逆に右や左へふり廻された。

ふり廻された亭主は堪《こら》えきれず、店土間へ「ああ」と叫んで転倒した。

ぐったりした小天雅は、すでに声も途《と》ぎれていた。

それでも公平の怒りは収まらないらしく、木偶《でく》のように虚脱《きょだつ》した小天雅の胸ぐらをつかみ店土間を引きずった。小天雅は引きずられるままだった。

「やんま、何をする」

亭主が公平の腕へ必死にすがりついた。

「こいつを川へ捨ててやるのさ。離さねえとおやじも一緒だぞ」

公平がぼそりと低く、しかしはっきりと言った。

すがりついた亭主諸《もろ》ともに引きずり、土間の長腰掛をがたがたと倒した。

「そんなことをしたら死んじまうぞ。誰か、誰かきてくれえ」

叫びつつ、亭主は自分と小天雅を一緒に易々《やすやす》と引きずる力強さに呆《あき》れた。

こいつあ魂《たま》消《げ》た……

亭主はのびた月代《さかやき》を横わけにし頭にちょこんと結んだ公平の髷《まげ》を見上げ、恐《こわ》くなった。

公平は表の腰高障子を開け放ち、二人を夜更けの土手通りへ引きずり出した。

「誰かあ、誰かあ、助けてくれえ」

亭主が喚くのもかまわず、新橋の方へ引きずっていく。

土手通りは表店《おもてだな》がみな板戸を閉じて真っ暗だった。

ただ、汐留川の堤につらなる土手蔵の黒い影の間に、夜店の軒提灯の明かりがちらほら灯《とも》っていて、その夜店から「なんだ、なんだ」と人が出てきた。

表店からも住人が板戸を開け、顔をのぞかせた。

しかし公平は気にするふうもなく、たちまち新橋の袖に差しかかった。

土手通りのあちこちから少しずつ出てきた住人らが、煮売屋の亭主と木偶みたいな物を引きずっている小柄な男との奇妙なとり合わせに戸惑いつつ、周りをとり囲み始めた。

「とめてくれ。菱蔵さんを、か、川へ捨てる気だ」

亭主が公平の腕から足へとりついて懸命に言った。

実際こんな夜更けに、片腕に木偶、片足に亭主を引きずって、いよいよ新橋に差しかかった男の様子は尋常ではなかった。客引きをしていた小比丘尼らが怯《おび》え、下駄と雪駄を鳴らして逃げた。

「おい、やめろ」

とり囲んだ住人らが、さすがに公平を止めに入った。

「なんだ、おめえ、やんまじゃねえか」

「ほんとだ。やんまだ。菱蔵って野郎を引きずってんのかい」

住人らの中から、そんな声がざわざわと起こった。

「やんま、いい加減にしろ」

そう言って肩をつかんだ住人の手を、公平は見向きもせずにはじいた。

住人らは公平の人を寄せつけない剣幕《けんまく》に、思わずたじろいだ。

公平は新橋の欄干《らんかん》の傍らまでくると、小天雅の胸ぐらをつかんだまま博多《はかた》の上等な帯に手をかけた。

それから、ぐで、と四肢を垂らした木偶の小天雅を冬の夜空へ高々と担ぎ上げたから、周りから「おお」とどよめきが起こった。

「やめろおっ」

足にすがった亭主が叫んだ。

そのとき、二人の小比丘尼が悲鳴を上げた。

夜空に担ぎ上げられた小天雅の、目の上にできたこぶが片目をつぶし、頬は腫《は》れて鼻血まみれに、顎が砕かれたみたいに歪《ゆが》んで、唇からも血をしたたらせて黒ずんだ舌を力なく垂らした幽霊のようになった顔を、二つの提灯が照らしたからだ。

「た、たけて、たすけ……」

小天雅は欄干の外に漆黒《しっこく》の奈落《ならく》を見て、かすかな泣き声をもらした。

奈落の底に三途《さんず》の川を渡す船が舫っていた。

喚声と悲鳴が湧き起こり、芝居小屋の客席の歓呼が小天雅こと、歌舞伎役者・姫川菱蔵を晴れやかに包みこんだかのようだった。

二

木挽町広小路《こびきちょうひろこうじ》森多座《もりたざ》では、霜月朔日《しもつきついたち》に大芝居の顔見世興行《かおみせこうぎょう》が幕を明けた。

顔見世は面《つら》見世とも言い、これから一年、森多座の舞台に上がる役者の顔ぶれを披露《ひろう》する興行であり、歌舞伎《かぶき》の新年の始まりだった。

堺町《さかいちょう》の中村座《なかむらざ》、葺屋町《ふきやちょう》の市村座《いちむらざ》と並んで、木挽町の森多座は、幕府より櫓《やぐら》を建てることが許された大芝居江戸三座のひとつである。

顔見世興行はまだ始まったばかりの中日《なかび》前、木挽町広小路の夥《おびただ》しい人通りにかまえた三階構造に瓦葺《かわらぶき》屋根、四面塗《しめんぬ》りこめの芝居小屋正面一杯に、色とりどりの幟《のぼり》が林立《りんりつ》し、軒下に吊り廻した提灯が華やかに灯されていた。

正面入り口上方に建てた櫓には座元《ざもと》の紋入り幔幕《まんまく》を廻《めぐ》らし、名題《なだい》と役者絵の看板が軒屋根にびっしりと並んで、芝居気分が賑《にぎ》やかに盛り上がっていた。

木戸前には、ひいき連《れん》より贈られた酒樽《さかだる》、饅頭《まんじゅう》の蒸籠《せいろ》、米俵や炭俵の積物《つみもの》が高々と積み上がっている。ひいき連は、大川端《おおかわばた》、北新堀《きたしんぼり》、南新川《みなみしんかわ》、東湊町《ひがしみなとちょう》、箱崎町《はこざきちょう》の五ヵ町に築地《つきじ》と鉄砲洲《てっぽうず》を入れた七ヵ町から出ている。

入り口の木戸番《きどばん》は七つほどあって、その左右に鼠木戸《ねずみきど》が開いている。

木戸の周りにぞくぞくと客がつめかけてできた雑踏《ざっとう》、口論や急病人、木戸を突くただ入りを見張る舞台番の、紺羽織《こんばおり》に裾端折《すそはしょ》りで黒頭巾《くろずきん》を粋《いき》にかぶった扮装《いでたち》が、これはこれで物々《ものもの》しくも芝居小屋風景の絵になった。

そこへ木挽町の顔役が、晴れやかに着飾った女房に娘、供《とも》の女や若い者を引きつれ、雪駄の音も高らかに現われた。すると木戸番や舞台番の男衆《おとこし》が、

「いらっしゃいやし。本日はようこそのおこし、ありがとうございやす」

「ようこそのおこし……」

「ありがとうございやす」

と、あちらからもこちらからからも、めでたげな調子の声が飛び交った。

顔役は「おう」と胸を反《そ》らせて会釈《えしゃく》をかえし、みなを率いて鼠木戸をくぐって

いく。町内の顔役は、むろん、ただである。

その顔役一家が出方《でかた》に案内されて入ったうずら（下桟敷《しもさじき》）内御簾《うちみす》六《ろく》の間《ま》より、客が桝席《ますせき》を埋めて煙草の煙がたちのぼる平土間《ひらどま》をこえた西側上桟敷太夫一《たゆういち》の間《ま》に、武家と思《おぼ》しき一団が座を占めているのが眺められた。

一団は手摺《てすり》のそばに女性《にょしょう》二人と商家の主人風体《ふうてい》の男、その後ろに年配と若い侍二人、そしてもうひとり手代拵《てだいごしら》えの男の六人連れだった。

どうやら六人連れは手摺そばの女性が正客で年配と若い侍は供の者らしく、侍たちは女性が顔を斜《はす》にして何か言うたびに頭を垂れ、ひそやかに応《こた》えていた。

しかし女性のひとりは、年のころはまだ十二、三。薄桃《うすもも》の着物に赤や黄の牡丹《ぼたん》の裾模様、片はずしに結《ゆ》った髪形や目尻に刷《は》いた紅《べに》で無理やり大人びさせて拵えた小《こ》生意気《なまいき》さが、澄ました鼻筋に表れている小娘だった。

そして今ひとりの女性は、髪は豊かな一輪のしのぶ髷《わげ》に結い、目にも鮮やかな藍《あい》の小袖《こそで》と銀鼠《ぎんねず》に緋《ひ》の細縞《ほそじま》の仙台平《せんだいひら》を着け端然《たんぜん》と背筋をのばす姿が、そこだけに特別な日溜《ひだま》りができているかのようだった。

白い容顔《かお》に細くきりりと描かれた眉、怜悧《れいり》さと野性の光を秘めたきれ長の目、絵から写しとったようなひと筋の鼻梁《びりょう》の下に結んだ深紅《しんく》の唇は、冷たげに凛《りん》として美しい相貌《そうぼう》を高慢《こうまん》にさえ見せていた。

一方でその美しい相貌のどこかしらに儚げな息吹《いぶき》を湛《たた》えて見えるのは、柔らかく下る頬へわずかに差した朱《しゅ》と、戯《たわむ》れかかったほつれ髪のせいである。

その匂いたつばかりの女性の扮装《いでたち》を侍ふうに拵《こしら》えた輝きが、周りの目をひかずにはおかなかった。

幕明け前の狂言方《きようげんかた》の柝《き》が打ち鳴らされる中、上桟敷に女性をとり巻く一行が現われたとき、平土間の客が一行を見上げてどよめいた。

「誰だい、あの侍拵えの別嬪《べっぴん》は」

「わからねえよ」

「魂消《たまげ》たねえ」

と、口々に言い合うそんなどよめきが定式幕《じょうしきまく》の内《うち》にも伝わり、出方や舞台の狂言方が幕の袖から「どうしたんだい」と平土間をのぞいたほどだった。

そのどよめきは一行が上桟敷の間に坐してからも平土間の客をざわめかせ、柝とともに一座の頭取《とうどり》・玉櫛《たまぐし》弥右衛門《やえもん》の口上《こうじょう》が、舞台正面三色の定式幕を背に始まるまで収まらなかった。

しかしその朝、頭取の弥右衛門が裃《かみしも》姿で恭《うやうや》しくも、本日の狂言のひとつ《奥《おう》州《しゅう》安《あ》達原《だちがはら》》の立役《たちやく》・姫川菱蔵《ひめかわひしぞう》急病のため急きょ市瀬金之助《いちのせきんのすけ》を代役にたてる旨《むね》の口上を始めた途端、一旦鎮《しず》まった客席に割れるような喚声がうず巻いた。

向《むこう》桟敷の客が喚きたて、女客の間からは悲鳴すら起こった。

上桟敷太夫一の間から向桟敷や平土間の騒ぎを見下ろしていた姫路酒井家江戸家《ひめじさかいえどが》老《ろう》・壬生左衛門之丞《みぶさえもんのじょう》の息女美鶴《みつる》が、隣の扇屋角平《おうぎやかくへい》に小声で話しかけた。

「姫川菱蔵とは、それほど人気の高い役者なのか」

扇屋は美鶴の白磁《はくじ》の肌と甘い匂いがわずかに近づいたため、年甲斐《としがい》もなくたじろぎを覚えつつ、「は、はい。さようでございます。お姫さま」と応えた。

「姫川菱蔵は五世市瀬十兵衛《ごせいいちのせじゅうべえ》の甥《おい》でございます。荒事《あらごと》は申すまでもなく、和事、実事、をも得意とし、容姿風采《ふうさい》は端麗《たんれい》、張りのある声での台詞《せりふ》廻しは客を酔わせ、いずれは江戸歌舞伎を支える名題役者、六世市瀬十兵衛に間違いなしと、称《たた》えぬ者のない当代きっての歌舞伎界若手の立者《たてもの》でございます」

ふうん、と舞台の方へ眼差《まなざ》しを泳がせた美鶴の見事なほど端麗な横顔に、扇屋はぞくりとし、さらに続けた。

「正徳《しょうとく》のころから出始めました千両役者に、今一番近い若手は、姫川菱蔵と言われており、殊《こと》に菱蔵演ずる弁慶《べんけい》は当たり役でございまして、菱蔵の弁慶に花道《はなみち》から大きな目で睨《にら》まれた女の客の中に、失神《しっしん》する者が出たと評判でございます」

「ははは……」

失神と聞いて、美鶴が深紅の唇の間から真っ白な歯並《はなみ》を見せた。

「そんなに人気が高いのなら客が騒ぐのも無理はないな。わたしも観《み》たかった」

「美鶴さま、わたしも観とうございました。残念ですわ」

美鶴の反対隣のお類《るい》が、奥女中《おくじょちゅう》を真似たませた言葉遣いで言った。

「はいはい。わたしどももお姫さまとお類さまをようやくお招きできましたまさに今日という舞台に、お目当てのひとりの菱蔵が急病とは、まことに残念でなりません。おほほ、おほほ」

扇屋は十三歳の類へ愛想《あいそ》笑いを投げた。

「……だとさ」

美鶴がお類に軽やかに言ったとき、直しの柝が大きく二つ打たれ、幕明けの華やかな鳴り物が始まった。

その日は、新川に店をかまえる酒井家上屋敷御用達《ごようたし》酒問屋・扇屋角平の供応による森多座顔見世興行の芝居見物だった。

美鶴と美鶴のお付き女中のお類、それに芝居好きというので美鶴の供を申しつかった上屋敷の勤番侍《きんばんざむらい》二人が、まだ暗い朝六ツ（六時）前、木挽町広小路に一番太鼓《いちばんだいこ》の鳴り響く大茶屋の芝居茶屋《村雨《むらさめ》》に上がった。

村雨では扇屋角平と手代が、朝食や芝居見物を楽しみながらの菓子、つまみの寿しなどの支度を整えて待っていた。

上演刻限は法度《はっと》では早朝より夕七ツ半（五時）時分と定められているが、田沼意次《たぬまおきつぐ》が権勢をふるう安永《あんえい》の近ごろは厳しい詮議《せんぎ》はなく、森多座では朝六ツから夕方六ツが開演の刻限だった。

席料は高いところで茶屋買切値段で大概三十五匁《もんめ》余り、一番安い追込場《おいこみば》で百文《もん》ほど。ほかに桝席の敷物代が二百文に煙草盆が二百文である。長屋の店賃が月に四百文から千文ぐらいなのに、桝席の敷物代や煙草盆が二百文ぐらいとは、茶屋買い切り値段とはいえ、相当高額である。

その日の森多座は、ほぼ満席の入りだった。

場内に熱気がたちのぼり、うず巻く昂揚《こうよう》と歓声が絶えなかった。

芝居小屋では芸者を呼ぶことができ、客の中には築地の町芸者を呼んで芝居見物を楽しむ一団もいて、華やかなことこの上ない。

午前の一番狂言と午後の二番狂言の長い幕間《まくあい》には、村雨に戻って昼食になった。

昼食は本膳ではなくとも、卵焼《たまごやき》に蒲鉾《かまぼこ》、こんにゃく、焼豆腐に干瓢《かんぴょう》やらと、円《えん》扁平《へんぺい》の焼握《にぎ》り飯《めし》が十個も詰まった相当贅沢《ぜいたく》な六寸重箱の料理だった。

重箱とともに酒が用意されていた。

その昼の膳で少しばかり口にした酒に幾ぶん火照《ほて》りを覚えた美鶴は、村雨の二階八畳の客座敷を廻る黒光りのする板敷の、見晴らしがいい廊下に坐していた。

廊下は太い格子の手摺《てすり》があって、大庇《おおびさし》が日を遮《さえぎ》り、ひやりと下りてくる冷気が手摺にゆったりと凭《もた》れた美鶴の火照《ほて》った肌を、心地よく鎮めていた。

格子ごしに、熊笹《くまざさ》の小藪《こやぶ》と石灯籠《いしどうろう》、枝ぶりのいい松の老樹が中庭を囲う黒板塀《くろいたべい》より高くのび、中庭をこえて、大茶屋、前茶屋、小茶屋などの建物の間から木挽町広小路の人通りが眺められた。

ふう……と、美鶴は吐息をこぼした。

掌《てのひら》と長い指を扇のようにたててあおぎ、うっとりとしたいい気持ちと一緒に、わずかな胸苦しさを味わっていた。

この胸苦しさは、あの男のせいだとはわかっている。

満ち足りた気分というのではないけれど、格子ごしに早朝よりの芝居の熱気と昂揚の余韻《よいん》を覚えつつ、穏やかな眼差しを遊ばせていた。

火鉢に炭火が熾《おこ》って暑いくらいの座敷では、芝居好きの供侍二人と扇屋の主人と手代の四人、そこにお類が加わって、まだ酒をちびちびと舐《な》めながら、五世市瀬十兵衛が三立目《みたてめ》に演じた《暫《しばらく》》のつらねを、

「……問わでもしるき　源《みなもと》は露玉川《つゆたまがわ》の上水《じょうすい》に……」

などと口真似て、拍手したり大笑いしたりと、傍《はた》から見ていてもおかしくなるくらいの浮かれぶりだった。

お類は大人の男たちにまじって浮かれるのが楽しくてならないらしく、まだ十三歳なのに酒まで一緒に呑んでいた。

「お類どのは酒はまだ早かろう。おじいさまに叱られるぞ」

年配の供侍が止めるのも聞かず、

「いいの。今日は特別なの。わたしにもついでくだされ」

と、杯を差し出すのがちょっと心配にはなった。

けれど、美鶴は心地よい冷気の中で格子に凭《もた》れ、何かしら胸苦しさをともなうこのうっとりとした気分に、今少し浸っていたかった。

そこへ、廊下の先の隣の部屋から男たちが交わす通《つう》らしい芝居談義が、ぼそりぼ

そりと聞こえてきた。

「そりゃあ、暫は成瀬《なるせ》屋の家の芸だ。市瀬ときたら初世《しょせい》から荒事の十兵衛の右に出る役者はいねえ。当代五世十兵衛、おらあ、五世の花道で演《や》ったつらねを聞いていて、見事な台詞廻しにほれぼれ聞き惚《ほ》れ、涙が止まらなかった」

「あっしあ、今年は中村座の音羽《おとわ》屋がひいきさ。まあ市瀬十兵衛は別格として、尾《おの》上《え》菊五郎《きくごろう》は今まさに、花実相対《はなみあいたい》の大立者《おおだてもの》。出方の倅《せがれ》が大《て》えした役者に出世したもんじゃねえか」

「葺屋町の市村座は、今年は四世松本幸四郎《まつもとこうしろう》が座頭《ざがしら》だ。あの隆《りゅう》とした風采で男伊《だ》達《て》に相撲《すもう》、実悪《じつあく》を演らせたら高麗《こうらい》屋の凄《すご》みには誰も敵《かな》わねえ」

「若女方《わかおんながた》はやっぱり、四世岩井半四郎《いわいはんしろう》と三世瀬川菊之丞《せがわきくのじょう》の二人かね。大和《やまと》屋の世話物の女房役の色気には、身震いがするぜ」

「わかるわかる。実悪の高麗屋と若女方の大和屋がからんだ日には、こいつあもうただじゃあ収まりがつかねえよな」

ふふ、うふふふ……と、男らの含み笑いが続いた。

そんな芝居談義が、美鶴の好奇心を少しくすぐった。

確かに、芝居の熱気と昂揚には美鶴も酔わせられた。

「なるほど、そういうものなのか。みなが熱狂するわけだ」

美鶴は呟き、格子に凭れかかって眼差しを広小路の方へ遊ばせつつ、男らのまったりと続くやりとりへ、聞くとはなしに聞き耳をたてた。

「……ところが四世高麗屋は五世成瀬屋とも音羽屋とも反りが悪い、っつうぜ。四世高麗屋は大立者には違いねえが、人柄に障《さわ》りあり、ってえもっぱらの評判だ」

「あっしもそれは聞いた。けどよ、成瀬屋だってよそのことは言えねえよ。小天雅《こてんが》というやっかいなお荷物を抱えているじゃねえか」

「小天雅な。あの若さであれほどの才に恵まれていながら、やつの気性はもうちょっとなんとかならねえのかねえ。あれじゃあ宝の持ち腐れだ。叔父きの五世十兵衛はさぞかし気をもんでいるんだろうな」

「仕方がねえよ。小天雅の博奕《ばくち》好き、酒好き、女好きは評判だぜ。今は八官町の比丘尼にもっぱららしい」

「八官町の比丘尼？　へえ、好きな野郎だね」

こてんが、って誰のこと？——と、美鶴はそそられた。

「そうそう、さっき舞台番の順吉《じゅんきち》と遇《あ》って、誰にも話さねえという約束で聞いたんだがな。小天雅の急病につき金之助代役の真相は、昨夜、新橋で酔っ払ってもめ事に巻きこまれたからららしいぜ」

「もめ事たあ、喧嘩かい」

「ふん、それもぼこぼこにやられて、顔中こぶだらけ。まだひとりで起き上がることもできねえっつう事情さ」

ああ、姫川菱蔵の急病により、急きょ代役をたてたあの口上の一件？　こてんがとは姫川菱蔵のことか、と美鶴は気づいた。

「それも相手は誰だと思う」

「誰でえ」

「てき屋の公平という若い男だ。知ってるかい」

「てき屋の公平……知ってるぜ。やんまの公平だろう。やんまみてえに身軽だが、ちびの痩せっぽちで、そんなに腕っ節《ぷし》の強《つえ》え男には見えねえが」

「大男ではなくとも小天雅は、荒事の市瀬一門の血筋だ。けっこう大柄だ。それがぼこぼこだっつうから、相当酔っ払っていやがったんだろう」

「しょうがねえ男だな。遊びも芸の肥《こ》やしと言うが、それにも限度をわきまえにゃあな。で、やんまはどうなったい」

「公平はな……」

男らの声が小さくなった。

美鶴は冬の青空へ目を泳がせた。

白い雲がたなびき、広小路のざわめきがかすかに聞こえている。

ふっ、と溜息をつき、それから読売《よみうり》のことを考えた。

いずれは江戸歌舞伎を支える名題役者、六世市瀬十兵衛に間違いなしと、称えぬ者のない当代きっての歌舞伎界きっての若手の立者が、新橋でぼこぼこに……

これは読売の種になる。

美鶴は考えた。しかし考えていると、また少し胸苦しくなった。

第一章　読売種《よみうりだね》

一

そのとき、ふっ、と男の脳裡《のうり》を《何か》がかすめた。

男は幾ぶん細面《ほそおもて》の精悍《せいかん》な相貌を、黒塗り桟《さん》の腰障子へ廻《めぐ》らした。

腰障子をたてた向こうは小広い中庭に面した縁側になっている。

縁側の方に何かの気配が兆《きざ》したわけではなかった。

縁庇《えんびさし》と庇に吊るした軒灯籠《のきどうろう》の影が、白い障子に映っていただけである。

男は眉尻《まゆじり》が鋭い奥二重《おくぶたえ》の目元をゆるめた。今朝出かける前、三十間堀町《さんじっけんぼりちょう》のいきつけの髪結《かみゆい》で青々と剃《そ》った月代《さかやき》と、町人風体に結った小銀杏《こいちょう》に軽く触れた。

年のころは、二十代半ばあたりに見える。

脳裡をかすめた何かに誘われ、男は座を立っていき腰障子を開けた。

縁側に面した庭は網代《あじろ》の内塀に囲われていた。

内塀ぎわに木蓮《もくれん》や躑躅《つつじ》の灌木《かんぼく》がまばらに植えられていて、古い石灯籠がぽつんとひとつたっていた。塀の隅に小脇戸《こわきど》がある。

冬枯れた落ち葉が散らばり、庭の片隅には枯葉《かれは》が集められていた。

庭は冷えびえとしているけれど、午後の日が差して寒くはなかった。

塀ぎわの灌木をのぞけば、二十七年前、男がこの屋敷に住み始めたときとほとんど変わらぬ殺風景な、何もない庭だった。

しかし網代の内塀の外には、七百坪をこえる広い屋敷内の槐《えんじゅ》や欅《けやき》や楓《かえで》の木々が、早や枝葉《は》を落とし冬の風景に収まっていた。

男は五尺八寸をこえる涼しげな体軀《たいく》へ、紺地に吹き寄せの小紋を抜いた袷《あわせ》と独鈷《とっこ》の博多帯《はかたおび》、その上に鈍茶《にびちゃ》の羽織を羽織ったあまり目だたない拵えだった。

ただ、縁側へ踏み出した足袋《たび》だけが輝くほどに白かった。

やや鷲鼻《わしばな》の尖《とが》った鼻とこけた頰が、男の顔つきを固く見せていた。

眉尻の鋭い奥二重の目やすっと結んだ太めの唇、少し骨張《ほねば》った顎《あご》なども風貌《ふうぼう》に一徹《いってつ》な印象をかもしていながら、それでいて遠くへ投げた眼差しが何かしら寂しげで物悲しげな影を作っているのは、この男の育ちのせいかもしれなかった。

今日は屋敷内が妙に静かだった。

屋敷を訪ねるたびに何やかやとさわがしいのに、今日のような静けさは珍しい。

男は沓脱石《くつぬぎいし》がある縁側の上がり端に腰かけた。

内塀の外に並ぶ葉を落とした木々を見上げつつ、遠い昔の、木々のざわめきや風の音、雨の音、鳥の声などに耳を澄ましてひとり夢幻の中に戯《たわむ》れた童子《どうじ》の日々を思い浮かべた。

男には、遠い昔に一度だけ、あの小脇戸をくぐって内塀の中に忍びこんだ覚えがあった。

そうだあれは二十五年、いや二十六年前の、母親とともにこの屋敷へ移り住んで一年ほどがたった四歳のころだった。

色の浅黒い小太りの継父《けいふ》が縁側へ現われ、があ、としかめっ面に大きな咳払いをした。

童子はすくみ上がって、庭の石灯籠の陰に身を隠した。

しかし、一年が経ってもろくに口をきいたことがなかった継父の小股《こまた》で忙《せわ》しなげにちょこまかと歩く姿を、あんなにまざまざと見たのはそのときが初めてだった。

なぜか見てはならない秘め事を見た気がして、胸が破裂しそうなほどときめいたのを思い出した。

男は眉間《みけん》に長い中指を押しあて、苦笑を浮かべた。

そして、ふっ、と溜息をついたとき、

「天一郎《てんいちろう》、待たせましたね」

と、書院が二つ並んだ縁側の角に現われた女の声が、物思いを破った。

男の名は水月《みなづき》天一郎。二十代半ばに見えるが、今年三十歳になった。

築地の読売《末成り屋《うらなりや》》の主人である。

声をかけたのは、主《あるじ》である村井五十左衛門《むらいいそざえもん》の妻の孝江《たかえ》で、その前をやってくる主は、六十八になった今でも変わらない小股のちょこまかとした忙しげな足どりだった。

天一郎は縁側に立ち、二人へ町人風に腰を折った。

五十左衛門は浅黒いしかめっ面を天一郎へ向け、「ぐふ」と、つぶれた蛙《かえる》みたいな声をひとつ、無愛想《ぶあいそう》にかえしたばかりだった。

「寒くはありませんか」

孝江が訊《き》き、

「いえ」

と応える前に五十左衛門は、二つある書院の居室に使っている縁側奥の雪隠《せっちん》に近い六畳間へさっさと入っていった。

無愛想なところも昔のままである。

床の間を背に、濃《こ》い鼠《ねず》の袷《あわせ》にしめた博多帯の上へ小太りの丸い腹を乗せて坐った。

沈んだ紫地の袖なし羽織が、いかにも無役の小普請組旗本《こぶしんぐみはたもと》、という風体だった。

五十左衛門は、小普請支配下の組頭《くみがしら》や世話役を務めたこともなく、お番入りを目指したこともなく、ひたすら小普請衆として年月をすごし、六十に手が届いてからは老年《ろうねん》小普請役に廻った。老年小普請に廻ると小普請金は免除される。

五十左衛門はそんな自分を、よくここまでつつがなくやってこられた、と口元を殊さらに歪《ゆが》めて、気難しそうな顔つきを作って見せる。

しかしながら、その年寄り染《じ》みた風体や仕種《しぐさ》には勘定《かんじょう》ずくの芝居っ気が隠されていることが、天一郎は読売屋になってからだんだんわかってきた。

孝江は五十左衛門と並んで天一郎と向き合った。

こちらは今年五十七歳とは思えぬふっくら色白に、薄く紅を刷《は》いた小さな唇や童女のときからの癖という伏し目がちの恨めしげに人を見上げる目つきが、娘時代の可憐《かれん》な愁《うれ》いや面影《おもかげ》を未だに偲《しの》ばせている。

この孝江が天一郎を産んだ母親である。

二人が背にした床の間の化粧柱に、紅色の千両を活けた花立《はなたて》が飾られ、床の間には唐風《からふう》の絵の掛軸《かけじく》がかかっている。

「お呼びにより、うかがいました」

天一郎は軽く微笑《ほほえ》んで、改めて畳に手をついた。

「手を上げなさい」

と、孝江が即座に言った。

五十左衛門は上体を起こした天一郎へ、窪《くぼ》んだ眼窩《がんか》の底で皮肉っぽい目を向けていた。いつもならここで憎まれ口のひとつや二つ聞かせるのだが、今日の五十左衛門は珍しくむっつりと黙っていた。つまり、機嫌が悪いのだ。

末成《うらな》り屋から売り出した読売に何か不都合があったのか、と気になった。

そう言えば、五十左衛門と孝江の二人とこんなふうな向き合い方をするのは、八年前、村井家へ暇《いとま》を申し出たとき以来だった。

「わたくし、本日より築地《つきじ》の町家《まちや》を住まいとし、読売屋を生業《なりわい》といたします」

「読売屋とは、あのいかがわしい瓦版《かわらばん》を売り歩く者のことですか」

孝江がわが耳を疑うがごとくに訊きかえし、

「読売屋など、二足三文《にそくさんもん》の値打ちもない。あのような者、埒《らち》もない」

この世に無用の……と、五十左衛門は悪態を並べたてた。

二十二歳の冬だった。

「ご用の向きを、おうかがいいたします」

天一郎は、八年前のあの日のように、にっこりと微笑んだ。

今朝早く、村井家の顔見知りの中間《ちゅうげん》が孝江の文を持って築地の末成り屋の土蔵へ天一郎を訪ねてきた。

《御相談致《いた》したき事有之候《これありそうろう》　委細《いさい》は面談致し申し上げ候　至急当家に御出向き御《おん》願《ねが》い奉《たてまつ》り候……》

という文だった。

天一郎は、支度をしてなるべく早く村井家へ顔を出す旨《むね》を伝えて中間を帰し、三十間堀町の髪結へいき、その足で裏四番町《うらよんばんちょう》富士見坂《ふじみざか》にある村井家を訪ねた。

いつも通り中庭から台所のある勝手口へ廻ると、用人《ようにん》の竹中慎右衛門《たけなかしんえもん》があたふたと現われ、「お待ちいたしておりました。こちらへ」と、いきなり五十左衛門の居室に通されたのだった。

普段なら母親の孝江がまず応対に出て、御膳の支度をしてくれるのだが、今日は趣《おもむき》が違っていた。

「あなたから、どうぞ」

孝江が五十左衛門へ言った。

「おまえが、話せ」

五十左衛門は煙草盆《たばこぼん》を引き寄せ、煙管《キセル》をつまんだ。

刻《きざ》みを詰め、火種の火をつけた。それから吸い口を不機嫌そうに、がり、と音をたてて咥《くわ》え、煙をくゆらせた。

「そうですか。ならばわたくしから」

孝江は五十左衛門へ向けた冷ややかな目をそらし、天一郎へ向き直った。

「困ったことが起こりました。鹿太郎《しかたろう》のことです。手を貸してほしいのです」

「鹿太郎？　ほお、鹿太郎に何かあったのですか」

鹿太郎は、孝江が数え年四歳の天一郎をともなって五十左衛門の後添《のちぞ》えに入ってから三年目に生まれた、六歳下の弟である。

旗本の村井家の跡とりだが、今年早や二十四歳になるにもかかわらず、五十左衛門が村井家の家督《かとく》を譲らないため、剣の修行や勉学はとうに放り出して三味線《しゃみせん》、長唄《ながうた》に現《うつつ》をぬかし、麴町《こうじまち》の花町で遊び廻っている放蕩《ほうとう》息子だった。

村井家は小普請でも三河《みかわ》よりの家禄千五百石《こく》の大身《たいしん》であり、微禄の御家人の内職に明け暮れる小普請役と違い、暮らしに困ることはない。

吝嗇《りんしょく》な五十左衛門は、鹿太郎に家督を譲り鹿太郎が小普請役に就き、新たに家禄に応じて小普請金の割りあてられるのが面白くなかった。

せっかく自分が長い年月、忍耐を重ねて老年小普請に廻り、小普請金免除の立場を獲得したのに、なんでその立場を捨てて倅《せがれ》に家督を譲る必要がある。

どうせ小普請なら倅に家督を譲っても何もいいことはない、と思っていた。

だから鹿太郎には、剣術修行や勉学に旗本らしく励んで自らの身を修め、いずれ村井家千五百石の家督を継ぐときを待つほか、生きる道は多くはなかった。

そうなると旗本の跡とりもちょっと息苦しい。

ならばたまには羽目《はめ》をはずして遊蕩《ゆうとう》にでも、ということになり、鹿太郎はそうなった。ただ、たまにではなかっただけである。

「麴町にお富《とみ》という三味線と長唄を教える師匠がいます。鹿太郎が稽古に通っておりました」

「知っています。色っぽい年増《としま》のお師匠さんらしいですね」

五十左衛門が煙草盆の灰吹《はいふ》きに煙管の雁首《がんくび》を、がん、と打ちあて灰を落とした。

「鹿太郎がそのお富というお師匠さんと、懇《ねんご》ろになったのです」

「なるほど。三味線の色っぽい女師匠と若い弟子の仲、というわけですね」

「お富には亭主がいます。麴町の町内の顔役だそうです」

「顔役が亭主。それは少々まずい」

「でしょう。顔役の手下が、今朝ほど、三名ばかりわが家にきましてね。そういう事情でやむを得ず鹿太郎を預かっている。手荒なことはしたくないし、表沙汰《おもてざた》にするつもりもない。ただ、女房を寝盗《ねと》られたとあっては、たとえ相手が旗本千五百石の御曹司《おんぞうし》であっても顔役の顔がたたない。それなりの落とし前をつけてほしい、でなければ御曹司の身に落とし前をつけさせることになると、少々脅されました」

天一郎は思わず笑った。

孝江と五十左衛門が、怪訝《けげん》な顔つきになった。

「すみません。時世《じせい》ですね。顔役とは言え所詮《しょせん》は町家のやくざが侍の鹿太郎を拘束し、しかも旗本千五百石を強請《ゆす》りにくるとは」

色の生白いひょろりとした鹿太郎が、武骨《ぶこつ》なやくざらにとり囲まれて怯《おび》えている様子が目に浮かんだ。

「で、その手下らへは、どのようなご返事をなされたのですか」

天一郎は五十左衛門へ向いた。

「この人は会いはしません。じっと奥へ引っこんだままですよ」

「では、竹中さんが対応されたのですね」

「いえいえ。竹中も恐がってしまって、まるで役にたちませんでした。何しろ相手はいかにも無頼漢《ぶらいかん》という風貌のやくざでしたから。二本は差していても、飾りですのでね。仕方なくわたくしが……」

ははん、なるほど。それで孝江の夫・五十左衛門への妙に冷ややかな眼差しか、と合点《がてん》がいった。

五十左衛門は顔をそむけ、ふむむ、と鼻息をもらした。

「顔役の方は、なんだかんだと言っておりましたが、結局はわが家がそれなりの詫《わ》び代を出せば、このたびのお富との不義《ふぎ》はなかったことにできるし、鹿太郎には指一本触れずに戻すだろうと言っておりました」

「それなりの詫び代ですか。千五百石の旗本ならいくら出すか、顔役もそこら辺のさじ加減をはかっているのですね」

「千五百石ではあってもわが家の暮らしは楽ではありません。旗本としてのそれなりの体裁《ていさい》を保たねばならず、贅沢《ぜいたく》はできませんし、出入りの商人にだってつけが溜まっておりますしね。でも、跡とりの鹿太郎の身に不測《ふそく》の事態が起こってはわが家の大事になります。それなりのお金は工面《くめん》するつもりです」

「幾ら、お考えですか」

「わかりません。こういう場合、やくざはどれぐらい言ってくるものなのですか」

「相手次第ですね。弱いと知れば嵩《かさ》にかかって、骨までしゃぶります」

「五十両？　百両？」

孝江が訊きかえした。

天一郎は腕を組み、頷《うなず》いた。

五十左衛門は沈黙のまま、苦しそうに顔を歪めた。

「今は主がいないので今日中に返事を持って人を差し向ける、と言ってともかく手下らは帰しました。差し向ける人のことなのです。天一郎、いってくれませんか。竹中はさっきも言いましたように恐がってとても駄目です。下男や中間《ちゅうげん》にいかせるわけにはいきません。と言って、旗本の家の主がそういうところへ出かけるのは身分体裁上障《さわ》りがあります。あなたにお願いしたいのです」

「承知いたしました。あとはわたしが引き受けます。父上、どうぞご安心を」

五十左衛門へ笑みを投げた。

子供のころ、継父である五十左衛門を《父上》と呼んだ覚えはなかった。恐くて《父上》などと、とても呼べなかった。顔すらまともに見られなかった。

間違って目が合うと、おまえは一体どこの子だ、という顔つきで五十左衛門は天一郎をぎょろりと睨《にら》んだものだった。

面と向かって父上と言い、五十左衛門の方でも面と向かってはそれを許す素ぶりを見せ出したのは、この屋敷を出て読売屋になってからだ。

「お金はいくら持っていきますか」

「間男《まおとこ》の首代《くびだい》、七両二分を持っていきましょう」

「七両二分？　たった七両二分で、いいのですか」

「簡単に額が大きくなれば、やくざはさらに大きく強請ってくるでしょう。こういう場合、額の大小ではなく、駆け引きです。お任せを。鹿太郎の無事を第一に考えて交渉します」

五十左衛門のしかめっ面に少々、余裕の色が浮かんだ。五十両、百両、あるいはもっと高額になるかもしれなかった詫び代が七両二分ですむならと、安堵《あんど》しているのだろう。

「あなたに、任せます」

孝江が目を潤《うる》ませ言った。

「いいですね」

孝江が五十左衛門に言った。五十左衛門はいいとも悪いとも応えず、「うう……」とうめき、「馬鹿息子が」と吐き捨てた。

「親に心配ばかりかけおって。誰の血を引いた。わが血筋にあのような道楽者を出したことなどなかったのに」

「間違いなくあなたとわたくしの血を引いているのですよ。ご自分の倅のできの悪さを、血筋のせい、人のせいにして責任をとろうともなさらず文句だけは言う。それでも侍ですか」

珍しく孝江の厳しい言葉に、五十左衛門は肩をすぼめた。かえす言葉がなく、照れ臭そうに目を遊ばせた。

そのとき縁側に、ととと……と足音が無邪気《むじゃき》に鳴った。子供らしき影が二つ、障子に映った。

「だめよっ」

童女の叱る声がしたが、かまわずに縁側の障子が開いた。

くりくりした目に丸顔の幼童が障子の間からのぞいた。

目が細くて色黒の童女が、幼童の頭の上から部屋をのぞいている。

「あれえ、不良のおじさんだあ」

幼童が首だけを部屋へ差し入れ、にこにこした。

「馬鹿ね。読売屋の天一郎叔父さんよ」

姉娘が弟の前髪頭を軽くはたいた。

弟が「もう」と怒って、姉をふりかえった。

「蔵之介《くらのすけ》さんと利恵《としえ》さんだったね。今日も母上と遊びにきていたのかい」

「ううん、わたしたちだけ。しばらくこちらでご厄介《やっかい》になっているの」

姉娘の利恵がませた口調で言った。

二人は遠慮なく入ってきて、天一郎の傍らへちょこんと坐った。

「まあ、なんですか。二人ともお行儀の悪い。天一郎叔父さんにご挨拶なさい」

孝江がたしなめた。

姉弟は天一郎を見上げ、「こんにちは」と声をそろえた。

「ふむ。こんにちは。夏以来だね」

天一郎は姉弟へ笑いかけた。

五十左衛門には先妻との間に、長女静香《しずか》、次女秋野《あきの》、三女珠紀《たまき》の、天一郎より五つ四つ三つ上の年子の三姉妹がいた。

天一郎には、母孝江とともに村井家へ移り住んだころの、三姉妹の嘲笑《ちょうしょう》や睨みつける眼差しが苦痛でならなかった覚えが今でも残っている。

三姉妹は今ではそれぞれ嫁ぎ、姉弟は三姉妹の中でも一番気の強い静香姉さんの子らだった。利恵七歳と蔵之介四歳である。

静香は家禄二百五十石に職禄二百俵の池谷《いけたに》家に嫁いでおり、千五百石の村井家から二百五十石の池谷家に嫁いできてあげたというわがままが抜けないらしく、夫婦仲があまりよくないと聞いていた。

夫と喧嘩《けんか》をするたびに、子供らを連れて実家の村井家へ帰ってくる。

利恵と蔵之介とは、数ヵ月前、この屋敷をたまたま訪ねた折りに遇《あ》った。顔も面白いが、言うことも面白い姉弟だった。

「子供たちだけというのは、静香姉さんはどうしたんですか」

「悪阻《つわり》で具合がすぐれないのですよ。しばらく預かってほしいと頼まれ、それで半月ほど前からこの子たちがきているのです」

「おお、そうでしたか。それはめでたい。夏にきた折りは、宗之助《そうのすけ》さんと喧嘩をしたとかで、この子たちを連れて帰っていましたね。あれから夫婦仲は元通りに」

「そうなんでしょう。子供ができたのですから。知りませんけれどね」

五十左衛門が、子供らが邪魔だ、と咳払いをした。

こういうとき五十左衛門は自分からは言わない。人に言わせる。

「あなたたち、お祖父《じい》さまは天一郎叔父さんとお話があるのですから、お外へいって遊んでいらっしゃい」

はあい――と、二人はまた声をそろえながら、やはり動かなかった。

天一郎を見上げ、にこにこしている。蔵之介のくりくりした目が、長女の静香に似ていた。色黒の一重の利恵は父親の宗之助似らしい。

「お祖父さまのお話って、鹿太郎叔父さんのことでしょう」

利恵が得意げに言った。

天一郎は孝江と顔を見合わせた。

「今朝、変な人たちがお屋敷にきて鹿太郎叔父さんがなんだかんだって、言ってたもの。鹿太郎叔父さん、きっといけないことをしたのよ」

「どうしていけないことって、わかるんだよ」

「だって、今朝の変な人たち、みんな天一郎叔父さんみたいな格好してたもの。みんな不良なのよ」

「うふ、やっぱり叔父さん、不良なんだ。うふふ」

蔵之介が口を押さえて、おかしそうに言った。

「お母さまが仰《おつしや》っていました。村井家の男はみんなできが悪いから、女は苦労させられますって」

孝江がくすくすと笑いをこぼし、天一郎は蔵之介と笑い声をはじけさせた。

五十左衛門ひとりが、しかめっ面を持て余していた。

二

麴町へ向かう番町の道で、市ケ谷八幡《いちがやはちまん》の時《とき》の鐘《かね》が知らせる昼八ツ(二時)を聞いた。

天一郎の名は番方《ばんかた》の中でも特に気の荒いと評判の御先手組《おさきてぐみ》だった父親・水月閑蔵《かんぞう》が、賽子《さいころ》の一天地六《いってんちろく》の目からつけた。

どうせ人の世は思うままにはいかぬ賽子博奕《ばくち》の出目《でめ》のようなものなら、その人の世をせっせと生き抜いてみな。

とでも言いたかったと判ずれば少しは様にはなるにしても、早い話が閑蔵の博奕好きが高じて、授かった倅に天一郎と名づけた気楽さは呆れるほかなかった。ただし、天一郎は父親が気楽につけた自分の名がなぜか嫌いではなかったから、人の気だてはまさに人それぞれではあるけれど。

母親の孝江は、生家が小十人組《こじゅうにんぐみ》百石の貧乏旗本だった。嫁いだ水月家は四谷御門《よつやごもん》外の三百石の旗本で、孝江に言わせれば夫の閑蔵は、いかつい御先手とは思えぬ色白な細面《ほそおもて》と奥二重の眼差しにちょっと哀愁があって、長身瘦軀《そうく》にいつも着流した鮮やかな黒が似合う優男《やさおとこ》だったらしい。

「あなたの父親は、酒と博奕と喧嘩に明け暮れ、外の女と流した浮名《うきな》の絶えないやくざな人でした。けれど、御先手組の勤めを縮尻《しくじ》ったことはありませんし、剣の腕もたちました。根は気だてのいい愛嬌者《あいきょうもの》でしてね。背がすらりと高くてとても姿のいい粋《いき》な人でしたよ」

と、母親が父親・閑蔵を、以前そんなふうに語ったことがあった。

それがどこか自慢げに聞こえたのは、妻子を残してあっさりとこの世からおさらばした夫への、妻は妻なりの面《つら》あてかもしれなかった。また、

「あなたは父親にとてもよく似ています。あの人の血を受け継いだのですね」

そうも言ったが、それとて、姿形だけではなくやくざな血も受け継いで読売屋なんぞになった倅へのあてこすりと、とれなくはなかった。

閑蔵が、賭場の喧嘩が元でということになっている闇討ちに遭《あ》い命を落としたのは三十一歳のときだった。

相手は本所《ほんじょ》の悪の御家人がまじった数人の破落戸《ごろつき》らしいが、未だ詳しくはわからない。

天一郎が生まれて半年後のことだ。

だから天一郎は実の父親・閑蔵の顔を知らなかった。

知りたくもないけれど、希《まれ》に鏡に映った自分の顔を見て、ああ、こんな面だったのか、と思うことはある。

黒の着流しに一本をやさぐれた落とし差し。顔を隠した深編笠《ふかあみがさ》。近いところで麴町、遠くは両国柳橋《りょうごくやなぎばし》、足の向くまま気の向くままに、浅草《あさくさ》、本所、深川《ふかがわ》へ。雨が降れば蛇《じゃ》の目《め》を差して、妻子を忘れての道楽三昧《ざんまい》。

酒と博奕と女、芝居に浄瑠璃《じょうるり》、酔って興《きょう》が乗れば自ら三味線を奏《かな》でて、玄人《くろうと》の芸者さえうっとりさせる喉を聞かせる数寄者《すきしゃ》だったと言うけれど。

ふん、いい気なもんだ——と、天一郎は番町の坂道をいきながら呟《つぶや》いた。

更《ふ》けて待てどもこぬ人の、音ずるものは鐘ばかり……

天一郎は顔も知らぬ閑蔵が小洒落《こじゃれ》て唄っている気分になって、口遊《くちずさ》んでみた。

通りをいき違う武家のお女中らしき若い女が、天一郎を見て笑って通りすぎた。

それは、数寄者の水月閑蔵に相応《ふさわ》しい最期かもしれなかった。

けれど、閑蔵の急死は支配の御参政《ごさんせい》（若年寄）に知れ、武士にあるまじき不届きな素行とがめられ、水月家は改易《かいえき》にはならなかったものの二男が相続し、孝江は離縁。赤ん坊の天一郎を抱いて小十人組百石の貧乏旗本の実家へ戻らねばならなかった。

実家は年老いた両親に兄夫婦と子供らがいて、居づらい三年の日々がすぎた孝江が三十歳のとき、小普請役の村井五十左衛門の後添えに入る縁談が持ちこまれた。

五十左衛門は当時すでに四十一歳。八歳、七歳、六歳の三人姉妹の子があり、色黒のしかめっ面に小太り。金に吝《しわ》く、旗本千五百石の暮らしに心配がなさそうな家禄だけが取り柄の、容姿も人柄も評判の悪い男だった。

出戻りに子連れとは言え評判の美人だったために是非にと望まれ、気は進まなかったものの孝江に否《いな》やはなかった。

孝江は数え年四歳になった天一郎の手を引き、夕刻の光の落ちる裏四番町の富士見坂をのぼった。

普段と変わらぬ質素な装いに、一緒だったのは伯父ひとり。下男の引く水月家より持ち帰った古びた嫁入り道具を載せた荷車が、茜色に染まった石ころ道にがらがらと音をたてていた。

母親に手を引かれ、あのときおれはこの町のどの道をどのように歩んでいったのだろうか、と天一郎の胸にせつなさがこみ上げた。

「村井さんは、いずれ長女と天一郎を娶《めあ》わせ、村井家の家督を継がせるようにしたいとまで仰ってくださっておる。水月の忌《いま》わしい血を継いだ天一郎が、将来、千五百石の旗本になれる望みができたのだ。願ってもないよき話ではないか」

母親の兄である天一郎の伯父が、そんなふうに言って孝江に五十左衛門の後添えに入る決心を促したと知ったのは、ずっと後年になってからだ。

孝江がそれを心底より真《ま》に受けていたかどうかは、わからない。

確かなことは、村井家にきて三年がすぎた天一郎七歳のとき、弟の鹿太郎が生まれると、天一郎が長女の静香と夫婦になり村井家の家督を継ぐ云々《うんぬん》の話は、当然のごとくにたち消えた、という事情だけである。

よくお聞き、天一郎――と、孝江が乳飲《ちの》み子《ご》の鹿太郎をあやしながら言った。

「あなたには継ぐ家と身分はありません。養子にいける望みも万にひとつもないでしょう。このまま村井家の部屋住みとして生きるか、村井家を捨てて生きるか、自分で身を処《しょ》する算段をしなければなりませんよ」

それを七歳の天一郎が言われたのである。

意味がわからなかった。わからぬまま、母親の言葉はひどくつれなく思われ、これまでの自分と母親とのかかわりを無残に踏みにじられた気がした。

だが、悲しく惨《みじ》めだった一方で、人の世とはそういうものか、という考えが芽生《めば》えたことも確かだった。

道は遠い一本道で、ゆくかゆかぬか己の勝手。足の向くまま気の向くままに、雨が降ろうが風が吹こうが、道なき道を道楽三昧《ざんまい》……

「なるほどね」

と、父親水月閑蔵の性根《しょうね》が少しわかってきたのは、それから長い年月がすぎて読売屋になってからだったが。始まりはすべて、読売屋になってからだったが。

麴町六丁目と二番町の途中に地獄谷《じごくだに》がある。

武家地の番町と町家の麴町の境界地になり、寂しい谷だった。

昔は行き倒れや成敗《せいばい》を受けた者の死体捨て場で、栗や柿、桜の林があり、樹木谷《じゅもくだに》とも界隈《かいわい》では呼ばれている。

天一郎は、その地獄谷の道からはずれた樹林に囲まれた明地《あきち》で、麴町六丁目の顔役・吉《きち》ノ助《すけ》を待っていた。

冬の午後の木漏《こも》れ日が降り、枯れ枝の間を寒雀《かんすずめ》が飛び廻っていた。

天一郎を地獄谷に案内した黒看板の四人の男らが、木漏れ日の中に佇《たたず》む天一郎の周囲を遠巻きに囲んでいた。

三味線と長唄師匠のお富の店は、麴町六丁目の地獄谷に近い町はずれにあった。

吉ノ助は、でっぷりと太った五十前後の男だった。

疑《うたぐ》り深そうな大きな目で、村井家から遣《つか》わされてきたと告げた天一郎を頭の先から爪先《つまさき》まで睨《ね》め廻した。

「ここじゃあ人目がうるせえ。ちょいと先に人のこねえ明地がある。そこでじっくり腹を割って話をしようぜ。うちの者が案内《あない》するから先にいっててくれ。御曹司は大事な客だからな。裏の納屋《なや》で休んでもらっているんだ。連れていくからよ」

けけけ……と、嗄《しやが》れ声《ごえ》で笑った。

吉ノ助は端《はな》から、穏やかに話がつくとは思っていないらしかった。

用心深い男だった。

やがて樹林の向こうに一団の雪駄《せった》や草履《ぞうり》の音が、騒々《そうぞう》しく聞こえた。

樹林を飛び廻っていた雀が、鳴き騒ぎながら一斉に飛びたっていった。

太縞の羽織を羽織った吉ノ助が、十人ばかりの人相の険《けわ》しい手下をぞろぞろと従え、明地に現われた。

吉ノ助に並んで、化粧の濃い女がしなしなと身体をくねらせていて、その女が三味線と長唄師匠のお富らしかった。

鹿太郎は一団の中ほどに、手下に囲まれて背の高いほっそりした肩をすぼめおどおどとした足どりを運んでくる。

久しぶりに見る弟は、前よりも痩せて頼りなげに見えた。

もっとしゃきんとしろ、と叱りつけてやりたくなった。

手下の中には、得物《えもの》になりそうな手ごろな棍棒《こんぼう》や木刀を肩に担いだ者もいて、みな裾端折りの格好だった。

鹿太郎のすぐ後ろに、大男が顔半分ほどを鹿太郎の月代の上に出していた。

その大男が鹿太郎の黒鞘《くろざや》の二刀を両肩に担ぎ、天一郎へののっぺりとした無表情な顔を向けていた。

「待たせたな、若《わけ》えの。御曹司を連れてきたぜ。見ての通り、ぴんぴんしてる。おれは言ったことは守る男だ。わかったろう」

吉ノ助は薄ら笑いを見せた。

「鹿太郎、無事か」

天一郎が声をかけると、鹿太郎は青ざめた顔をびくつかせた。

「ぴんぴんしてるって、言ったじゃねえか。で、早速、村井家の返事を聞かせてもらおうか」

鹿太郎からお富へ目を移し、さりげなく年のころを見計らった。島田《しまだ》の髪に大きな笄《こうがい》が目だち、確かに色っぽいけれど、眉を剃ったかなりの年増だった。

「あんたがお富さんだね」

天一郎はお富に訊いた。

「なんだね、こいつ。偉そうにさ。人のことをいやらしい目で見るんじゃないよ」

お富が尖《とが》った目で睨《にら》み、毒々しく吐き捨てた。相当すれている。

手下らが雪駄を引きずりつつ、天一郎を囲んでいく。

「村井家は金でけりをつけたいとの意向だ」

天一郎は後ろへ廻る手下を意に介さず、さらりと言った。

「それが賢明だわな。おれもよお、恋女房を旗本のお坊っちゃんに寝盗られたなんぞと、世間には知られたくねえんだ。てめえの恥をさらすことになるからよ。そこで村井家は、幾らでこの不義密通にけりをつける腹だい」

吉ノ助がたるんだ喉を震わせた。

「間男の首代、江戸では七両二分が相場だ。互いに言い分はあるだろうが、村井家は相場に従うつもりだ。七両二分も預かってきている」

天一郎の返事に、吉ノ助は部厚い下唇を突き出し眉をしかめて、すぐには反応しなかった。やがて、

「ぶふ、ぶふふ、ぶふふ……」

と嘲笑をこぼし、呆《あき》れたぜ、とでも言いたげに両掌を左右へ広げた。

「間男の首代だとよ。江戸では七両二分が相場だとよ。ぶふふ……この若えのは笑わせてくれるじゃねえか」

吉ノ助は周囲を見廻し、手下らも笑い声をたてた。

「若えの、おめえ、村井家の何かは知らねえが、七両二分で使いが務まると、本気で思ってきやがったのか。冗談なら、今のうちにやめた方がいいぜ」

「冗談を言っているつもりはない。村井家は相場に従う。この一件が表沙汰になる

のは外聞が悪いし、いつまでも長引かせたくないんでね」

「ざけんじゃねえぜ。それっぽっちでけりがつくわけがねえだろう。この表六玉《ひょうろくだま》に女房を寝盗られ、はいそうですか、じゃあすまねえんだよう」

吉ノ助はいきなりふりかえり、肩をすぼめた鹿太郎の頰を小気味よく張った。

ああっ、と鹿太郎は顔を両手で不甲斐《ふがい》なく覆《おお》った。

「いいか、若えの。おら、おめえらみたいな暇人《ひまじん》じゃあねえ。気が短けえんだ。そっちがその気なら、この表六玉に少々躾《しつ》けをして熨斗《のし》つけておかえしすることになるが、それでいいんだな」

「吉ノ助さん、あんた、この町の顔役らしいな。顔役にしては思いきったことをやるじゃないか。あんたが頰を張ったその男は、表六玉でも、公儀直参《こうぎじきさん》旗本千五百石の身分を継ぐ侍だぞ」

「こけが。旗本がどうした。侍がどうかしたかよお」

吉ノ助が毒づいた。

「お富さん、あんた、表六玉にいきなり手籠《てご》めにされて、操《みさお》を奪われたわけじゃあないだろう。鹿太郎は侍の自覚も覚悟もない与太郎《よたろう》かもしれないが、あんたに三味線長唄を習いにきていた、ただの弟子だろう。自分の弟子になんの遺恨《いこん》があってこんな仕打ちをする」

お富の顔がささくれだった。

濃い化粧の下に、四十前後と思われる素顔が透《す》けて見えた。

「吉ノ助さん。おれは村井家に縁のある者でね。ゆえあって村井家を去り、侍を捨て、読売屋になった。そう、あんたと同じやくざな稼業さ」

「けけ……読売屋かよ。道理《どうり》でな。妙にごみ溜臭《ためくせ》えと思ったぜ」

とり巻いた手下らが、へらへらと笑い声を上げた。

「読売屋になってから、仕事の中でひとつ、お上《かみ》について学んだ教えがある。教えというより、それはお上の考えの根本、お上の生まれつきの性《さが》、と言っていいかもしれない。お上は、町家で起こったもめ事や諍《いさか》いは、大方は、町家の中で始末をつけるという姿勢で臨むのが通例だ。ただし、町家の一件であっても、唯一、お上が自ら指図に乗り出すもめ事や諍いがあるんだよ」

天一郎は周りをかまわずに続けた。

「それはな、支配するお上への、身分をこえて仕掛けられるもめ事や諍いに対してのお上の考えだ。つまりお上は、下々の輩《やから》がお上のはめた身分の箍《たが》からはずれて、一線をこえてくるふる舞いに及ぶときは、たとえどんなささいなもめ事や諍いであれ節操《せつそう》もなく態度を豹変《ひょうへん》させる。命知らずのやくざより狂暴になる。言っている意味がわかるかい、吉ノ助さん」

吉ノ助は顔を歪めている。

「あんたは町の顔役だ。顔役は普通、そういう道理を心得ていて、下の者が身分の箍《たが》からはずれないよう監督差配《さはい》するから顔役が務まるんだ。ところがあんたは逆をやっているな。今あんたが仕掛けている強請りの相手は、同じやくざじゃない。あるいは町人でもなく、公儀直参の旗本なんだ。あんたは身分の違いの意味がわかっているのか。身分が違うとは、同じ人間同士ではないという意味なんだぞ」

「なんだとおっ」

吉ノ助が凄《すご》み、手下らがざわざわと囲みを縮めてくる。

天一郎は背後を一瞥《いちべつ》し、間を確かめた。

「あんたはたった今、旗本の頬を張った。町のやくざが公儀直参の旗本の頬を張ったのだ。それがお上に知れただけでも、そのような無礼者をなぜ手打ちにせん、とあのお城の中でとり沙汰されるだろうな。ましてやくざが大勢で三河よりの一門である旗本を拉致《らち》し、強請りを仕かけ、その挙句《あげく》に一門の跡とりに危害を加えたとなれば、吉ノ助さん、間違いなく、あんたはただではすまない」

ここにいるみんなもだ——と、天一郎は右から左へ見廻した。

吉ノ助が赤い舌で乾いた唇を舐めた。

「あんたは村井家千五百石をちょいと強請ってやれ、とその気になった。だがあんたは、相手を間違えた。やってることはやくざの強請りだが、お上にとってはこれは下々のお上に対する謀反《むほん》なんだよ。お上は、謀反人に対してだけは絶対に容赦しない。村井家は由緒ある武門の不始末として、お上より咎《とが》めを受けるだろう。だがあんたとあんたは……」

と、天一郎は吉ノ助とお富を指差した。

「磔《はりつけ》にされ獄門《ごくもん》になる。小塚原《こづかっぱら》の刑場に三日首が晒《さら》されて、それから捨てられる。捨てられたあんたらの首を烏《からす》がついばむ。六丁目のあんたらに所縁《ゆかり》のある建物はすべて打ち毀《こわ》され、更地《さらち》になる。もしもあんたらに縁者がいれば、縁者にも咎めが及ばずにはすむまいな。ここにいる者はみな打ち首だ。胴は試し斬りに使われる。それが、そのような謀反人、即刻討ちとれのお上の一言で決められる」

誰かが唾《つば》を飲みこんで喉の鳴る音が聞こえた。

「あんたらは死ぬんじゃない。だから成仏《じょうぶつ》もしない。ただ、虫けらのようにこの世から消え去るのだ。跡形もなくな」

吉ノ助は苛立《いらだ》たしげに首をぐにゃりとひねった。

「吉ノ助さん、この一件がそうなって一体誰が得をする。誰も得をしない。強請ったあんたらも、強請られた村井家もだ。だから村井家はこの一件を表沙汰にしたくない。鹿太郎がお富さんを寝盗ったのであれば、七両二分を詫び代に支払い、せめて亭主の顔をたてようと折れている。どっちが得か子供でも分かる。ここは大人しく七両二分を受け取ってこれはもう終わりだ。終わりにするしかないのだ」

「何を、この野郎……」

「おれは読売屋だ。麴町の顔役が千五百石の旗本を間男の首代で強請った。これは間違いなく瓦版の売れる種になる。だがこれを瓦版にしたら世間に知れる。表沙汰になる。すると所縁のある村井家に迷惑がかかる。間違いなく町方が動いて、吉ノ助さんにもお富さんにも調べが入る。そうならないように、おれはこの種を瓦版にしない。その約束を七両二分につけよう」

「糞《くそ》が。ぐでぐでと喋《しゃべ》くりやがって」

かあっ、と吉ノ助が唾を吐いた。

それを合図にしたかのように左右後ろの三方より、ざざざ……と足音が迫った。

「そりゃあ……」

奇声が襲いかかった。

途端、鈍茶《にびちゃ》の羽織の裾が翻《ひるがえ》り、天一郎は帯の結び目に差した一尺三寸の竹の小筒《ささえ》を抜きとって最初に真後ろへひと薙《な》ぎした。

小筒は、仕事柄、妙な因縁《いんねん》をつけられることが多く、長めに誂《あつら》えて出かけるときはいつも帯の結び目に差している護身用だった。

それが背後より棍棒をふり上げた男のこめかみを、的確に痛打した。

特製の頑丈な小筒には、たっぷりと酒が入っている。

男は棍棒をかざしたまま膝を落とし、首を後ろに折って空《うつ》ろな眼差しを木漏れ日の中にさまよわせた。一撃で倒れる前に気を失っている。

右から六尺棒、左から匕首《あいくち》を抜いて襲いかかったのがほぼ同時だった。

天一郎は背後からきた男のこめかみを薙いだ瞬間には、身を伏せて右からの六尺棒に空《くう》を打たせていた。

そしてその動きの流れのままに、左の匕首の腹へしたたかな蹴りを入れた。

男の匕首は天一郎の袖をかすめたが、長い足のひと蹴りをまともに喰らって後ろへ大きく飛び退《すさ》った。

男の背中が木の幹にぶつかり、枝に止まっていた雀が一度に飛びたった。

身体ははじき倒され、風の中の桶《おけ》のように転がった。
間髪《かんはつ》入れず、天一郎は上体を持ち上げながら泳がせた六尺棒の顎へ左の拳を見舞った。
六尺棒は、吹き飛んだ歯と一緒に腰くだけの格好で仰向《あおむ》けに横転した。
かすかなうめき声や骨のくだけるような音以外、悲鳴すら上がらなかった。
三人は地に倒れて、ぴくりともしなかった。
すべてが束《つか》の間《ま》の動きだった。
「こ、こいつ」
あまりの鮮やかさに、残りの手下らは呆然《ぼうぜん》となった。
気が萎《な》えて、足が動かなくなった。
周りに身がまえたまま、誰が次にいくというふうに互いを見合った。
しかし天一郎は吉ノ助へ、一歩、大きく踏み出した。
「次はあんたか」
天一郎が小筒を吉ノ助の顔面へ突きつけた。
吉ノ助は動かず、睨みかえした。
傍らのお富はぽかんと口を開けたまま、顔を醜《みにく》く歪ませている。

ちち、ちち……木々の間へ雀が帰ってきた。

と、吉ノ助は顔を引きつらせて笑い始めた。

「はは、あはは……わかった。よかろう、若えの。おめえの勝ちだ。治太《はるた》、表六玉をけえしてやれ」

吉ノ助が天一郎を睨んだまま言った。

「うおお」

刀を担いでいた大男がひと声上げ、「いけえ」と鹿太郎を後ろから蹴り飛ばした。

鹿太郎はよろめいて、天一郎の足下へべったりと倒れこんだ。

我慢しよう、堪えようという気に乏《とぼ》しいからすぐ転ぶ。情けない。

治太と呼ばれた大男が、天一郎の前へ二本を無雑作《むぞうさ》に投げ捨てた。

「表六玉のだ」

「若えの、表六玉をさっさと連れていきやがれ」

天一郎は母親の孝江から預かった財布を、吉ノ助の足下へ投げた。

「七両二分、受け取れ」

吉ノ助は憎々しげに財布を蹴った。

「鹿太郎、立て。いくぞ」

小筒を帯に差し、投げ捨てられた二本を拾おうとした。

その瞬間、いきなり、治太の太い腕が身をかがめた天一郎の首筋へ上から覆いかぶさって、ぐるりと巻きつけられた。そして、

「うおおお」

と、雄叫《おたけ》びを上げつつ、巻きつけた両腕で天一郎の首を締め始めた。

凄まじい怪力だった。

締め上げられた天一郎の首の骨が、音をたてて軋《きし》んだ。

「首根っこを、圧《へ》し折ってやる。うおおお」

治太が喚いて大きな身体を反らし、天一郎の首をねじり上げるようにさらに締めつけた。

天一郎の身体が地面から持ち上がった。

足が空をかき、草履が脱げた。

「ああ、兄さんっ」

それを見た鹿太郎が悲鳴を上げた。

「若えの、まだけりはついちゃいねえんだよ。けけ……」

吉ノ助が声を引きつらせた。

「……そ、そうか。かまわんぞ。もっとやれ。うう……」

天一郎が治太の腕の中から声を絞り出した。

木刀を提げた男が進み出て、袖をまくった。

「治太、しっかり押さえてろ」

と、木刀をかざしたところへ、天一郎は両刀をつかんだ左腕をふり上げた。

刀の柄《つか》と鍔《つば》が木刀をかざした男の尖った顔を突き上げた。

がしゃん、と鳴った。

悲鳴を上げ、男は身体を仰《の》け反《ぞ》らせた。

仰向けに倒れ二転三転した。

しかし鹿太郎はこの展開にすっかり怖気《おじけ》づき、明地を這《は》って逃げていく。

とそのとき、天一郎の足が地面へ戻り、今度は治太が膝を折ってうなり出した。

どうした、周りが治太へ首をかしげた。

すると、天一郎の右手が治太の太い腕の外側から廻って、治太の肉厚な喉を鷲《わし》づかみにしているのがわかった。

天一郎は鷲づかみのまま、長い腕をまっすぐ突き上げた。

そのため治太は、天一郎の首筋を締め上げるはずが、逆に大きな顔を仰け反らせ樹木を仰ぐ格好で歯を食い縛った。

「あ、ぐぐぐ……」

治太は天一郎の首を締め上げていた腕をといた。

そして、丸太の腕をふり廻し、小岩みたいな拳を天一郎の顔面へ浴びせ始めた。

「ぐぐぐわあ……」

天一郎の顔面が拳を浴び、ぼこんぼこんと音をたて、歪み、右に左にゆれた。

だが天一郎の片手一本の締めつけは、治太の息の根を完全に止めにかかっている。

締めつけと殴打《おうだ》の我慢較べだった。

六尺をはるかに超える大男と、五尺八寸の痩せっぽちの男の我慢較べの勝敗は明らかだった。今に痩せっぽちが気を失って倒れるだろう。傍からはそう見えた。

だが、そのうちに治太のうめきが悲鳴に変わり、片膝をがくりと折った。

それから両膝をついて、小岩の拳は枯葉のように開かれ、天一郎の腕にすがって痙攣《けいれん》し始めた。

「治太あっ」

二人の我慢較べを見守っていた残りの男らの中から声が飛んだ。

その間にも、治太の顔色は青黒さから紫色に変わりつつあった。

両膝をついて、天一郎の片腕一本に押さえつけられ、仰向けに身体をゆっくり反らせていった。手だけではなく、大きな全身が震え始めていた。

やがて、天一郎は治太の喉首を放した。

治太の身体は、枯れ木が折れるみたいに倒れていった。

大きな身体が横たわり、石のように動かなくなった。

天一郎が治太から、吉ノ助とお富へ睨み上げた。

「きゃっ」と叫んで、先に裾をひるがえしたのはお富だった。

その背中へ、天一郎は左の刀を抜き打ち様に袈裟懸《けさがけ》にした。

「ああ、斬りやがった。ひひ、人殺しぃ……」

お富がよろめいた。

途端、斬り下げられたお富のおいそ結びの帯と纏《まと》った小袖、下着に肌着、湯文字《ゆもじ》までが真っ二つにはらりとすべり落ち、肉のついた背中から丸い尻のふくらみが白々とはだけて見えたから、

「わああ」

と、男たちが喚声を上げた。

「あれえっ」

お富はもっと大きな声を上げ、身体を抱えてべったりと坐りこんだ。

しかし天一郎は束の間も与えず、ひたつ、と吉ノ助のたるんだ首筋へ刀を突きつけた。吉ノ助に逃げる間はなかった。刃が吉ノ助の顎を持ち上げた。

「みな生きてる。この場で死ぬのはあんただけだ」

「あは、や、やめろ」

吉ノ助がうろたえ、身を反らせた。

天一郎は口の中の血を吐き捨てた。

「この刀は手入れもされずなまくらだが、あんたの首ぐらいは斬れる」

「わかったわかった。すまねえ。やめてくれ。あんたの言う通りだ。七両二分で手を打つ。そ、それでいい。もう二度と、村井家には、ちち、近づかねえ」

「その言葉、守るな」

「ももも、もちろんさ。お、おれは、言ったことは守る男だ。だからよお、気を鎮めて、その刀は、どけてくれよ。たた、頼むよ」

地面にうずくまったお富が、震えながら天一郎を見上げていた。

天一郎と鹿太郎が、裏四番町の富士見坂の石ころ道をのぼったのはもう夕刻の時分だった。

空は茜色に染まり、坂道に兄弟の長い影を落としていた。

天一郎の後ろを、ひょろりとしたそれでも二本差しの鹿太郎が、重い足どりを憂《ゆう》鬱《うつ》そうに運んでいた。

村井家の長屋門が坂の先に見えたところで、天一郎は鹿太郎へふりかえった。

「鹿太郎、おれはここまでだ。あとはおまえが父上と母上に経緯《いきさつ》を話せ。心配かけないように、無事終わりましたと、ちゃんと言うんだぞ」

「ええ？　わたしがですか。いやだな。父上に叱られるぅ」

「おまえのことだろう。最後はおまえ自身で締めくくれ」

「それに兄さん、疵《きず》の手当てはしなくていいんですか」

「これくらい、大丈夫さ。ほっときゃあ治る。それより、乱闘になったことは言わなくていいからな。かえって心配をかける」

「でも、兄さん、顔がひどいことになっていますよ」

天一郎の顔は腫《は》れ、目の周りに青い痣《あざ》ができていた。

唇がきれて、血の跡が痛々しかった。

鹿太郎はしょげながら、天一郎の歪んだ顔を見て笑いたくなるのを堪《こら》えていた。

「かえって凄みがあるだろう」

天一郎は無理に笑った。

ちょっと笑っただけで、顔中に痛みが走った。

鹿太郎が気の毒そうに、しかしおかしそうに顔を歪め、天一郎を坂の下から見上げていた。それから、

「兄さん、強いんだな。わたしは兄さんがあんなに強いなんて、全然知らなかった。今度、剣術を教えてくださいよ。三味線と長唄はもういいや。つまんない。これからは剣術をやろっかな」

と、悪びれもせず、無邪気に言った。

三

天一郎は牛込《うしごめ》御門の河岸場から船に乗った。

普段なら、裏番町より築地まで歩いても平気だが、さすがに今日はつらかった。

神田川《かんだがわ》から隅田川《すみだがわ》をくだり、築地三十間堀の新《あたら》シ橋《ばし》の河岸場で船を下りたとき、冬の日はとっぷりと暮れていた。

空にはまだ満たない半月が架かっていた。

新シ橋から東へ築地川に架かる萬年橋《まんねんばし》までの、木挽町三丁目と四丁目の境の大通りが、木挽町広小路である。

広小路に沿って、売卜《ばいぼく》、読売、豆蔵《まめぞう》らの大道芸の見世物小屋、楊弓場《ようきゆうば》、様々な諸商人の小店がつらなり、《御料理御婚礼向仕出し仕候》と看板を出した寄合《よりあい》会席の高級店も軒を並べている。

ほかに狂言師、絵師、講釈師の店がつらなり、浄瑠璃《じようるり》座の小屋もある。

大芝居の櫓《やぐら》を上げる森多座は、その広小路の北側に夜目にも豪壮《ごうそう》な小屋をかまえていた。芝居はもうはねているが、軒下に吊り廻した色とりどりの提灯が灯り、小屋の前の人通りはまだまだ賑やかだった。

小屋の前では舞台番の男らが、ひいき連から贈られた積物《つみもの》を小屋の中に賑《にぎ》やかに運びこんでいた。

芝居茶屋の大茶屋が森多座と軒をつらね、二階の大きな出格子窓の障子に人影が戯《たわむ》れ、管弦《かんげん》が鳴らされ、派手な宴が行われている様子だった。

広小路の賑わいから抜けて、武家の小屋敷に続いて細川《ほそかわ》家中屋敷の土塀と采女《うねめ》ケ《が》原《はら》と呼ばれる広い原野《はらの》の間の通りを築地川へとたどる。

采女ヶ原には馬場があって、貸馬師らが多くの馬をつなぎ、飼葉用の藁と馬のやわらかい臭気が通りまで漂ってくる。

築地川の萬年橋の西詰まできて、橋を渡らず堤道を南へ折れた。

川伝いの明地には、煮売屋や縄暖簾《なわのれん》のあばら家のほか、長屋女郎《ながやじょろう》が堤に立って客を引く切見世《きりみせ》、物乞いまがいの大道芸人らが住みついた粗末な小屋が、板葺《いたぶき》屋根や中には筵《むしろ》屋根をつらねていた。

このあたりは采女ヶ原の東のはずれになり、築地川の対岸は武家屋敷地の土塀が暗く静まりかえっている。

煮売屋や縄暖簾の提灯の灯火が、まばらに寂しく下がった堤道の先に、一棟だけ建った土蔵の影が見える。

八年前、使われていなかったあの土蔵を借り受け末成《うらな》り屋を始めたときは、周辺は大道芸人の住まいと長屋女郎の切見世がまばらに建ち並んでいるばかりで、芸人目あての縄暖簾の小屋が一軒あるきりだった。

八年前と較べると、堤端の小屋も住人がずいぶん増えた。

人がまだいるらしく、土蔵の戸前の明かりとりから薄明かりがこぼれている。

土蔵は末成り屋を営む仕事場だが、天一郎の住まいでもある。

この顔を見られて、何があった、どうした、といろいろ訊かれるだろう、と思いながら三段の石段を駆け上がり、格子の明かりとりから灯火のこぼれる樫《かし》の重たい引戸に手をかけた。

と、そのとき、明るい笑い声が、「ははは……」と土蔵内から聞こえた。

おや？　客か？——天一郎が引戸を開けると、入り口に立った天一郎へ五人の眼差しが一斉にそそがれ、笑い声が固まった。

呆気《あっけ》にとられたような顔つきがそろって、天一郎へ向いている。

「おや、こいつあどうも」

天一郎は無理やり明るく声をかけた。

その途端、固まった笑い声が、土蔵内の薄明かりを吹き飛ばすかのようにどっとはじけた。

土蔵の入り口を入ると、小広い前土間に続き、式台《しきだい》ほどの段差があって、そこから一階の板床《いたどこ》になっている。

その板床の奥の方で五人の車座《くるまざ》ができ、重箱と酒の角樽《つのだる》を囲んでいた。

五人が天一郎の顔を見て一瞬驚き、それから笑い声をはじけさせた火照《ほて》り顔を、行灯《あんどん》と燭台《しょくだい》の灯火がほの明るく照らしている。

瓦版を売り歩くときの置手拭《おきてぬぐい》をかぶって背中を見せている蕪城和助《かぶらぎわすけ》が、天一郎へふり向き、おかしいのを我慢しながら、

「あは……お帰んなさい、天一郎さん。それ……」

と言って指差した。

左隣の末成り屋の彫師《ほりし》であり摺師《すりし》でもある鍬形三流《くわがたさんりゅう》が、横向きのまま天一郎へ顔をひねり、「よお……」と、これも笑っている。

重箱と角樽が並ぶ先に、総髪《そうはつ》を背中に垂らし元結《もとゆい》で束ねただけの錦修斎《にしきしゅうさい》が小首をかしげ、不思議そうな顔をよこしていた。そして、

「ずいぶんやられたな」

と、これはちょっと同情してくれたふうである。

「うん、読売の種にはならないがな」

天一郎は板床へ上がった。

錦修斎は瓦版の下絵描きと表題や引き文句の飾り文字、絵や文字の割り振りなどを受け持っている。

それから天一郎は、修斎の隣に坐っている姫路酒井家江戸家老・壬生左衛門之丞の息女美鶴へ、会釈《えしゃく》を投げた。

「美鶴さま、おいでなさい」

美鶴は、訝《いぶか》しさとおかしさをない交ぜにした目尻の上がった眼差しで天一郎を見つめていながら、

「うん」

と、返事は素っ気なかった。

だが行灯の明かりが、美鶴のわずかにゆるませた紅い唇を逃さずに照らした。

脇差を帯び、後ろに朱鞘《しゅざや》の大刀を寝かしている。

相変わらず勇ましいが、髪は豊かな一輪のしのぶ髷《わげ》に結い、鮮やかな藍《あい》の小袖と銀鼠に緋《ひ》の細縞の仙台平を着け端然と坐しつつ、古ぼけた土蔵の中に和《なご》んでいる姿は、まるで絵空事《えそらごと》の錦絵のようだった。

「天一郎さん、今日は美鶴さまが森多座の芝居見物にいかれて、芝居見物の土産《みやげ》に芝居茶屋の重箱と酒を、わざわざ持ってきてくださったんですよ」

「芝居茶屋の。そいつは豪勢だ。美味《うま》そうな匂いがする。楽しみだ」

「早く、こっちへ坐ってください」

和助が三流と反対隣の、十二、三らしき見知らぬ娘との間に座を明けた。

娘は美鶴の方へ座をずらしつつ、天一郎の腫れた顔を見上げて二つの細いにぎり

拳を口元にあてがい、くつくつ笑いが収まらない様子である。

薄桃色の艶《あで》やかな着物に、片はずしの髪形や目尻に刷いた紅が無理やり大人びさせて拵えていても、まだ箸《はし》が転んでも面白くてならぬ年ごろだった。

「こちらの可愛らしい娘さんのお名前はあとでうかがうとして、まずは顔を洗ってくる」

「ああ、そうだな。その顔は水で冷やした方がいいな」

修斎がおかしそうに言うと、娘が堪《こら》えきれずに「ぷふっ」と吹いた。

「お類、そんなに笑わないの。天一郎が困っているでしょう」

美鶴が小娘のお類をたしなめた。

たしなめながらも美鶴は天一郎の顔を見上げ、お類に誘われまた笑い出した。

みなおかしいのだから、どうしようもない。

一階西側の一隅が、古道具屋で買い整えた無名の山水《さんすい》の屛風で仕切った天一郎の寝所《しんじょ》になっていて、寝所の奥が土蔵暮らしに必要な台所の落ち土間だった。

八年前、荒れ果てた土蔵に手を入れた折り、台所の落ち土間と明かりとりの小さな格子窓と勝手口を造った。

勝手口の外は采女ヶ原の馬場の貸馬師が使う井戸と雪隠《せっちん》があって、天一郎らもそれを使っている。

暗い井戸端から、采女ヶ原の馬場の彼方に広小路の町明かりが見渡せた。

馬場の馬の臭いを嗅《か》ぎつつ天一郎は小筒をすすぎ、それから冬の夜の冷えこみもかまわず諸肌《もろはだ》脱ぎになって身体をぬぐい、肌を切りそうな水に顔を浸した。


芝居茶屋の豪勢な料理と上等の酒が、すきっ腹にこたえた。

卵焼に焼蒲鉾《かまぼこ》、山菜の煮物、焼鮃《びらめ》、若布《わかめ》と白魚《しらうお》の膾《なます》、紫蘇《しそ》をまぶしたご飯もついた豪勢な重箱だった。

「美味《おい》しそうに食べるぅ。はい天一郎さん、どうぞ」

お類は天一郎にすっかり慣れて、角樽の酒を天一郎のぐい呑みについだ。

酒井家上屋敷勤番《きんばん》の島本文左衛門《しまもとぶんざえもん》は、江戸家老・壬生左衛門之丞の相談役を長年務めていて、養育掛《よういくがかり》をもかねていた。

島本は近ごろ、美鶴が供も連れず屋敷をこっそり抜け出し、築地川沿いのいかがわしき読売屋に出入りしているらしい噂を耳にし、気にはなっていた。そこで、

「何から何まで駄目とは申しませんが、壬生家のご息女なのですからそれなりのわきまえは必要ですぞ。今日からは、お出かけの折りは必ず女中代わりの供をつけな

されれ。よろしいですね」

と言って十日ほど前からつけたのが、島本の孫娘である十三歳のお類だった。

しかしこのお類、侍風体に拵えて二刀を帯びる男勝《おとこまさ》りの美鶴の供をするのが面白くてならないらしく、供というより、まるで美鶴の妹分のようにどこまでもついて廻って、ちゃっかり羽目《はめ》をはずす小生意気な娘だった。

美鶴に連れられ今日初めて末成り屋の土蔵にきたのに、早や美鶴以上にすっかり打ちとけ、天一郎を始め、和助、三流、修斎に酌《しゃく》をしては、

「はい、わたしにも……」

と、自分にも酌をせがむお転婆《てんば》ぶりが、姉御分の美鶴を心配させ始めた。

「お類、まだ子供なのにそんなに呑んで。いい加減にしなさい」

美鶴に叱られても、お類は全く平気である。

「大丈夫ですよ、美鶴さま。わたし、お祖父さまにだって、お酒のお相手をしてあげるんですよ。お祖父さま、わたしといただくのがとっても楽しいと仰《おっしゃ》って」

「お祖父さまって、文左衛門のことか」

「はい。でもお祖父さま、わたしよりお酒が弱いんですよ」

「まあ……」

美鶴が呆れた。天一郎は美鶴の呆《あき》れるのが愉快で、

「あはは……それではお類さん、二番目狂言は観られなかったのかい」

と、お類に喋らせた。

「そうなの。今朝は朝が早かったものだから、お昼のお重をいただくと、つい眠くなってしまって」

「子供の癖に、大人に交じってあんなに呑むからだ」

「子供子供って言わないでください、美鶴さま。わたし、もう十三歳ですから。でも、一番目狂言だけでもとっても華やかでよかったわあ。市瀬十兵衛《いちのせじゆうべえ》の《暫《しばらく》》がいいの。鎌倉権五郎景政《かまくらごんごろうかげまさ》が、しばらく、と言ってこんなふうに花道に現われるの」

お類が市瀬十兵衛演ずる鎌倉権五郎景政の仕種《しぐさ》をして見せ、みなを笑わせた。

「それに今日は天一郎さんともお会いできたし。ちょっと顔は歪んでいるけど、あ、こういう感じの顔かって、わかりましたから」

「おや？　お類さんは天一郎さんのことを知っていたのかい」

和助が面白がって訊いた。

「はい。美鶴さまがいつもお話になるから。不良の読売屋だって」

「ええっ、不良の？　美鶴さまがそんなふうに天一郎さんのことを話しているんで

すか。なんだかなあ……」

「お類、おやめなさい」

「あら、どうしてなんですか、美鶴さま。元旗本の偉そうな不良だって。でも、美鶴さまが天一郎さんのことをお話しになるときって、とっても目がきらきらしているんですよ。うふふふ……」

「もう」

美鶴の怒った顔がちょっと赤らんだかのように見えたが、それは酒のせいかもしれなかった。三流と修斎がにやにやし、和助は呆れ顔である。

ああ、あふん、と天一郎は咳払いをして、話をそらせた。

「そうか。今年の森多座は五世市瀬十兵衛が座頭《ざがしら》だな。いかがでしたか、美鶴さま。成瀬屋の顔見世狂言は……」

「うん、よかった。お類の言う通りだ。本当に面白かった。顔見世狂言を観るのは初めてだったし、市瀬十兵衛が役者の中でも別格というのが頷《うなず》ける」

「小天雅も出たでしょう。五世十兵衛の甥《おい》で、六世は小天雅に決まりと評判の姫川菱蔵です」

「あっ、そうだ。その姫川菱蔵のことで、今日は天一郎たちに読売の種になりそうな話を持ってきたのだ」

　美鶴が手を鳴らした。

「じつは今日の二番目狂言の姫川菱蔵が急病になって、代役がたったのだ」

「ほお、姫川菱蔵が急病ですか」

「そのことで、昼間、《村雨》の部屋で隣り合わせた客が話していたのを、偶然、廊下で聞いたのだ。姫川菱蔵の急病というのは表向きで、本当は昨夜、新橋の酒場で喧嘩をして、舞台に出られないほどの大怪我を負ったらしい。喧嘩の相手は……」

　みなが好奇心をそそられ、美鶴を見守った。

「この話は、読売の種になるのではないか」

「面白い。天一郎さん、これは流行唄物《はやりうたもの》でいけますね。美鶴さまの聞いた噂話が本当なら、今、江戸歌舞伎で人気と実力をかね備えた若手一番手の役者・姫川菱蔵が喧嘩で大怪我。相手はやんまの公平というしがないてき屋。歌舞伎界のお坊っちゃんがてき屋とどういうかかわりなんでしょう。気になりますよね」

「間違いなく売れるな。これは特別種になるぞ」

「あの生意気で恐い物知らずと評判の小天雅が、やんまの公平と大喧嘩か」

修斎と三流が言い合った。

「三流さん、やんまの公平を知っているんですか」

和助が訊いた。

「顔は知らないが噂を聞いたことがある。やんまみたいに身軽だから、やんまの綽《あだ》名《な》で呼ばれている若い男らしい。住まいは南八丁堀《みなみはっちょうぼり》のどっかの裏店《うらだな》じゃないかな。天一郎、おれもこれはいける種だと思う。調べてみたらどうだ」

「そうだな。放蕩好きの若手人気役者と若いてき屋の妙なとり合わせに好奇心が湧くね。和助、ちょいとあたってみようか」

「やりましょう。きっとなんか、興味深い事情が隠れていそうな気がします」

「酔っ払いのゆきずりが、酒場で目が合ったのどうのと喧嘩になっただけかもしれないけどな」

「面白そお。わたしもいきたあい」

お類がはしゃいで言った。

「美鶴さま、その場所は、新橋のどこの酒場か言っていませんでしたか」

「それは聞かなかった。ただ、姫川菱蔵の博奕好き、酒好き、女好きは評判で、今は八官町の比丘尼にもっぱらと、言っていた」

美鶴が応えた。

「ああ、八官町の比丘尼にね」

天一郎たちは頷き合った。

「八官町の比丘尼とは、尼のことだな。姫川菱蔵と尼がどういうかかわりなのだ」

「まあそれは、尼さんにもいろんな尼さんがおりますので。美鶴さまがご存じなくとも、別にさし障りはありませんから」

天一郎は受け流したつもりだったが、美鶴が真顔で首をかしげた。

「何？　どういうこと？」

と、さらに訊いた。勇ましい割には、美鶴は存外初心《ぞんがいうぶ》である。天一郎たちがあからさまに言うのを遠慮し、ぐずぐず言っていると、

「わたし、知ってる……」

と、お類が含み笑いを堪えながら口を挟んだ。

ちょっと自慢げな笑みが、小憎らしい小娘だった。

四

末成り屋の一階は、天一郎と和助が文机《ふづくえ》を南側壁ぎわに並べている。

隣に屛風で囲んだ天一郎の寝所、続いて南西の片隅が台所と落ち土間になっており、一階板床に上がってすぐの表戸正面へ向いたところに階段がのぼっている。

階段は昔の普請のため、商いの在庫品の上げ下ろしに都合がいいような、大人が楽にすれ違える幅広い造りになっている。

その正面階段の裏から北側の一階の半ば以上は、この八年間の売れ残りの瓦版や買い置きの紙の山が占め、古紙《こし》の臭いが嗅《か》げる。

売れ残った瓦版の山の八年間の古紙の臭いが、天一郎は好きだ。

町の辻々で呼び売りをし、売れ残った瓦版の中には地本問屋《じほんどんや》の店頭に並ぶものもあれば、本屋に並ぶことなく、浅草の古紙買いとり屋にひとまとめにして売り払うものもある。古紙は浅草紙に漉《す》き直され、新たに売り出される。

銀座屋敷ができたため銀座町と呼ばれるようになった新両替町《しんりょうがえちょう》の地本問屋の手代が「面白い種はありませんか」と、物色《ぶっしょく》しにくることがあるし、天一郎と和助が問屋廻りをし、主人や手代に売りこんだりもする。

本屋用に摺り増しをした評判のいい瓦版もある。

しかし、無駄は出さないつもりでも無駄は出る。

売れ残りの無駄になった山は、八年の間に末成り屋一階の北側半分を占めるほどになった。

階段が天井の切落口《きりおとしぐち》よりのぼる二階もすべて板敷である。東南の一角を絵師の錦修斎、反対の東北の一角を彫師と摺師をかねた鍬形三流が作業場にしている。

二階は東側の築地川、西側の采女ヶ原の方角に窓があり、天井はなく、薄暗い屋根裏に渡した部厚い梁《はり》が見上げられる。

二階の一隅にも、摺り用の駿河《するが》半紙や鼠半紙、資料本に削り直して使う古い板木《はんぎ》と新しい板木、下書きの夥《おびただ》しい絵が積み上がっている。

壁には、数年前に亡くなった美人画の奇才・鈴木春信《すずきはるのぶ》の『座敷八景』『風俗四季歌仙』『風流江戸八景』などの連作絵、『雪中相合傘』『水売り』『縁先物語』、近ごろ名の知られ始めた絵師・鳥居清長《とりいきよなが》らの一枚物の錦絵が張り廻してある。

二階は、瓦版の唄や節、風説、戯文《ぎぶん》に添える下絵、表題の文字と引き文句などを配置し板下《はんした》を拵え、板木に彫り半紙に摺り上げ瓦版を仕上げる作業場である。

修斎と三流が通いの職人を数人雇って瓦版作りをするが、瓦版の売り出しが続いて彫りや摺りが間に合わないときは、御印判板木細工所に頼む場合もある。

御印判板木細工所は、《狂歌・俳諧《はいかい》点式御摺物》などと看板を出す、現代で言う町の印刷屋さんである。

錦修斎は瓦版の下絵描き、表題や引き文句の飾り文字書き、半紙を半切に摺る紙面の絵や文字の割り振りを引き受けている。

本名は中原修三郎《なかはらしゆうざぶろう》、天一郎と同じ三十歳である。

御徒町《おかちまち》の御家人・中原家の三男で、部屋住みでくすぶっていた十八歳のころ、奇矯《ききよう》な誇張や色彩、明暗の落差などを駆使し、あくの強い筆法と奇行により京坂《けいはん》の地で評判の高い曽我蕭白《そがしようはく》の絵に衝撃を受け、絵師を志した。

自身もあくの強い絵を描き、そのあくの強さが読売向きだった。

天一郎らと末成り屋を始める前から、御徒町の組屋敷へは戻らず、木挽町の裏店で町芸者のお万智《まち》と暮らしている。

たとえ部屋住みでも、公儀御家人の家の者が町芸者と町家暮らしなど許されるはずがない。下手《へた》をすれば切腹ものである。が、天下泰平のこの時代、それは建前上の武士の作法として、実情にそぐわなくなりつつあった。

この修斎、背丈は六尺をこえる長身で、長い総髪を束ねて背中に垂らし、枯れ木のように痩せた身体を丸めて、いつも絵机に向かっている。

家が貧しかったので剣術道場に通ったことはないと言いながら、同じ背丈ほどの用心槍《ようじんやり》を絵筆のように自在に使う、妙な腕達者だった。

鍬形三流は本名を本多広之進《ほんだひろのしん》、二十九歳の本所の御家人・本多家の二男である。

広之進は手先の器用な子供だった。

十五歳のとき、ある浪人と養子縁組を結んで家を出された。

養子縁組は、兄弟の多い本多家の口減らしのため徒弟に出す武家の表向きの口実なのさ、と三流は言っている。

養子先は、弟子を使って浮世絵板木の彫師を生業《なりわい》にしている、上方《かみがた》より江戸へ下ってきた男だった。元は武家と称していたが、確かなことはわからない。

口減らしの身に武家であろうとなかろうと、どうでもよかったのだがな、とも三流は言った。

まだ錦絵は完成しておらず、筆彩をほどこす漆絵《うるしえ》や紅絵《べにえ》が行われていたころである。

数年間、板木彫りと摺りの修業に励んだが、錦絵が売り出された明和《めいわ》二年、気難しい親方と諍いを起こし、欠け落ち。生家に戻ることもできず物乞い同然で盛り場をうろついているところを、芝新町《しばしんまち》は船宿汐留《しおどめ》の女将《おかみ》・お佳枝《かえ》に助けられた。

天一郎らと末成り屋を始めるまでは、お佳枝の世話になる暮らしだった。

今はこの二階で、板木の彫りから摺り、綴《と》じの仕上げまでを、通いの彫師や摺師を指図しつつ受け持っている。

彫師・鍬形三流と、瓦版の仕事を始めてから名乗り、数年前、十二歳年上のお佳枝と夫婦の披露《ひろう》をした。

五尺四寸ほどの部厚く頑丈な体軀を持ち、剣の修行はつんでいないが、怪力自慢の男である。

蕪城和助は二十四歳。末成り屋の売子《うりこ》になったのは、五年前の十九のときだ。

芝三才小路《しばさんさいこうじ》の御家人・蕪城家の四男である。

和助は十二、三のころより盛り場を徘徊《はいかい》する悪童だった。

貧乏御家人の部屋住みが品行方正に侍らしく暮らしたとて、明日に望みがあるわけではなかった。

だからと言って気ままな素行は許されず、家の者は和助の悪童ぶりを諫《いさ》めた。

しかし、和助の素行は収まらなかった。心配はしても部屋住みの立場をどうにかしてやれるわけではなく、結局、和助の場合も放っておかれた。

「わたしを雇ってみませんか」

と、和助が天一郎に売りこんできたとき、元結を幾つも巻いて頭の上に髷を突きたて、かき上げた鬢《びん》の毛がけばけばしい文金風《ぶんきんふう》の頭に、対尺の羽織、腰の物は落とし差し、懐《ふところ》手《で》に駒下駄《こまげた》をからからと鳴らす、いかにもの悪姿だった。

瓦版は売子が辻々を廻って呼び売りをする。

流行唄などの節をつける瓦版は、置手拭の売子が流行りの着物に三尺帯の粋姿、字突《じつ》きで瓦版をぽんと叩き、唄いながら売り歩く。

たいていは夕刻の町で、襟《えり》に小提灯を差し、ひとりか二人の三味線ひきの奏でる三味線の音と流行唄の調子がよくて華やかだった。

面白そうだ。おれならもっと上手《うま》く唄ってみせるのに……

和助は、瓦版売りの調子のよい唄いっぷりが気に入っていた。

たまたま末成り屋の雇っていた売子が深川の読売に鞍替《くらがえ》し、流行唄の唄える売子を募ったときだった。試しにひと節《ふし》唄わせ、お引きとりいただくはずが、存外いい喉をしていて、節廻しも悪くはなかった。

「月代を毎日剃り、身形《みなり》を小綺麗に整え、町のみなさんに愛嬌をふりまき、愛想よく調子よくしかも粋に唄いながら、辻から辻へと売り歩く。読売の売子に刀はなしです。蕪城さん、できますか」

「お雇いいただけるなら、すぐさま髪結にいってまいります。身形を整え、これまでの人づき合いと暮らしを改め、一生懸命、瓦版を売り歩きます。侍に未練はありません。お指図いただければ、瓦版作りのお手伝いもいたします」

姿に似合わずひた向きな言い種《ぐさ》に、妙に可愛らしいところがあった。

剣術も学問も駄目。得意は唄と女。

「女の方がね、わたしのことを放っておかないんですよ」

と、天一郎たちに真顔で言うお調子者でもある。

末成り屋の売子になってから、唄や和助と名乗った。

天一郎の役割は、末成り屋の主人として読売屋稼業を成りたたせる銭勘定と、瓦版にする人々の噂や評判、世間の様々な出来事、虚実の種を拾い集め、それを戯文や流行唄風、物語風、口上風に書き上げることである。

瓦版の種には幾つかある。

火事、天変地異、仇討《あだうち》に心中《しんじゅう》、政《まつりごと》、物盗り強盗の類《たぐい》、流行病などの風説種、神仏の御利益、畸人伝《きじんでん》、孝行美談などの閑種《ひまだね》、なんとか節や数え歌や戯文などの流行唄物である。

それを駿河半紙か鼠半紙の半切に摺って畳んで売る。

ひと昔前は大概半紙一枚だった。宝暦《ほうれき》のころから半紙二枚を重ね、耳を糸で綴《と》じたり糊《のり》で貼りつけたりした四枚立ての一冊八文が普通になった。

近ごろでは、八枚立ての十六文というのも売り出されているし、馬喰町《ばくろちょう》の地本問屋の吉田屋《よしだ》が、八枚立てに錦絵の表紙をつけて売り出した瓦版が評判を呼んだ。

売子と三味線ひきが唄い囃《はや》しながら売り歩く閑種や流行唄物と異なり、風説種は流行唄の節がない。

売子はひとり、瓦版を小脇に抱え、編笠に字突きを持って、「評判、ひょうばん」、あるいは「なんぞやかぞや……」と、独特の言い廻しをしながら江戸市中を売り歩くのである。

字突きは細い竹箸のような棒である。

《読売は一本箸で飯を喰い》

と、世間からはいい加減でいかがわしい稼業と見られている。

それでよろしいのでございます。世の中には本当みたいな嘘、嘘みたいな本当がございます。読売は世の中の、嘘と本当のからくりの、そっくりそのままの写し絵なのでございます。


翌朝、顔の痛みはやわらいでいた。

組みたて式の丸鏡に顔を映すと、腫れも幾ぶん引いていた。

少しはましか——天一郎は呟き、顔を洗って飯の支度にかかった。

竈《かまど》に火を熾《おこ》し、飯を炊《た》き、味噌汁を拵えて、目刺《めざ》しを焼き、納豆飯で素早く朝飯をすませたころ、空が明るくなる。

木挽町の湯屋へいき、熱い湯で身体を火照らせ、湯屋から橋向こうの三十間堀町の髪結で髪を梳《す》き月代を剃って髭《ひげ》をあたった。

剃刀《かみそり》がなめらかにすべるけれど、腫れや青痣《あおあざ》が残った顔に痛みが走った。

「あ、いて……」

つい言ってしまい、髪結の剃出《すりだし》が笑った。

「ずいぶん、やられやしたね」

天一郎を読売屋と、むろん知っている。

「油断したら、この始末さ」

適当に応えると、「お大事に」と笑いながら言った。

そのとき、順番待ちをしている客同士が大芝居の顔見世興行の話を始めた。今年の中村座は尾上菊五郎だ、市村座の松本幸四郎はどうの、と続いて、

「やっぱり、今年の大芝居は森多座の市瀬十兵衛だ。五世十兵衛が森多座の座頭《ざがしら》を務めるのは何年ぶりかね」

「なんでも、森多座の先代座元が、今年の顔見世の七世襲名にあたって、新座組の決定の前に十兵衛を口説《くど》き落とすため、どすんと千両箱をおいて、これにあと幾らつめば座頭を務めていただけやすかと、見得をきったそうだぜ」

「ひええ、千両箱を。千両箱なんぞ、おらあ、話には聞いたことはあるが拝んだことがねえ」

「ふむ。間違えなく、一生拝めねえぜ。わははは……」

と、森多座の評判に話は移っていった。

剃出から代わって、頭髪に鬢つけ油をつけて細かい目の櫛《くし》でさらに梳きかえしている親方に天一郎は言った。

「親方、森多座の姫川菱蔵が急病で、昨日の舞台に急きょ代役がたった噂は聞いちゃいないかい」

町家では町家の言葉遣いに変える。

「へえ。姫川菱蔵と言やあ小天雅でやすね。小天雅が急病で。そいつあ知らなかった。代役は誰がたったんで？」

「市瀬金之助だそうだ。それじゃあ、小天雅がどんな急病か、わからねえな」

「わかりやせんねえ。お客さん方、小天雅が急病で森多座の舞台に代役がたった話はご存じでやすか」

親方が順番待ちの客に聞いた。

「小天雅が急病。本当かよ。いつのことだい」

「昨日だそうで」

知らねえ、わからねえ、と小天雅の急病の件はまだ市中には広まっていない様子である。

「けどよ、あの小天雅のことだから、表向きは急病になってるが、また酔っ払って喧嘩になって、怪我でもしたんじゃねえか」

「ああ、案外な。小天雅は芸は見事だが、やんちゃ坊主だからな。五世十兵衛も小天雅のやんちゃぶりに手を焼いてるって聞くぜ」

聞いてる聞いてる……と、客と親方は頷き合った。

四半刻《しはんとき》後、末成り屋の土蔵へ戻った。

着物を着替え、出かける支度をしているところへがらりと表戸が開き、

「天一郎さん、おはようございます」

と、和助が元気な声で言った。

「ふむ、おはよう」

「腫れがだいぶ引きましたね」

「ああ。寝ると余計に腫れるのじゃないかと心配したが、そうでもなかったよ。和助、すぐ出かけるぞ」

「承知。今日は美鶴さまの特別種だから、面白い話が聞けそうだ。楽しみだな」

和助はもう置手拭をつけている。

天一郎は小筒《ささえ》を博多帯の結び目に素早く差し、昨日と同じ、鈍茶の羽織をさっと羽織った。冷えこみは厳しいが、今日も冬晴れのいい天気だった。

二人は築地川沿いを萬年橋の西詰までいき、木挽町広小路の方へ折れた。

広小路のずっと先に、森多座の黒い瓦葺の屋根が見えた。

櫓が上がり、華やかな幟《のぼり》が林立し、木戸口あたりが混み合っていた。

第二章　やんま

一

大芝居の役者の中で、中通《ちゅうとおり》の下の若衆《わかしゅ》を、お下《した》、稲荷町、向側《むこうがわ》などと言った。楽屋入り口近くに稲荷社が祭られてあり、そのすぐそばに《その他大勢》を務める若衆、すなわち新参《しんざん》の役者部屋がある。

主な役者の部屋は二階以上にある。

芝居小屋は三階建てだが、防災上三階建ては禁じられていたため、二階を中二階という呼称にし、三階を二階と呼んでいる。

鼠木戸《ねずみきど》が並ぶ賑やかな正面をすぎ、芝居小屋左手より塗りこめの壁と芝居茶屋の板塀の間の小路をたどった。

その小路の奥の中ほどに、役者、狂言方の出入りする裏手の入り口がある。

天一郎は小路に和助を待たせ、そこの口番《くちばん》という番人のところへいって何やら話をつけてきた。

裏手の入り口から離れた小路の奥に、芝居小屋へ荷運びをしたらしき大八車《だいはちぐるま》が三台止まっていて、天一郎と和助は大八車のさらに先で人待ちをした。

表通りはいき交う人の雑踏だが、この小路は今の刻限、人通りは殆どない。

茶屋の板塀の上に見越しの松が枝をのばし、案外ひっそりとしている。

とき折り、芝居小屋の客のどよめきや歓声が遠い波の音のように聞こえてくるばかりだった。

と、ほどなく、裏手の入り口より仕丁《じちょう》の衣装に拵えた白塗りの若衆が現われた。

小路の左右を見廻し、それから天一郎と和助の方へ小走りに駆けてきた。

「末成《うらな》り屋さん、困るよ。こんなときに」

若衆が天一郎に、困惑した身ぶりで言った。

「本当にすまない。ちょいとだけ、聞かせて欲しいんだ」

天一郎は、若衆の白塗りの手に白紙の小さな包みをさりげなく握らせた。

「あまり暇はとれないよ。わたしらお下は出番がなくても師匠の舞台を観ていないと、応えながら若衆は紙包みを懐へ素早く差し入れた。

「ところでその顔、どうしたの」

「くだらないもめ事に、巻きこまれてね」

「女？　博奕？　借金取り？」

「こっちは気にしないでくれ」

「ふうん。で、訊きたいことって、何？」

「姫川菱蔵の急病、代役の事情なんだ」

「あ、それ？　それ、駄目。だめだめだめだめ……それは絶対、言えない」

「駄目ってことは、座元や座頭から外へもらしちゃいけないと、命じられているためなんだろう。つまりは、姫川菱蔵の急病は表向きの理由で、実際は急病じゃなくて別の事情があるってわけだ」

「知らないったら知らない。あたしゃあ何も知らないんだから。これは本当だよ」

若衆は天一郎へ首をふり、隣の和助を一瞥した。

「知らないのはわかった。だけど、紺吉《こんきち》さんが知らなくても、人が喋っていたのは聞いた覚えがあるだろう。人が喋っていた話でいいからさ。ちょっとだけ、教えてくれないか」

「駄目だって。真偽のわからない話をわたしの口からはあれこれ言えない」

「紺吉さんは何も言わなくていい。ただ、わたしが二、三訊《き》くから、人がそう言っていたならそう、言ってなかったらなかったと、首を縦か横に小さく動かしてくれればいいんだ。すぐ終わる。いいね」

紺吉という若衆は承知と言わなかったが、駄目とも言わず、白塗りの顔をただそむけた。天一郎はかまわず続けた。

「一昨日の夜、菱蔵は新橋の酒場で喧嘩をし、大怪我を負った」

紺吉は赤い紅を刷《は》いた唇をへの字に結び、小さく頷《うなず》いた。

「喧嘩の相手はやんまの公平というてき屋？」

頷いた。

「その怪我が元で菱蔵は舞台に立てないが、命に別状はない」

また頷いた。

「菱蔵とやんまの公平は以前からの知り合い同士だった？」

紺吉は縦にも横にも首をふらなかった。

と、小屋の中から波のようなどよめきが小路に流れた。

紺吉の首が上下にぴくと震えた。

「菱蔵は近ごろ、八官町の比丘尼女郎に入れ揚げていた」

紺吉は頷いた。

「菱蔵とやんまの公平は比丘尼女郎を廻ってもめ事を抱えていた」

すると紺吉は、ふっ、と鼻先で笑い、首を横に動かした。

「じゃあ、菱蔵とやんまの公平は金でもめていた」

それにも首を横にした。

「菱蔵は町奉行所に、喧嘩相手のやんまの公平を訴えている？」

ぞんざいに首を横にふった。

「やんまの公平に怪我は？」

それも同じだった。

天一郎は束の間考え、問いを変えた。

「二人には昔からの遺恨《いこん》があった？」

紺吉は考える素ぶりになって、小さく首をかしげた。

わからないという仕種なのか。どういうことなのだ。人からは聞いていないが、菱蔵とやんまの公平とのかかわりを前から知っているという意味か。

ふと、若手役者とてき屋の間に、人知れぬ因縁《いんねん》がからんでいそうに思われた。

「恨んでいるのはやんまの公平で、菱蔵が恨まれている？」

天一郎はもうひと押しした。

すると紺吉は、はっきりと二度、頷いた。


新シ橋をこえ、銀座町四丁目と尾張町の辻を新橋の方へ折れた。

この通りは、日本橋《にほんばし》から京橋《きようばし》、新橋へと続く江戸屈指の目抜き通りである。布袋《ほてい》屋、亀《かめ》屋、恵比須《えびす》屋という江戸では有名な呉服問屋が結構《けつこう》を競い、道の両側に老舗《しにせ》大店が大小のかまえをつらねている。

老若男女、行商、両天秤《りようてんびん》の振り売り、商人、手代に小僧、急ぎ足の下男下女、駕籠《かご》かきがぶらぶらと流し、虚無僧《こむそう》、竿竹《さおだけ》売り、出前持ち、ふり分け荷物の旅人、馬上の侍……と人がいき交い、人足らが押す荷車ががらがらと通りすぎていく。

天一郎と和助は、新橋手前の出雲町《いずもちよう》の自身番《じしんばん》に顔を出した。

上がり框《かまち》の前から腰高障子に声をかけて、「はいよ」と障子を開けた店番の男の顔に見覚えがあった。店番も天一郎の顔に気づいて、

「あ、なんだ。読売屋か」

と、素《そ》っ気《け》ない口ぶりで眉間《みけん》に皺《しわ》を寄せた。

「誰だい」

番所の中から声がかかった。

「築地かどっかの読売屋だよ」

店番が後ろへ顔を向け、どうでもよさそうに言った。

顔見知りと言っても、店番は出雲町の小店の小間物屋の主人で、天一郎が店の前を通りかかった折りに挨拶を交わす程度だった。

「読売屋が番所になんの用だい」

「番所のお役目中に、相すみません」

天一郎と和助はそろって腰を折った。

「一昨日の夜、そこの新橋の酒場で喧嘩があり、怪我人が出たと聞いております。その件について、少々お話をうかがいにまいりました」

「一昨日の夜？　知らないよ。一昨日はわたしは店番じゃなかったんでね」

ぞんざいな口調だった。

「どなたか、一昨日の夜の一件をご存じの方はいらっしゃいませんか」

「なんだ」

番所の中からもうひとり、羽織を着た年配の男が店番の頭の上に顔を出した。

その男が当番らしかった。

「一昨日の夜の喧嘩の件を、聞かせてくれって」

「ああ」と当番は店番に頷いた。しかし天一郎と和助へ、

「喧嘩などない。帰った帰った」

と、芥《あくた》を払うような手つきをした。

「喧嘩はありましたよね。誰と誰がどういう理由で喧嘩をしたか、わたしらはそれを知りたいだけなんです」

「人が何をしようと、あんたら読売屋に関係ないだろう。あることないこと瓦版に書き散らして、少しは人の迷惑も考えたらどうだ。いいから帰れ」

当番が上がり框の腰高障子を、荒々しく閉めた。

「ちぇ」と和助が舌打ちした。

「いこう」

天一郎はあっさりと言い、自身番前の玉砂利《たまじゃり》を鳴らした。

「なんだい、偉そうに。あの態度は許せ……」

言いかける和助を、天一郎は人差し指を口元にたて、「しっ」と制した。

そうして立ち止まった。

「まったくあの手の輩《やから》は、耳が早くて油断がならない。読売屋にはみな気をつけないとな」

「まったくですね。どこから聞きつけたんだろう」

「あれだけの喧嘩だ。隠し通せるものじゃあないのは仕方がないが、それにしても早すぎる。てき屋のあの若いのにはちゃんと言い含めてあるんだろうな」

「大丈夫です。御番所《ごばんしょ》には訴えないつもりだと、懇《ねんご》ろに言い聞かせ、本人も畏《おそ》れ入っていましたから」

「町の者には言い聞かせてあるし、煮売屋の才八《さいはち》には承知させたし……」

当番と店番のやりとりが、天一郎と和助に聞こえた。

「あ、静かに。まだいますよ」

番所の中の別の声が言った。

ふり向くと、自身番の腰高障子がわずかに開いて、隙間《すきま》から目だけが自身番の前に佇《たたず》んでいる天一郎と和助をうかがっていた。

二人は顔を見合わせて頷き、それから人通りへまぎれた。

天一郎は新橋の方へゆきながら和助に笑いかけた。

「人は警戒をとくと、途端《とたん》に話し始めるもんなんだ。隠そう隠そうとしていた気持ちがゆるんで、逆に声を大きくさせる。ぽろっと本音が出る。読売屋はそういう話を聞き逃しちゃあいけないいんだ」

「なるほど。さすが、江戸一番の読売屋天一郎。そつがありませんね」

「二つわかった。喧嘩があったことを自身番の町役人《ちょうやくにん》が隠している。喧嘩の仲裁や科人《とがにん》が出るか出ないか、表だって調べるのが町役人の役目なのにな。御番所に訴えないと言っていた。ということはおそらく、喧嘩の一件は穏便《おんびん》にと、誰かに頼まれたんだ」

二人は新橋北詰の袖に着いていた。

絶え間ない人通りが賑やかに橋を鳴らしている。

河岸場に幾艘《いくそう》もの船が舫《もや》っていた。

「誰かって?」

「てき屋が言っても相手にされない。となると、姫川菱蔵の方の座頭か、座元が手を廻したのだろう」

「座元なら森多座、座頭なら五世市瀬十兵衛ですね」

「間違いない。さっきの紺吉の話からもうかがえる。どうやらこの喧嘩、舞台にたてないほど痛めつけられた菱蔵の方に表沙汰にしたくない理由がありそうだ」

「ふうん、お坊っちゃん育ちの菱蔵が酒か女か博奕か、何かへまをやらかし、やんまの公平に痛めつけられた、というところですか。どんなへまをしたんだろう。江戸一番の若手役者とてき屋。だんだん面白くなってきたぞ。で、もうひとつわかったことは？」

「二人が喧嘩をした酒場が、才八という亭主の営む煮売屋だ。きっとこの近辺にあるはずだ」

天一郎は橋の袖の手摺から河岸場を見下ろし、船寄せの渡し板につながれた茶船《ちゃぶね》の艫《とも》で煙管を吹かしている船頭に声をかけた。

「船頭さん、この辺で才八さんがやっている煮売屋を知りませんか」

菅笠《すげがさ》の船頭が顔を上げ、「あそこの布団を干している店だよ」と、煙管で汐留川の少し上流を指した。

土手蔵が建ち並ぶ間に、土塀に板葺《いたぶき》屋根の古い小さな店の裏手が見えた。

汐留川の切岸の上に二階の出格子窓が見え、格子には布団が干してある。

二

店は土手通りに向いた腰高障子に《あなごの蒲焼》と大きく記した字が読めた。

才八は昼から店を開ける支度《したく》の最中だった。

「あっちは人気商売だからよ。世間の評判を悪くするような事情を表沙汰にしたくないのはもっともだ。でよ、誰にも話さねえと約束した。だから、あんたらに話すわけにはいかねえんだ」

ごま塩になった髷を結った亭主の才八が、流し場のある板場であなごを手ぎわよくさばきながら言った。

盛んに火の熾《おこ》る竈《かまど》に煮炊きの鍋が架かり、甘辛い匂いが店に充満している。

「その約束の話をしに、誰がきたんですか」

「言えねえってば、それはよ。ふふ……ただ、きたのは二人だ。家主《やぬし》の田兵衛《でんべえ》さんが二人を連れてきた。殊にあの男は、堂々とした身体つきだった。この小汚い店に、掃《は》き溜《だ》めに鶴《つる》、という具合で、おら惚《ほ》れぼれと見惚れちまった。けど、腰が低くて言葉遣いは丁寧で、なかなかできた人物じゃねえか。ああやっぱり、これが今評判の、と思ったな。そっから先はもう言えねえが」

亭主は、もっと話をしたそうな様子だった。

大芝居が官許の歌舞伎で、小芝居はそれ以外の宮地《みやち》などで興行を打つ芝居をさす。芝居見物、すなわち歌舞伎見物は贅沢《ぜいたく》な行楽《こうらく》である。追込《おいこ》み場《ば》の安価な土間席もあるが、その日暮らしの庶民に大芝居の見物は縁がなかった。

それでも、当代江戸の人気役者の評判は誰でも知っている。

音羽屋は菊五郎、高麗屋は幸四郎、大和屋は半四郎、中村屋は、高島屋《たかしま》は……と、芝居見物をしたことがなくとも、役者の名や屋号を聞かない日はないし、役者絵は団扇《うちわ》の絵にもなって江戸中に出廻っている。

中でも江戸一番、と評判なのは成瀬屋である。

「一昨日の夜、ここで喧嘩があって怪我人が出たことはわかっているんだ。誰と誰が喧嘩になり、どっちが怪我をしたのかもね。しかし、どういう事情でその誰かと誰かが喧嘩になったのか、そいつがわからない。そのできた人物と約束したなら、喧嘩の事情はもう訊かないよ」

天一郎は、白い紙包みを板場のわきにそれとなくおいた。

「だけどさ、やんまという綽名で呼ばれているてき屋の公平の素性《すじよう》は、話しても約束を破ることにならないんじゃないか」

和助は板場と店土間の仕切りの棚に凭れ、あなごをさばく亭主の背中を見守っていた。亭主は白い紙包みをちらと見て、

「困るなあ。やんまの公平の素性なんて、詳しくは知らねえし。増上寺《ぞうじょうじ》か芝の神明《しんめい》の縁日や祭日やらで露店を出した戻り、まれにうちへ寄って大人しく呑んで、黙って帰っていくだけだ。役にたつ話は何もねえ」

と、手を止めずに言った。

「読売屋は人の話を聞くのが仕事なんだ。これは仕事の謝礼だ。誰にでもやっていることとさ。気にせず、話せることだけ話してくれればいい。役にたつかたたないかはこっちの都合だから」

亭主はさばいたあなごを、流し場で水洗いした。俎板《まないた》に血がにじんでいる。

「やんまの公平の帳元《ちょうもと》は誰だい」

「章次《しょうじ》という男だ。八丁堀より南の古川《ふるかわ》あたりまでを縄張りにしている親分だ。あんまり評判はよくねえがな」

「章次？　聞いた名だな」

「強欲で、荒っぽい親分だってえ噂だ。三年ばかし前、上高輪村《かみたかなわむら》の帳元だった為《ため》

右衛門《えもん》と店割を任されていた倅の久太郎《ひさたろう》が袖ケ浦《そでがうら》に浮かんでいた。そのあと、章次があのあたりの縄張りを手に入れた。為右衛門親子は縄張り争いで章次に消されたんじゃねえか、と噂がたった。けど、誰が手をくだしたか、わからずじまいだ。あの一件を種にした読売も、出なかった」

「ああ、あの一件の章次か。思い出した。そうだったな。読売の種にしなかったのは、そういう種は瓦版にしても売れないからさ」

「売れなきゃしょうがねえな。それに妙な瓦版を売り出したら、章次のおっかねえ手下らが礼にくるだろうしな。ふふん」

亭主は水洗いしたあなごの開きを串に刺し始めた。

「公平は、幾つなんだ」

「たぶん、二十一か二だ」

それから、公平の住まいが南八丁堀四丁目の磯《いそ》ノ助店《すけだな》で独り者だと言った。

「国は？」

「出羽《でわ》の米沢《よねざわ》と聞いたことがある。だが、公平は両親が江戸へ出てきてから生まれた子だ。七つか八つごろ両親をなくし、五つ上の姉さんに育てられたらしい」

「姉さんに……ほお、姉さんがいるのか」

「本人がぽろっと言っていただけで、別段気に留めなかったし、今、どこにいるのやら知らねえがな。本当にそんな姉さんがいるのかどうかも、わからねえ」

五つ上なら、そのとき姉はまだ十二、三の年ごろである。

「やんまの綽名は、やんまのように身軽だからついたと聞いた。公平はそんなに身軽な男なのかい」

「ここら辺でも、みんなやんまと呼んでいるな。やんまの身軽さは一度見たら驚かされるよ。前や後ろに軽々と回転してよ、回転しながら身体をひねったり、手足をぱあっと広げて見せたり、ひょいひょいとはずみをつけて、片手を軒《のき》へ軽くかけただけで屋根の上に飛び上がったりもして見せるんだ。大道芸人の軽業師《かるわざし》だって、やんまの身軽さには及ばねえだろう」

身軽なばかりじゃないぞ——と、亭主はちょっと自慢げに続けた。

「腕っ節だって恐ろしく強いんだ。背丈はおれと大して変わらないんだけどな。一昨日の晩も小天雅はまるで歯がたたなかった。動きはやんまみたいに素早い。それにあの腕っ節の強さじゃあ、大抵のやつは敵《かな》やあしない。このままじゃあ小天雅が殺されちまうと思って後ろから抱きついたが、ふり飛ばされちまった」

「後ろから抱きついたのに、ふり飛ばされたのかい？」

「そうさ。のびちまった小天雅とやんまの足にすがったおれを、そこの新橋まで引きずっていってな。橋の上で自分よりでかい小天雅を易々《やすやす》と差し上げて」

亭主が天井へ両腕を突き上げ、そのときの真似をした。

「差し上げて？」

「おれは吃驚《びっくり》して……あ、いけねえ。つい調子に乗っちまったよ。なんでもねえ。今のは全部作り話だ」

亭主は流し場から竈の前へ移った。

煮炊きの鍋の蓋《ふた》をとり、煮え加減を確かめた。湯気《ゆげ》が白くたちのぼっていた。亭主は鍋の蓋を戻し、

「あんたらの読売が出たら、おれも買うぜ。うふふ……」

と、天一郎と和助へ笑いかけた。

八官町は山王町《さんのうちょう》の西隣、甘酒横町《あまざけよこちょう》の先にある。

路地木戸をくぐる手前の小路に、稲荷《いなり》の鳥居があった。

そこはどぶ板がのびた路地の片側が割長屋《わりながや》、反対側が二階長屋の裏店で、路地奥の二階家の軒下に御幣《おふだ》と牛王《ごおう》の看板が出ているのが見えた。

その庇屋根《ひさしやね》の物干台には、緋の襦袢《じゅばん》や湯文字《ゆもじ》が青空を背に赤々と干してある。

「あそこだ」

「ふうむ。こんな近くに比丘尼《びくに》が隠れていましたか。うかつだった」

「花の色を愛《め》で飛び廻る蝶《ちょう》にも、見落としていた花町があったか」

「総じての事灯台下暗《とうだいもと》し、ですね。天一郎さん、よく知っていたじゃないですか。まさか、こっそりひとりで、遊びにきていたなんて？」

「どうだかな。人は見目よりただ心、さ」

天一郎は和助の遊び好きをからかいつつ、どぶ板を鳴らした。

板塀に明かりとりの連子窓《れんじまど》があり、埃《ほこり》に汚れた葭簀《よしず》が下がっていた。

「ごめん」

ひと声かけて腰高障子の表戸を引くと、ほのかに香《こう》の匂いが漂った。

土間があり、腰障子が閉じられていた。

土間に歯の高い比丘尼足駄と踵《かかと》が反った比丘尼雪駄が並んでいた。

もうひと声かけようとしたとき、畳をする音がして、障子が一尺ほど開いた。

小袖に白い焙烙《ほうろく》頭巾をかぶった娘が障子の陰に坐し、媚《こ》びるように顔をかしげて天一郎と和助へ上目《うわめ》使いを向けた。

頭巾の中の顔だちは、娘というより童女の面影があった。

「おっかさんは、いますか」

天一郎は笑みを作った。

「姉《あね》さまは寝ています。明け方、お客さまが帰ってからずっと。まだ、起きてきません……」

「怪しい者じゃありません。少々うかがいたいことがありましてね。小比丘尼さんに、うかがってもよろしいですか」

「あなたさまは、どういうお方ですか」

「築地で読売屋を営む天一郎といいます」

「よみうりやの、天一郎さん？」

「一昨日の夜のことです。姉さまのお馴染《なじ》みで小天雅というお客がいますね。小天雅さんが、一昨日の夜、新橋でやんまの公平というてき屋と喧嘩をした。その喧嘩の一件で、小比丘尼さんが知っている事情を聞かせてほしいんです」

「一昨日の晩の喧嘩のことは知っています。目の前で見ました。あのとき、あたしと妙蓮《みょうれん》さんは新橋にいましたから」

「妙蓮さんという方とお二人で、一昨日の夜、新橋でお客さんに声をかけていたんですね。小比丘尼さんのお名前は？」

「あたし、華蓮《かれん》と言います。でも、姉さまに固くとめられています。一昨日の夜のことと小天雅さんのことは、誰にも話してはいけないって。どうしても話さないといけないときは、お金をちゃんといただきなさいって」

「これは話していただく、謝礼です」

天一郎は白い紙包みを、華蓮という小比丘尼の膝の前においた。

華蓮は紙包みを手にとり、包みをといて確かめた。

「南鐐《なんりよう》の二朱ですね」

華蓮が包み直して懐へ入れた。

南鐐二朱は一昨年鋳造《ちゆうぞう》された新銀貨である。岡場所は、昼夜二朱、というのが大体の相場である。華蓮は少し考えてから、

「わかりました。ここでは姉さまが目を覚ますといけません。木戸を出たところに稲荷があります。そこで待っていてください。すぐにいきます」

と、静かな声で言った。

木戸を出たところの稲荷は、建物と建物の隙間に鳥居があって、祠《ほこら》との間に石畳を敷いた短い参道があった。わきに幟がたてられている。

華蓮はひとりではなかった。同じ焙烙頭巾の娘と二人だった。

二人の比丘尼雪駄が、参道の石畳を小気味よく鳴らした。

「こちらが妙蓮さんです」

華蓮が言った。

「一昨日の晩、あたしたち、新橋で御勧進《おかんじん》を乞《こ》うていました。いつも、新橋でするんです。そうしたら夜の五ツ（八時）前、小天雅さんが声をかけてきたんです。そのときから小天雅さんは、もうだいぶ酔っていました」

二人とも童女からまだ娘になりきらぬ薄い身体つきだったが、背丈は大人の女ほどあった。昼の日差しの下で見る顔だちは美麗《びれい》な少年のようだった。こういう小比丘尼に袖を引かれたら、男は惑わされるかもしれなかった。

「小天雅さんは姉さまのだいぶ以前からお馴染みで、お金持ちのお坊っちゃん育ちなのでお金払いがよく、とてもいいお客さまなんです。姉さまも小天雅さんのお馴染みなのが自慢らしくて、小天雅さんは江戸歌舞伎の若手の一番手なんだよ、今に五世市瀬十兵衛を継いで六世十兵衛になる当代一流の役者なんだよって、あたしたち、よく聞かされます。ねえ」

「そうなんです。小天雅さんは気前がよくて、姉さまのところへ遊びにきたら、あたしたちにも必ず、好きな物をお食べ、と言ってお金をくださるんです。一昨日の晩は、小天雅さんをお店に案内してから、屋台のお寿しをつまんで、それからまた新橋に立って、御勧進をしました」

　妙蓮が言い添えた。

「小天雅さんが帰りがけに新橋にきたのは、五ツ半すぎでした。橋の袂《たもと》からあたしたちに、またな、って言って手をふったんです。もう帰るの、って訊いたら、明日の舞台を縮尻《しくじ》っちゃあならないからさ、ってそのときは上機嫌でした。そこへやんまが橋を通りかかったんです」

「てき屋の公平だね。あんたたちもやんまと、呼んでいるのかい」

「ここら辺ではみなさんそう呼んでいますから。やんまはとっても気だてが優しくて初心《うぶ》な子だし、可愛い」

　華蓮が大人びた口ぶりで言い、妙蓮と頷き合った。

「そのとき、公平も酔っていたかい？」

「通りすぎただけなので酔っていたかいなかったかはよくわからない。けど、橋の袂で小天雅さんに、やんま、やんま、って呼びとめられていました。小天雅さんが小柄なやんまの肩に腕を廻して、久しぶりだ、つき合え、って言うのが聞こえて、それから二人は才八さんのお店にいったんです」

「あたしたちは、四ツ（十時）過ぎまで新橋にいました。そろそろ戻る刻限になって、ちょっと眠くなっていたときでした。才八さんのお店から叫び声が聞こえたんです。がたがたと物音がして、そしたら人影が何かを引きずって橋の方へくるのが見えて。土手通りの人たちが騒ぎを聞きつけて通りへ出てきたけれど、人影はかまわず何かを引きずってくるんです」

「そうなんです。橋の袂まできて、人影がやんまで、小天雅さんと才八さんを引きずっているのが、やっとわかりました。才八さんがやんまの足にすがり、やめろやめろと、しきりに喚いていました。でもやんまは橋の半ばまで小天雅さんを引きずって……」

「そのとき小天雅さんは、どうしていたんだい」

「ぐったりとして、浄瑠璃の木偶《でく》みたいにのびていました。だって、やんまが小天雅さんを両手でこう夜空へ差し上げたとき、小天雅さんの綺麗な顔は潰《つぶ》されて、血まみれのお化けみたいでしたもの」

「両手で差し上げ、どうなった？」

「小天雅さんを川へ投げ捨てようとするのを、周りの人たちがやんまを押さえてなだめました。やんまも川へ捨てるのは、さすがにためらったみたいで。そこへ自身番の町役人の方々がきて、やんまを番所へ連れていき、小天雅さんは戸板に載せられ運ばれていったんです。医者を呼べって、町役人の方が叫んでいました」

小天雅とやんまは久しぶりに遇《あ》って、酒を呑んだ。

酒の場で喧嘩になった。そういうことはある。

しかし小天雅は、舞台に立てぬほど痛めつけられ、冬の夜の川に投げ捨てられようとした。そうなっていたら、死んでいたかもしれない。

公平は、小天雅こと姫川菱蔵を恨んでいる？

さっき若衆の紺吉は、はっきりと二度、頷いた。

「小天雅さんは歌舞伎界の前途有望な若手役者、公平はやくざなてき屋、そんな二人はどこでどういうふうに知り合った間柄なんだい」

「さあ、それは知らないわ。ずっと前から、やんまが子供のころから親しいみたいでした。でも、ねえ……」

華蓮が妙蓮に言った。妙蓮は頷き、

「そうねえ。やんまは大人しくて、小天雅さんと一緒のときはにこにこしているけど、内心は小天雅さんのことをあまり好きじゃなかったみたい。小天雅さんが、やんまやんま、と弟分みたいに扱うから、仕方なくつき合っている感じでした」

「小天雅さんは、お坊っちゃん育ちの愛嬌があって、根は悪い人じゃないんです。でも、酔うとわがままが出て、ちょっと乱暴になって。偉そうになるところがあたしは嫌い。女たらしだし……」

「公平には五つほど上の姉さんがいてね。公平はその姉さんに育てられたらしいんだ。今、どうしているか知らないか」

「ええ？　初耳。やんまに姉さんがいるなんて、知らなかったわ」

「やんまは自分のことを、何も話さないものね。そう言えば、ちょっと寂しそうなところがあるなあ、あの子……」

「うふふ、うふふ……」と、華蓮と妙蓮はまるで自分たちの方が年上の姐《あね》さんみたいなませた仕種で、目を交わし笑い合った。

三

南八丁堀は薪《たきぎ》や炭を商う問屋の多い町である。

京橋川から稲荷橋をくぐるまでの北側が本八丁堀、南側が南八丁堀で、南八丁堀は鉄砲洲稲荷のある本湊町《ほんみなとちょう》まで五丁目まである。

堀の両岸には土手蔵がつらなっている。

中ノ橋《なかはし》をすぎた南八丁堀四丁目の一画にある磯ノ助店は、半間《はんげん》の路地に二棟並ぶ間口九尺《まぐちくしゃく》、奥行二間《にけん》の貧しい割長屋だった。

磯ノ助店のある界隈《かいわい》は、棟割《むねわり》長屋に割長屋、二階家に平屋が板葺屋根の二十数棟を延々とつらね、周りを大店や表店、土蔵の瓦屋根が囲んでいる。

公平は、仕事で出かけていた。

今日は八丁堀の山王御旅所《さんのうおたびしょ》に露店を出していると、隣のおかみさんに教えられた。

中ノ橋を本八丁堀へ渡り、八丁堀を南北に貫く大通りを山王御旅所へとった。

山王御旅所の境内《けいだい》は参詣客で賑わい、大鳥居をくぐって参道から境内まで露店の掛小屋《かけごや》が並んでいた。

参道途中の露店商から公平の店割の場所を聞いた。

もうひとつ鳥居をくぐって参道より境内へ入り、教えられた公平の露店の方を見ると人だかりができていた。

「あれかな」

「物売りの口上が聞こえますね」

天一郎と和助は人だかりへ近づいていった。

人だかりの間から、地べたに敷いた筵茣蓙《むしろござ》に箱入りの物や小壺などの化粧道具を並べ、向こう鉢巻の男が身ぶり手ぶりも調子よさげに、人だかりへ売りこんでいるのが見えた。

「京にはやる女郎衆《じょろうし》の売物、ころりんころりんこんころりんの、この化粧道具はいらねえか。浮世山崎《うきよやまざき》、白ごま黒ごま……木の実、柏《かしわ》の実、揚油《あげあぶら》、丁子《ちょうじ》、麝香《じゃこう》、竜脳《りゅうのう》、兵部卿《ひょうぶきょう》、伽羅《きゃら》の油、鬢《びん》にとっては上鬢下鬢天神《てんじん》鬢……」

と、男の白い童顔が景気をつけるかのように赤らんでいる。

やや小柄で丸顔の、二重の瞼《まぶた》がくっきりとした悪くない顔だちである。

のびた月代を横わけにし、両耳へ童子のように垂らした髪形が似合っている。

濃い藍地《あいじ》とんぼ模様の小紋の着流しを裾端折りに、黒の股引《ももひき》が男の足をきゅっと引き締めていた。

「お女郎衆の指櫛《さしぐし》こうがい、京針京白粉《おしろい》はいらねえか。さあ早いもん勝ちだよ、買った買ったあ……」

男が威勢よく手を鳴らすと、人だかりの中のひとりの年増の姐さんふうが、

「おにいさん、これちょうだい」

と、匂袋《においぶくろ》を手にとった。

「あいよ、ありがとう。姐さん、いい女だね。おれ好みだよ。次は誰かなぁ」

それを契機に、「わたしはこれをいただくわ」「はいよぉ」「あたしはこっちの」「ほいきたぁ」「それちょうだい」「どうも、ありがとねぇ」……などと、露店に並べた品物が次々にさばけていった。

ひとしきり、人だかりの買い物騒ぎがあって、天一郎と和助は女たちの買い物騒ぎが収まるのを傍らで眺めた。

「面白いなあ。読売を売るのに参考になりますよ」

和助が感心して言った。

やがて客が散ってゆき、露店の周りが平穏をとり戻すと、男は鉢巻の手拭をといて汗を拭った。客の応対に次々と追われ、冬でもひと汗かいた様子である。

男は露店に残った品物の数を数えていた。

「いこう」

と、男の露店へ歩みかけたとき、先ほどの人だかりの中で最初に匂袋を買った姐さんが戻ってきた。

「公平、戻すよ」

買った匂袋を戻した。

「おお、ご苦労さん」

公平はそれをあっさり受けとり、

「また頼むよ」

と、姐さんに笑いかけた。

そのとき、公平と近づいてゆく天一郎の目が合い、公平は悪戯《いたずら》を見つけられた童子のようにあどけなく、「へ……」と笑った。

「面白い口上だったね」

天一郎と和助が公平の露店の前へ立った。

「昔、親方に教えてもらったのさ。芝居か祭文《さいもん》の受け売りさ。買った買っただけじゃあお客さんは買ってくれないからね。あの姐さんが、お客さんが買いやすいように口火《くちび》をきってくれるんだよ」

男は境内を去っていく姐さんの後ろ姿へ顎をしゃくった。

「若いのに、やるじゃないか」

「これぐらい、誰でもやっていることさ。けど、いつもこうとは限らない。今日はまずまずだった。もう店じまいにするかな」

参詣客の姿もまだ多いのに、男はあまり商売熱心ではなさそうである。

手拭を肩にかけ、露店の品物を片づけ始めた。

夕暮れまでには間があったが、端《はな》から天一郎たちを客とは思っていなかった。

天一郎はさりげなく訊いた。

「やんまの公平さんだろう」

公平は品物を並べた台の後ろの床几《しょうぎ》にかけ、天一郎へ笑みをかえした。

「あんたら、読売屋さんだね」

「わかるかい」

「こっちの置手拭の兄さんみたいな人が、読売を売っていたのを見たことがある」

無邪気な笑顔を和助に向けた。

公平の後ろの、境内の木々の上に青い空が広がっている。

「築地で末成《うらな》り屋という読売屋をやっている。わたしは天一郎。こっちは……」

「和助です。公平さんの売り口上は勉強になりました」

「読売屋さんの調子のよさには敵《かな》わないよ。三味線《しゃみせん》なんか鳴らして粋でさ。末成り屋さんは築地のどこにあるんだい」

「築地川の西土手の、萬年橋の近くに土蔵が建ってる。その土蔵だ」

「あはは、あそこかあ。知ってる。末成り屋さんの近所に長屋見世があるだろう。そこへ遊びにいったとき、築地川沿いのあの土蔵の前を通ったことがあるよ。ぼろっちい土蔵だったな」

天一郎は「そう。そのぼろっちい土蔵だよ」と、公平に頷いた。

「公平さんに訊きたいことがあってね。今、いいかい」

「よくないと言っても、訊くんだろう」

「まあね。謝礼は出す」

「やめろよ」

紙入から紙包みをとり出しかけた天一郎を、公平が手を突き出して制した。

だが、無邪気な笑顔は変わらない。

「一昨日の夜のことだろう。おれは何も話さないし、話さないと約束した」

「誰と約束をしたんだい」

「言えない。読売屋さんには関係のない人だ。おれは商売人だから約束は守る。約束を守らないと、後のち商売に何かと障《さわ》りがあってね。いかがわしいてき屋でも商人の性根は同じさ。この品物だって、京の職人が拵えた本物なんだぜ。ただ、仕入れ先がわけありなだけで」

公平は売れ残った化粧道具を、籐《とう》の行李《こうり》にしまい始めている。

「わかった。商人らしい心がけだね。だが、訊きたいのは一昨日の夜のことじゃない。公平さん、歌舞伎役者の姫川菱蔵を知っているだろう。綽名は小天雅。叔父の五世市瀬十兵衛の俳号の天雅《てんが》をとって、小天雅と呼ばれている。六世市瀬十兵衛は小天雅に決まりと言われ、今、江戸歌舞伎の若手では一番手と評判の役者だ」

公平は応えず、品物を行李へ丁寧に入れていった。

通りかかったてき屋仲間が声をかけた。

「やんま。早いな。もうしまいかい」

「うん。今日の分はもう稼いだ。明日の分は明日にとっておかなきゃあ」

公平は愛嬌のある笑顔を仲間へ投げかえした。

「そりゃあそうだ。でないと明日、干上がっちまうもんな」

仲間が笑いながら、通りすぎていった。

天一郎は通りすぎた仲間を見送ってから言った。

「偶然、公平さんがその小天雅と以前からの知り合いだって、小耳にはさんだもんでね。どういう知り合いなのか、それを訊きにきたのさ」

「そんなことを訊いて、読売に載せるのかい。歌舞伎の役者とやくざなてき屋が以前からの知り合いだったら、何かおかしいかい。そんなことを読売屋さんの種にしたら、世間の人は面白がって読むのかい」

「知り合いにもいろいろあるからね。面白そうだと思ったら読売の種にするよ」

「読売の種にされるのを、当人がいやがってもかい」

天一郎は笑った。

「事と次第によってはね。公平さん、小天雅とはどういう知り合いなんだい？」

「言いたくない」

「言いたくないけど打ち消さないってことは、やっぱり、知り合いなんだね」

「そんなことは言ってないだろう。勝手に決めるなよ」

公平は笑みのまま、片づけを続けている。

「読売屋は好奇心が旺盛《おうせい》なんだ。世間に名の通った人の事が気になって、あれこれ詮索《せんさく》したくなる。小天雅が急病という理由で、昨日の顔見世興行の舞台から、急きょ代役がたったそうだ。知っているだろう」

公平は応えない。

「あんたが小天雅と知り合いで、しかも小天雅に含むところがあるふうにも聞いたんだけどな」

「含むって、どういう意味だい」

公平は品物をしまった行李を、紐《ひも》で縛り始めながら訊きかえした。

「公平さんが小天雅に、何やら遺恨を抱いてるらしいってさ。一昨日の晩は、その遺恨が元であんたと小天雅は喧嘩になった。小天雅はその喧嘩で、舞台に立てないくらいの大怪我を負った。違うかい」

小天雅は行李に脚を打ち違えに畳む床几《しょうぎ》をくくりつけ、「よいしょ」と背中に背負った。そして笑みを絶やさず、

「読売屋さん、おれは何も言ってないからね。言ってもいないことを、おれが言ったみたいに瓦版に載せないでくれよな」

と、天一郎と和助を交互に見つめた。

「そんなつもりはないよ。だけど、間違ったことを載せないように、本当の事情を聞かせてくれないか」

「本当の事情はつまらないんだ。悲しかったり、つらかったり、みじめだったりするしさ。人が悲しんだり、つらい目に遭ったり、みじめだったりするのが、そんなに面白いかい」

「悲しかったり、つらかったり、みじめだったりするのには、世間のつながりや人

の縁の中にわけがあるからさ。読売は、そのわけを謎解きするみたいに瓦版にして見せる。どうせ世間を渡っていくことが悲しくてつらくてみじめだったら、せめてそのわけぐらいは、みんな知りたいじゃないか」

公平は地べたに敷いていた筵莫蓙の土を払い、丸めていた。

「あんたら読売屋さんは、つまらない本当のことをつまらなくないように歪《ゆが》めて、面白おかしく偽物《にせもの》に作り変えて瓦版にするんだろう。やめなよ、そんなこと。おれはやくざなてき屋だけど、偽物は売らないぜ」

公平は天一郎に言った。

それから丸めた筵莫蓙を脇に抱え、横わけの髪をふわりとなびかせた。

境内を鳥居の方へ歩み去っていき、途中の露店仲間と「早いね」「お先」「またな」などと明るく言葉を交わしていた。

天一郎は腕組みをして、公平の歩み去る姿を見送った。

「ちえ、なんだい……」

隣の和助が顔をしかめた。

「言われたたな」

天一郎は和助に笑いかけた。

「偽物だって、本物より上等な場合だってあるんだ」

「仕方がない。こういうこともあるのが読売屋の仕事さ。われわれも今日はしまいだ。末成り屋へ戻って、みなで沢風《さわかぜ》の鋤焼《すきやき》を食いながら一杯やろう」

「いいっすね。ぱっとやりましょう、ぱっと」

「沢風の鋤焼では、ぱっとというほどではないがな」

境内の樹林の空高く、鳶《とんび》がくるりと輪を描いた。

四

「ほお、やんまの公平とはそんな男か」

と、修斎が鋤焼の鴨肉《かもにく》を吹いてから頬張《ほおば》った。

「やくざなてき屋にしては、なかなか言うねえ。未熟でも、若いときのまっすぐな物言いには芯《しん》を突いてくる場合がある」

三流が鍋から湯気のたった鴨肉と葱《ねぎ》をとりわけた。

「まっすぐったって、ただの世間知らずなだけですよ。気楽な若造だから、言いたいことが言えるんです」

と、和助が杯をきゅうっと音をたてて乾《ほ》してから、口をはさんだ。

「二十一か二なんだろう。和助と大して違わんではないか」

三流が言い、修斎が笑いながら頷いた。

「わたしとあんな世間知らずの若造を一緒にしないでくださいよ。年は若くてもわたしはあんな若造より何倍も濃い生き方をしてきたんです。太く短く、それがわたしの心がまえです。そのためこれまで何人の女を……」

「よせよ。また岡場所の女にふられた自慢話かよ。もう聞き飽きたぞ」

「ふられたんじゃありませんて。惚れられた話なんですって、わたしの場合は」

「和助、呑め。ふられようと惚れられようと、どっちでもいいんだ。この世の盛りはひととき、さ」

修斎が和助の杯へ冷《ひや》の徳利を傾けた。

甘辛いたまりに漬けた肉をじじ……と焼く鋤焼の酒は冬場でも冷に限る。享保《きょうほう》のころより出廻り始めた関東醬油《かんとうしょうゆ》の濃厚な辛みが、高価な薄口《うすくち》の下《くだ》り醬油より鋤焼にはよく合う。

天一郎、修斎、三流、和助、の四人は、焼物料理屋《沢風》の客座敷で、七輪《しちりん》に架《か》けた湯気《ゆげ》のたつ鍋を囲んでいた。

沢風は采女ヶ原東方の、四《よ》つ目垣《めがき》に囲われた小屋敷地と小路をひとつ隔てた木挽町四丁目の裏通りにある。

昼間は醤油だれの焼けてしたたる匂いが堪《たま》らない《江戸前鰻《うなぎ》の蒲焼》で飯を食わせ、夕暮れからは酒の客に海老《えび》の鬼がら焼や、時どきの魚に豆腐や蒟蒻《こんにゃく》の田楽《でんがく》焼、ほかに鋤焼鍋を出す焼物料理の店だった。

十二畳ほどの小広い客座敷の座に客が着くと、半暖簾の下がった座敷奥の調理場より赤い襷《たすき》に前垂れのよく太った年増の女将と、この秋から雇った女が七輪を持って現われる。

客の注文を聞いて、火の熾った炭を七輪に入れ、鍋を架けて焼きにかかる。

鋤焼は葱を足してたまりをそそぐと鍋の中で、じゃあ、っと湯気がはじけ、美味そうな匂いがたちのぼる。

たまりに漬けた雁《がん》や鴨、紅葉《もみじ》や牡丹《ぼたん》を唐鋤《からすき》の上で焼いて食う野良《のら》料理だったのが、近ごろ、こういう焼物の料理屋でも食わせるようになった。

夏場はむろん、冬場でも冷酒《ひやざけ》が何杯も進んだ。

夜は木挽町界隈のお店者《たなもの》や周辺の武家屋敷の侍らの定客《じょうきゃく》で埋まる。

天一郎ら四人も、八年前、築地川堤に末成り屋を開いたとき以来の定客である。

その夜も客座敷は、七輪に熾る炭火や混み合った客の熱気と、煮炊きの湯気や焼物の煙がたちのぼり、暑いくらいだった。

そんな中、商人風の四人連れが、酌《しゃく》を交わしながら愚痴《ぐち》をこぼしている。

「近ごろの物の値上がりにはまいるね。田沼さまがご執政《しっせい》に就《つ》かれて、確かに世の中の景気はよくなったが、こう物の値段が上がっちゃあ、稼ぎはみんな右から左で追いつかない。一体誰のための商いか、わかんなくなっちまうよ」

「まったくだ。一昨年に南鐐二朱が鋳造になってから、米に続いて酒、醤油。それから炭と薪だろう。続いて油に蠟燭《ろうそく》、景気がいいので材木の相場が高騰《こうとう》しているってさ。金廻りのいい大店は、どんどん建て替えをやっているからね」

「景気がいいのは大店だけさ。去年のこの時期、うちの下駄《げた》の仕入れが十足で三百七十二文だったのが、去年から仕入れ値がじわじわ上がって、今月は四百八十文をこえる始末さ。ほぼ三割がたの値上がりだから、一足四十文から五十文に値上げせざるを得なくなった。ところが売れゆきが落ちて全部の売り上げは去年と横ばい。仕入れ値の上がった分がそのまま持ち出しになっただけ。いやになっちまう」

「うちは正月に沼田の切粉《きりこ》煙草が七十匁《もんめ》百文だったのが、今は百二十文をこえているからね。けど、値上がりした分を全部売り値に上乗せなんてできない相談さ」

「田沼さまの施策は、ひと握りの大店と株仲間《かぶなかま》にしか目配りができていないのさ。お上の台所に入る運上金《うんじょうきん》や冥加金《みょうがきん》がふえれば上々、という目先のことしか見えていない。だけどだよ。株仲間を支えているのはじつはわれわれ中小が、歯を食い縛って苦しい商いに耐えているからなんだ。そこが田沼さまにはわかっていない」

「こう言っちゃあなんだけど、所詮《しょせん》は……」

ひとりの声が小声になった。

「小才《しょうさい》の成り上がり者だからね。卑《いや》しき身分からひたすらお上にへつらいおもねって立身出世を果たした。卑しき身分の成り上がり者が国を動かすのは無理なのさ。政《まつりごと》に品格がない。政はやはり、由緒《ゆいしょ》正しきお血筋《ちすじ》の方々に執《と》っていただかねば」

「同感同感……」

と、商人らが言い合い、笑い声が店の中のざわめきに溶けこんでいた。

「天一郎は蝦夷《えぞ》の厚岸《あっけし》を知っているかい」

いきなり修斎が、手酌で徳利を傾けつつ言った。

「東蝦夷の厚岸か」

天一郎は訊きかえした。

「そうだ。北の大地の、よき湊《みなと》らしい」

「異国との交易を鎖《とざ》す前の寛永《かんえい》のころには、和人が居住し異国船との交易を厚岸で行っていたと、聞いたことがある。厚岸がどうした」

天一郎が杯を乾すと、修斎が徳利を差した。

「例によって、文香堂《ぶんかどう》の多吉《たきち》が言っていたのだがな。三年前の田沼の旦那が執政に就いたころだ。今、ふと思い出した」

文香堂の多吉とは尾張町の地本問屋の手代で、執政・田沼意次を田沼の旦那と言い始めたのは多吉だった。早耳の男である。

「多吉によれば、田沼の旦那が執政に就いて何よりもやりたがっていることは、厚岸に異国との交易の湊を開くことなんだと。西国《さいごく》の長崎のほかに北の厚岸に湊を開いて異国との交易をふやし、幕府の台所を豊かにする狙いだそうだ」

「ええっ、幕府が厚岸に湊を開くんですか」

和助が横で目を丸くした。

「ふむ。西の和蘭《オランダ》と唐《から》、そこに北の魯国《ロシア》との交易を加える。公儀の施策の大転換を図ろうとしている。もしこれが事実なら、田沼の旦那の狙いの意味が天一郎にはとけるか」

修斎が商人らへ、ちらと一瞥《いちべつ》を投げ言った。

「田沼の旦那なら、当然、考えるだろうな。北の海は豊かな漁場《ぎょじょう》で、海産物の宝庫だ。魯国との交易は幕府の台所に有益と秤《はかり》にかけた考えだ」

天一郎は杯を乾した。

「そんなことをして、大丈夫なんですか」

「交易をふやしたいなら、北の果ての厚岸でなくてもよかろう。魯国でなくとも、英吉利《イギリス》、西班牙《スペイン》、葡萄牙《ポルトガル》も交易を求めておると聞くぞ」

と、和助と三流が鴨肉の肉汁《にくじゅう》をしたたらせながら言った。

「わが国の金山《きんざん》はすでにどこも枯渇《こかつ》している。銀は昔は金より多く採れた。だが、今はもう金と同じようなものだ。金銀が採れぬ上に異国との交易で流出が続き、金はむろんだが、特に商いに必要な銀が不足している。幕府の財政の基盤の米では、幾ら増産を図っても異国との交易に使えぬ。江戸で米は小判になるが、異国との交易ではただの米粒だからな」

「なら、その厚岸とやらに湊を開いて魯国との交易を始めれば、さらに金やら銀やらが流出するのではありませんか」

「和助、幕府に金と銀が不足すれば、何に差支えがあると思う」

「金なら金の茶釜、銀なら銀煙管ですかね。あははは……」

「それもある。だが金と銀が不足すれば金貨と銀貨をふやすことができない」

「金貨銀貨をふやしたいんだったら、金や銀の含量《がんりょう》を減らして鋳造し直して、ふやせばいいんじゃないですか。お上のよくやる手じゃないですか」

「鋳造し直しても同じなんだ。値の下がった金や銀で交易をするだけのことだ。金と銀の流出はとまらない。ところで三流、金貨と銀貨をふやすことができないために何か困ることがあるか」

天一郎は和助から三流へ目を移した。

三流は部厚い胸を反らし、「ふうむ」と沢風の煤《すす》けた天井を見上げた。

「商人が商いを大きくしようとしても、金貨や銀貨が足りないのであれば、大きくできぬだろうな」

天一郎は三流に頷いた。

「そうすると、田沼の旦那が国の商いをもっと盛んにして運上金や冥加金をふやそうと狙っても、あてはずれだ。お金がないのだから商売が盛り上がらないのは、仕方がない。銀をふやして銀貨をもっと鋳造し、商いに使う銀貨を多く市場に出廻らせなければ、商いは盛んにならない」

三流から修斎へ向いた。

「つまり、田沼の旦那の思わくでは、商いに特に必要な銀がもっともっといる。銀の流出をとめるだけでなく逆に流入させなければ、田沼の旦那の思わくは早晩いき詰まる。だから厚岸さ」

「そうか、それで厚岸か。その通りだな」

「へえ？」

と、和助が首をかしげた。

「この間《かん》、幕府はとりわけ銀を異国より流入させるために交易を盛んにし、銀の流入を図っている。幕府の交易品の主な物産の中に海産物がある。わが国の海で獲れる海産物は売り物になる。異国との交易で、わが国の海産物はとても重要な交易品なのだ。目ざとい田沼の旦那なら、交易品の海産物に目をつけないはずがない」

三流と修斎はそろって頷いた。

「魯国との交易で、豊かな北の漁場の海産物が手に入れば、和蘭や唐との交易でそれを売り、もっと多くの銀が手に入る。北の果ての厚岸の湊が開かれれば、西の果ての長崎の湊に銀の花を咲かせることができるのだ。田沼の旦那が厚岸を開こうという狙いの意味は、おそらくそこにある」

天一郎は三人を見廻した。

「厚岸の湊を開いて成果が上がれば、次の湊を考えるかもしれない」

ぼうっと聞いていた和助が、はっと気づいて「天一郎さん、どうぞどうぞ」と天一郎の杯へ徳利を差した。そして、

「しがない読売屋の天一郎さんが、なんでそんなことを知っているんですか」

と、呆れたふうに訊いた。

「和助も読売屋だろう。しがない、などとおぬしが言うな」

三流がにやけ顔で和助の頭を小突いた。

「見えぬ目で見て、聞こえぬ耳で聞き、語れぬ口で語ることが読売屋だよ。そうしていると、世間の仕組みがぼやっとでも見えてくるものさ」

「さすがは天一郎。末成り屋の亭主にと、見こんだだけのことはある。なあ三流」

今度は修斎が言って、天一郎と三流の杯へついだ。

「見えぬ目で見て、聞こえぬ耳で聞き、語れぬ口で語る、か。いいっすねえ。これからわたしもそんなふうに見ることにします」

「おぬしは見えようが見えまいが、女しか見ないではないか」

「見ない見ない。あはは……」

「ひどいなあ。修斎さんも三流さんも女房に食わせてもらっているくせに。わたし

と天一郎さんは、末成り屋の稼ぎだけで、かつかつに暮らしているんですから。ねえ、天一郎さん。わたしらはねえ」

天一郎と、修斎、三流は思わず高笑いになった。

周りの客が四人へふり向いた。

「で、天一郎、小天雅の一件の調べは続けるのか」

修斎が周りをはばかって声を落とした。

「続ける。小天雅とてき屋の公平のかかわりが気になる。ただの顔見知りではなさそうだしな」

「一方が片方へ遺恨を持つのに、ただの顔見知りというのは確かに変だ」

「わたしもいきます。あの生意気なやんまの公平は、腹になんか持っていますよ。あの顔はそういう顔だ」

「和助は駄目だぞ。明日は瓦版売りの仕事があるではないか。おぬしの仕事が」

三流が言った。

そうか、と和助は額を叩き、三人が、「そうだそうだ」と頷いた。

五

翌日の朝、天一郎は南八丁堀の磯ノ助店へ向かった。

手早く朝の身支度をすませ、末成り屋の土蔵を出たのは五ツ（午前八時）前だった。

築地川の萬年橋を渡り、広い武家屋敷地を幾度か折れ、西本願寺《にしほんがんじ》の裏手より備前《びぜん》橋《ばし》、さらに北へ数馬《かずま》橋《ばし》をこえた。

冬の気配がぴりりとしたいい天気が、今日も続いている。

鈍茶の羽織、菅笠、麻裏つき草履といつもの拵えである。

長い武家地が続く通りの先に、南八丁堀の三丁目と四丁目の辻の人通りがだんだん見えてきた。

どこかで手土産《てみやげ》を買うか、と考えていたときだった。

藍地の着流しにとんぼの小紋、横わけにした月代をふわふわとゆらし、裾端折りに黒の股引、黒足袋草履の小柄な男が、その辻をのどかに横ぎっていくのを認めた。

やんま……

咄嗟《とっさ》に天一郎は気づいた。

公平の姿は四丁目から三丁目の表店の陰にすぐに消えた。

天一郎は小走りに辻へ駆け、角の軒下より三丁目の通りへ公平の姿を追った。

通りは商いが始まってまだ間のない朝の気配に包まれていた。

朝日の下に荷車が通り、振り売りの姿が見える。

その中をのどかに歩む公平の後ろ姿があった。腰に菅笠を下げていたが、昨日のような行李は背負っていなかった。

どうやら、露店の仕事ではなさそうだった。

天一郎は好奇心にかられた。

菅笠を目深にし、四半町ほどの間を保ちつつあとを追い始めた。

南八丁堀から三十間堀に架かる真福寺橋《しんぷくじばし》。土手蔵が続く京橋川に沿って新両替町の大通りをすぎ、一丁目と南紺屋町《みなみこんやちょう》の境の大丸新道《だいまるしんみち》へ折れた。

大丸新道の先は弓町《ゆみちょう》である。

南紺屋町との境の北横町《きたよこちょう》は、両側に染物屋と弓師の店が軒をつらねている。

南紺屋町側の表店の中に、《釜や》と記した看板行灯をたてた蕎麦《そば》と御膳の店があった。

釜やはまだ開店前らしく、暖簾などは出ておらず、竪《たて》格子の表戸が閉じてある。

公平は釜やの店先に足を止め、店の構えをぽつんと見上げた。

入ろうか入るまいか、を迷っているふうにも見えた。

やがて、小腰をかがめ、遠慮しながら表格子戸を開けた。

腰をかがめたまま店内に声をかけ、店の者に何か言われたらしく、しきりに頭を下げたり横にふったりした。

横わけにした月代の髪を照れくさげにかいて、愛想笑いもしている。

しばらく言葉を交わしてから入ることを許されたのか、公平は店の中へそっと足を踏み入れ格子戸を閉めた。

天一郎は、釜やと通りを隔てた軒暖簾を下げた弓師の店の前土間へ入った。

店の間の男が「いらっしゃいませ」と天一郎に声をかけた。

前土間にも店の間にも、黒塗りや朱塗りの重籐《しげどう》の弓がずらりとたて並べてある。

「ちょっと見せてもらいます」

「どうぞ。お手にとって」

弓屋が言った。

天一郎は黒の重籐を手にとり、七尺ほどの弓のやや下を握って握り具合を確かめるふりをし、釜やの店先へちらちらと目配りした。

「どのようなお道具をお探しでございますか」

と、弓屋が土間へ下りてきた。

「いえね。ご用を承《うけたまわ》っているお屋敷のお坊っちゃんが、このたび元服《げんぷく》をなさいますので、その祝いの品に弓をどうかと思いましてね」

「はあ、元服のお祝いに。それなら弓は相応《ふさわ》しゅうございますね。どのような流派をお稽古なさっておられるか、おわかりになりますか」

「弓のことはさっぱりわかりません。弓を射るのに、流派があるんですか」

「はい。剣術に流派がございますように、弓にも流派がございます。もともと、宮廷儀礼の礼射《れいしゃ》と戦場の武射《ぶしゃ》がございます。ですがお客さまのその握り具合は、おわかりにならないにしては、正しい形になっておりますよ」

弓屋が言って、「これなど」と朱塗りの重籐をとった。

そのとき、釜やの表格子戸が開き、前垂れをした年増が軒先に半暖簾を架けた。

年増はすぐ店の暗がりへ姿を消し、格子戸は開け放ったままである。

開店の刻限らしかった。

「吉田流、出雲派、雪荷《せっか》派、道雪《どうせつ》派、左近右衛門《さこんえもん》派、そのほかに……」

弓屋が流派の名を挙げるのを聞くふりをして、天一郎は釜やの店先から目をそらさなかった。

すると、半暖簾の下の店の暗がりから、可愛らしい銀杏髷《いちょうまげ》の童女が赤い鼻緒《はなお》の下駄を鳴らして走り出てきた。

その童女を追いかけ、暖簾をわけて公平が大股で通りに姿を見せた。

すぐに店の前から走ってゆく童女を、公平が追った。さらに、さっき暖簾を下げた年増が続いて出てきて、童女に声をかけた。

「お牧《まき》、遠くへいっちゃあだめよ」

「あぁぁぁい」

童女の澄んだ声と下駄の音が通りに小さくなっていった。

「……新しく起こりましたところでは、大和《やまと》流という流派がございまして」

「ご主人、今日は仕事の途中にちょいと立ち寄りましたもので、また改めてうかがいます」

天一郎は弓を戻し、弓屋が「あ、さようでございましたか。ではまたの……」としまいまで言うのも聞かず、急ぎ足で通りへ出た。

公平の菅笠を腰に垂らした後ろ姿が、通りの先の角を右へ折れるところだった。

天一郎は菅笠をかぶり直した。

公平は南紺屋町の神社の社殿の前にお牧と並んで、鈴を鳴らし柏手《かしわで》を打った。

お牧が小さな白い掌を合わせ、指先を唇にあてて熱心に祈っている。

可愛らしい赤い唇が、何かを呟いて震えていた。

公平は一旦上げた頭をまた垂れて、祈りを続けた。

姉ちゃんのことは真っ先に祈ったし、次に何を祈っていいのかわからなかった。

少し考えて、それから、おれのことはどうでもいいから、お牧にいいことが沢山《たくさん》ありますように、と祈った。

公平が片目を開いて再び隣を見ると、お牧はお祈りを終えて公平をおかしそうに見上げていた。

公平はお牧へ微笑んだ。

「やんま、神さまに何をお願いしていたの」

お牧が大きな目を輝かせて言った。

「何をお願いしたか、人に言っちゃあいけないんだぞ。だから言わない」

「ふうん。どうしていけないの」

「どうしてかは知らないけどさ。たぶん神さまが、お願い事を人に聞かれるのがいやなんじゃないか」

「神さまは、いやなの。恥ずかしいから？」

お牧は無邪気に小首をかしげた。

「お牧は、何をお願いしたんだい？」

「言っちゃあいけないんでしょう。ふふ……」

お牧はきらきらする小さな歯を見せて笑った。

「ちょっとだけならいいよって、神さまは言ってくれるよ」

三段の石段があって、お牧の小さな引きつけ下駄が石段に鳴った。

石段の下に石灯籠二灯が左右に建ち、石段より鳥居まで四、五間ほどの石畳がのびている。

土蔵造りのお店とお店の間の奥行のあるせまい境内で、お店の二階の物干台に染物の布地が青空の下に干してあるのが見える。

「じゃあちょっとだけね。わたしはね、おっ母さんのことをお願いしたの」

それ以上は言わない、というふうにお牧はおかしそうに口を噤《つぐ》んで、黒目がちな目を遊ばせた。

「おっ母さんのことか。おれもお牧のおっ母さんのことをお願いしたんだぜ」

「ほんと？　おっ母さんの何をお願いしたの」

「言えないよ、それは。けどね、お牧のおっ母さんが早くお牧のところに帰ってこられますようにって、お願いしたのさ」

姉ちゃんのことをお願いするとき、公平はいつもそうお願いするのだった。

昨日、八丁堀の山王御旅所でも熱心にお願いした。

いつかは神さまも願いを聞いてくれるはずだ。公平はそう思っている。

「それからお牧のこともお願いしたよ」

お牧は「ふうん」と首を小さく動かして微笑んだが、何をお願いしたのかはもう訊かなかった。

石段の下から下駄をからからと鳴らし、足けんけんを始めた。

お牧は鳥居の近くまでけんけんをし、くるりとふりかえって石段のそばへけんけんで戻ってきた。

軽やかな下駄の音が、境内の両側の大きな建物の間で寂しく響いた。

お牧が戻ってくるまでに、公平は懐から白紙に包んだ簪《かんざし》を手にしていた。

「やんま、今日はこれからどこへいくの」

けんけんで戻ってきたお牧が、愛くるしい笑みを浮かべて訊いた。

「用があってさ。ちょっと遠いけど、出かけなきゃならないのさ」

「やんま、吉原《よしわら》って遠いの？」

「吉原？　うん、遠いよ。どうして」

「わたしのおっ母さんは吉原にいるんでしょう。やんま、知ってた？」

「誰が言ったんだい、そんなこと」

「みんな言ってるよ。お牧のおっ母さんは吉原で奉公しているって」

お牧は再びけんけんをして、石畳と鳥居の間の石畳に下駄を鳴らした。

お牧が愛くるしい笑顔のままなので、公平は少し安心した。

「お牧、これは土産だよ。鼈甲《べっこう》の花簪だぜ。ほら、ここに花も挿《さ》せるんだ」

公平は紙を開いて、光沢《こうたく》のある値の張りそうな簪を指先にかざした。

鼈甲が朝の光に映えた。

「わあ、綺麗ね。ありがとう。でもこれ、やんまの売物じゃないの」

「売物じゃないよ。仲間が仕入れていたのを、これはお牧に似合うと思っておれが特別に買ったものさ。本当だよ」

「高かったんでしょう。こんな値の張りそうな簪は、わたしはまだ子供だからいらないよ。これもやんまが売れればいいじゃない」

「値段のことなんかお牧が気にしなくていいんだ。おいで、挿してやろう」

「うん。ふふ……」

お牧は照れくさそうに、低い声で笑った。

公平はお牧の、銀杏髷の真新しい綿《わた》のように柔らかい髪に花簪を挿した。

「似合う？」

「よく似合うよ、お牧。思った通りだ」

お牧は見えない簪を見ようとするかのように上目使いで、指先を簪にあてた。

「お牧はおっ母さん似でとっても綺麗だから、簪がよく似合う」

「嬉しい。ありがとう」

お牧の丸く白い頬が、少し赤らんでいた。

公平はお牧の喜んでいる顔を見て、幸せを覚えた。

「じゃあお牧、おれはもういく。また土産を持ってくるからさ」

「土産はいらない。やんまがきてくれるだけでいいから」

お牧の言葉に、公平の胸がつんとなった。

「途中まで見送ってあげる。どっちへいくの」

「京橋だけど、見送りはいいよ。次兵衛《じへえ》おじさんとお竹《たけ》おばさんに、よろしく言っといてくれ」

いきかけた公平に、お牧はどうしても見送ると言って、人通りが盛んな京橋の袂までついてきた。

沢山の瓦をつんだ荷車が橋板を鳴らし、人足のかけ声が賑やかだった。

「じゃあ、お牧、気をつけてお帰り。またな」

「うん、やんまも達者でね。喧嘩しちゃあ駄目だよ」

橋の袖でお牧が大人びた口調で言い、公平を笑わせた。

公平は「またな」と繰りかえした。

それから京橋を渡っていった。大通りの先は日本橋である。

京橋を渡り少しいってふりかえると、京橋の南詰の袖で、小さなお牧が手摺の上まで背のびをし、まだ手をふっていた。

公平は手をかざし、それからもう戻れというふうにその手で合図を送った。

だがお牧は、いつまでも橋の袖で手をふっていた。

そうだよな。お牧にはそういうところがある。おれが見えなくなるまであそこで手をふり続けるのだろう。姉ちゃんに似ている。

公平は名残《なご》り惜しいのに、お牧を見ているのがつらくなった。くるりと踵《きびす》をかえして人通りの中へまぎれた。


お牧は公平が見えなくなって、ちょっと寂しくなった。

だが、寂しくなるのはいつものことだったからお牧はがまんした。

公平が土産にくれた綺麗な鼈甲の花簪のことを考え、心が浮きたった。

お牧は銀杏髷に挿した花簪にまた指をあてた。嬉しくて笑みがこぼれた。

もう戻ろうと思ったとき、後ろから声をかけられた。

「あれは、やんまの公平さんだね」

鈍茶の羽織に菅笠をかぶった痩せた背の高いおじさんが、後ろに立っていた。

「そうだよ。おじさん、やんまを知っているの」

おじさんは菅笠の縁を少し上げ、橋の向こうをいく公平の姿を見送っていた。

「うん、少しだけな」

そう言って、お牧を見下ろし優しげに笑った。

「綺麗な簪だ。嬢ちゃんによく似合う。公平さんがくれたのかい」

お牧は簪に指先をあてたまま、にこにこと頷いた。

「やんまの公平さんは、嬢ちゃんのお友だちかい」

「お友だちだけど、でも本当は親類なの。わたしのおっ母さんの弟なの。やんまは言わないけど、わたし、知っているの」

「ふうん」とおじさんは不思議そうな顔をした。

「嬢ちゃんのおっ母さんは、釜やさんで働いているのかい」

「わたしのおっ母さんは吉原で奉公をしているの。釜やのおじさんとおばさんは、わたしを赤ん坊のときから養ってくれた親切なおじさんとおばさんなの。わたしは赤ん坊だったから、おっ母さんの顔をよく覚えていないの」

お牧は覚えていない母親の顔を思い出そうとした。

「嬢ちゃん、名前はお牧かい」

「そうよ。おっ母さんがつけたの」

「年は幾つだい」

「七つよ」

「七つか。おっ母さんに会えなくて寂しいね」

「寂しいけど、平気。次兵衛おじさんもお竹おばさんも優しいし、やんまも時どき会いにくるから。おじさん、お名前は？」

「てんいちろう、って言うんだ。おじさんの名はお父っつあんがつけたんだ」

六

公平は浅草田圃《たんぼ》の畦道《あぜみち》をいき、田町《たまち》の町家を抜けて日本堤《にほんづつみ》へ上がった。

堤道の両側に小屋掛の茶屋や露店が、聖天町《しょうでんちょう》の方より衣紋坂《えもんざか》まで葭簀《よしず》張りの屋根を並べている。

赤い前垂れに赤襷の掛茶屋の女が客を呼んでいた。

客を乗せた辻駕籠がかけ声を合わせて堤道を通りすぎ、小屋掛の間より見下ろせる堤下には山谷堀《さんやぼり》のゆるやかな流れがある。

昼見世の客が日本堤を、そろそろ賑わしつつある刻限だった。

日本堤から衣紋坂へかかる左手に一本の柳が枝葉を垂らし、そこから坂を下り大《おお》門《もん》まで三折れする五十間道《ごじっけんみち》をたどった。

五十間道の両側にも、外茶屋《そとぢゃや》が軒をつらね、呼びこみの景気のいい声が飛び交っていた。

大門は黒色の鉄釘打ちの冠木門《かぶきもん》で、吉原の町を囲った黒板塀と外堀の手前わきに高札《こうさつ》が立ててある。

黒板塀には中から外へ人が出られないように忍び返しがついていて、公平はそれを見るたびにいやな気持ちにさせられた。鉄漿溝《おはぐろどぶ》と呼んでいる汚れた外堀も、姉ちゃんを汚しているようで、なんとはなしに不快になる。

公平は大門をくぐる前に、菅笠をつけた。

大門より仲ノ町の賑わいの中をたどり、揚屋町《あげやまち》の通りへ曲がった。通りへ入るとすぐに、備後《びんご》屋という半籬《はんまがき》の表暖簾と張見世《はりみせ》の格子が見えてきた。

公平は張見世の前の人通りにまぎれて佇《たたず》んだ。

張見世の前に立つと、いつもどうしていいのかわからなかった。

昼見世は素見《ひやかし》の客が多く遊女も暇だったが、それでも籬に顔を近づけ、張見世の中をのぞく度胸はなかった。

ましてや、表暖簾をくぐり見世の若い者に姉ちゃんを呼んでもらうことなど、とんでもないふる舞いだった。

公平は菅笠をわずかに上げ、張見世に姉ちゃんがいないかと目で探した。

張見世は緋の敷物が敷かれ、派手な襖《ふすま》を背に籬を正面にして花魁《おいらん》が色鮮やかな衣装をまとって居並んでいた。

漆塗《うるしぬ》りの煙草盆と蠟燭たてがあり、中には長煙管を吹かしている花魁もいた。わきの障子戸の方に格子女郎、格子の後ろに格下の散茶《さんちゃ》女郎が並んでいる。

部屋の一隅に女芸者が陣取ってお囃子《はやし》の三味線を鳴らし、そのお囃子に引かれ、嫖客《ひょうきゃく》が現われては通りすぎていく。

備後屋の年配の遣り手《やて》が、まれに英《はなぶさ》に会いにくる公平の顔を見覚えていた。

英は禿《かむろ》のときからの妓楼務めではなく、二十歳になって備後屋へ身売りになった遊女だった。器量容色が殊《こと》のほか勝《すぐ》れていたため、たちまち評判を得て馴染み客がつき、一年もたたぬうちに座敷持ちになった。

備後屋に務めて早や七年がたち、その間、身請《みう》け話が幾つかあったにもかかわらず、英は身請け話を頑《かたく》なに受けなかった。

英が何も言わないから遣り手はわけをしらなかった。

けれども、数年前からまれに、小柄な丸顔の可愛らしい顔をした若衆がそんな英を訪ねてくるようになった。英から「弟です」と聞き、

「弟を見つけたら、教えてください」

と、小金を包んだ紙包みを握らされた。

遣り手は張見世の障子戸を開けて、隙間から英へ籬の外を指差した。

英は遣り手の仕種に気がつき、籬の外の人通りを少し探すように見つめ、公平に気づいたらしく、遣り手へさりげなく掌を合わせて見せた。

それから少しの間があって、通りに佇む公平のそばへ遣り手がつつ……と近づいてきた。

「兄さん……」

遣り手が公平を手招きした。


そこは備後屋と隣の妓楼《ぎろう》との板壁の間にできた路地だった。

大八車が壁にたてかけられ、明樽《あきだる》が壁ぎわに積んであった。

公平は備後屋の勝手口を、ぼんやりと眺めていた。姉ちゃんはいつも勝手口から路地に姿を見せる。

通りから少し入っただけで、路地は静かだった。

三味線のお囃子が静けさに溶けていた。

しばらくして勝手口の引戸がことことと音をたてた。

臙脂色《えんじいろ》の地に朱の楓《かえで》と薄鼠の清流を染め抜いた華麗な衣装に前結帯《まえゆいおび》、根下がり兵庫《ひょうご》の白粉顔の花魁が、前褄《まえづま》をとって路地に現われた。

公平はそんな綺麗な花魁と顔を合わすのが照れくさかった。

花魁が微笑んだとき、白粉が匂った。

「公平、しばらく顔を見ないうちに少し痩せたね。身体の具合は大丈夫？」

英《はなぶさ》は真っ先に公平の身体を気遣った。

座敷持ちの上級の花魁ではあっても、姉ちゃんはいつもと変わらぬ優しい姉ちゃんだけれど、と公平は思った。

「おれは元気だ。商売が忙しかったのさ。姉ちゃんこそ変わらないかい？」

「変わらないよ。わたしも身体だけは健《すこ》やかだから。丈夫に産んでくれたおっ母さんとお父っつあんのお陰だね」

と微笑んだ英の白い歯は、お牧に似てきらきらしていた。

「姉ちゃんの元気な姿を確かめたから、もう用はすんだんだ。けど、少しだけでも話したくてさ」

英は頷いた。

「張見世にすぐ戻らなきゃいけないの。お牧の様子はどう？」

「元気だよ。会うたびに綺麗になる。気だてもよくてさ。大きくなってだんだん姉ちゃんに似てきた。今日もここへくる前に会ってきた。簪を土産に持っていったらとても喜んでくれた」

「ああ、お牧。会いたい……」

英が瞼《まぶた》を震わせ、呟いた。

「ごめんよ、姉ちゃん。おれに甲斐性《かいしょう》がなくて」

「馬鹿ね。何を言っているの。自分のことを心配しなさい。仕事は上手くいっているの。ちゃんとご飯は食べてる？」

「おれは二十二なんだぜ。もう餓鬼《がき》じゃないんだ。ちゃんと飯は食ってるし、仕事だって順調さ。今に大きく稼いで、姉ちゃんを身請けしてやる」

「ありがとう。でもね、あと三年で年季《ねんき》明けだから。三年我慢すればお牧は十歳。今はお牧と暮らせる日を楽しみにして、毎日を務めているのさ。公平、大きく稼いでなんて、あぶない仕事に手を染めちゃあ駄目だよ。地道に、自分を大事にして生きなきゃね」

「わかっているさ。姉ちゃんとお牧を悲しませるようなことはしない」

「それならいいけど。あなたは小さいときから無鉄砲な子だった。すぐに近所の子と喧嘩をして生傷《なまきず》は絶えないし、よく心配させられた」

公平はしんみりと笑った。

公平、やめなさいっ――と、子供のころ、近所の子と喧嘩をしている公平のそばで叫んでいた姉ちゃんの声と姿がよぎった。

「三日前、ひ、菱蔵さんに偶然、会った」

英《はなぶさ》は公平をじっと見つめた。それから目を落とし、かすかな笑みを作った。

「そう。今は顔見世興行のころね。菱蔵さん、変わりなかった？」

公平は「うん」と、それだけを応えた。

「みなつつがなくて、よかった。今度また菱蔵さんに遇うことがあったら、六世市瀬十兵衛を見事継がれますように陰ながらお祈りしています、と言っておいて」

公平はやはり、「うん」と小さく頷いた。

そのとき、路地の勝手口の戸が開き、さきほどの遣り手が半身をのぞかせた。

「英、あまり長くは駄目だよ」

遣り手が声を忍ばせ、英はそちらへ向いて大きく頷いた。そして、

「公平、これを持っておいき」

と、白い手がひと握りの紙包みを公平の掌に握らせた。

「戻りにどこかで、美味しい物を食べるといい」

「いらないよ。姉ちゃんこそ自分のために使えよ。金はあるんだ。美味い物だって

食いたいときに食えるから、やめてくれ。おれはもう餓鬼じゃないんだ」

「いいから、持っていきなさい。喧嘩をしちゃあ駄目よ。自分を大事にして暮らしなさいな。またお牧の様子を聞かせにきておくれ」

英は公平に紙包みを無理やり押しつけ、勝手口の方へ足早に草履を鳴らした。

勝手口に入りぎわ、公平へほのかな笑みを投げ姿を消した。

遣り手が引戸を音高く閉め、路地はまたひっそりとした。三味線のお囃子が、物悲しく流れていた。

姉ちゃんはいつもこうだ――公平は掌の紙包みを見つめた。

溜息が出た。

吉原の大門を出て、日本堤を戻った。

午後の日はまだ高く、吉原へ向かう客はいきのときよりも多く見受けられた。

日本堤を田町の町家へ下り、いきと同じ浅草田圃の畦道を戻った。

畦道が田圃の間をくねって、浅草寺《せんそうじ》北の百姓《ひやくしよう》家《や》が固まる方角へのびていた。

前方の青空の下に、樹林と浅草寺の御堂の甍《いらか》、空へのびた五重塔が望まれた。

西の方をふりかえれば、黒板塀に囲われた吉原の町が眺められ、田圃の中にひっそりと棟を寄せ合っている浅草溜《あさくさだまり》の建物も見える。

東の方は武家屋敷の練塀《ねりべい》が、田面《でんめん》の彼方につらなっていた。

畦道の先に一本の楓《かえで》が、葉を落とした冬の装いを見せて立っていた。その太い幹の下に石地蔵が祭られていた。

野良に百姓の姿はなく、畦道を通る人影も後方にひとつあるばかりだった。

公平はお地蔵さまの前まできて立ち止まり、じっと見下ろした。

それからかぶった菅笠の縁を持ち上げ、道の前方や空をゆっくりと見廻した。

このまままっすぐ帰ろうか、それともどこかに寄ろうかと、思案しているふうにも見えた。

と、公平は不意に道をそれ、楓の陰に何かを見つけたかのように身をかがめた。

しかし、何かを見つけたわけではなく、根方《ねかた》に腰を下ろし、幹へ背中を凭《もた》せかけた。道端の枯れ枝を指先でつまみ、唇に咥《くわ》えた。

折り重なる田面の先に、浅草寺の北裏の野道が眺められる。

公平は目を落とし、根方に転がる小石を二つ拾った。二つの小石を、掌の中でかちかちとすり合わせた。

畦道に草履が鳴った。少し急いでいた。

公平は浅草寺の方を見やりながら、小さく笑った。

根方から煩《わずら》わしそうに立ち上がった。そして、おもむろに畦道へ戻った。

田町の方から畦道をくる鈍茶の羽織に菅笠をかぶった背の高い男が、公平を見つけ、立ち止まった。

瘦身の背筋がのびた、涼しげな佇まいの男だった。

公平は草履を、ずずっ、とすって両脚を楽に開き、男と五間ほどの間をおいて立った。通りかかった男のゆく手を塞《ふさ》ぐ形で、両手をだらりと垂らした。

掌の中で小石が、かちっ、と鳴った。

咥えていた枯れ枝を吐き捨てた。

「読売屋さん、話す気はないって昨日言ったろう。なのにまだおれに用かい」

菅笠が読売屋の目の周りに西日の影を作っていた。

誰かがつけていることは、神田川をこえたあたりからすでに気づいていた。

公平にはどうでもよかったから、放っておいた。

吉原の仲ノ町を大門へ戻っているとき、つけている男が昨日、八丁堀の山王御旅所に現われた読売屋だとわかった。

隠してもしょうがなかった。けれど、姉ちゃんと会っているところを見られたと思うと、少し腹がたった。いい加減にしろよ、と言いたくなった。

「いくらつけても同じだ。読売屋さんに話すことは何もないんだ。やめないと、おれ、このまま読売屋さんの好きなようにはさせておかないよ」

「当代人気の歌舞伎役者・姫川菱蔵が喧嘩をして怪我を負った。病気と称して舞台は代役をたてたが、相当な怪我らしい。当代人気役者に何があったのか、事情を知りたい芝居好きは、それが瓦版になれば買ってくれるだろうな」

「喧嘩は喧嘩さ。人の事情に首を突っこむな。人気役者が気になるなら、おれじゃなくて本人に訊きにいけよ」

「ああ、怪我が治れば小天雅にも話は訊くさ。怪我は大丈夫ですか。誰に怪我を負わされたんですか。何があったんですかってな。けど、一方の話だけじゃあなかなか本当の事情はわからない。喧嘩相手の公平さんの話も聞かせてもらえないか」

「聞きたいのは本当の事情じゃなくて、瓦版が売れる事情だろう。迷惑だ。読売に話すつもりはねえって言っているだろう」

と言われて、はいそうですか、と退《ひ》き下がるなら読売屋はやっていられない。下種《げす》の口に戸はたてられない。下種なやつ、下品なやつと罵《ののし》られようと、それで結構。

「さっきの綺麗な花魁は誰だい。備後屋一番の英だってね。もしかしたらあの花魁が公平さんの姉さんかい」

「姉ちゃんのことを、誰に聞いた」

公平の目つきが変わった。怒りのこみ上げているのが傍目《はため》にもわかった。

相当怒っている。まずい。

天一郎は思ったが、成り行きでこうなっては仕方がなかった。

だが、怒り方がどこかしら、童子のように無邪気な懸命な様子に見えた。

「菱蔵と公平さんの喧嘩の事情を調べていたら、偶然、公平さんに姉さんがいると聞いた。公平さんは姉さんに育てられたんだってな」

「姉ちゃんのことを勝手に口にするな」

公平が叫んだ途端に、ひゅん、と石が飛んだ。

よけた顔を小石がかすめた。

続いて二個目の小石が天一郎の菅笠の縁をくだいた。

菅笠の破片がはじけた。

天一郎は半身をそらし、かろうじて痛打をまぬがれた。

次は、と思った刹那《せつな》、見えたのは公平の跳躍だった。

宙を滑空《かっくう》し、まっすぐ襲いかかってきた。

突き出した腕がしなり、天一郎のこめかみを狙った。

それをすれすれに掌で払ったが、だんっ、と地面を踏み締め、かえす拳が天一郎の鼻先で風をきった。

天一郎はさらに仰け反り、逃げる。

仰け反った顔面を追いかけ、高々と蹴りが浴びせられた。

よけきれず、菅笠が蹴り飛ばされた。

くるくると空を舞った。

踏み替えた足が、再び強烈な蹴りとなって襲いかかる。

それも顔面ぎりぎりの間《ま》で、ばん、と掌で払った。

しかし仰け反った体勢をたて直す間がない。

右、左、と身体をひねり、後退を続けるのが精一杯だった。

足蹴りは三打四打としつこく浴びせられ、

「やめろっ」

と叫んだ瞬間、五打目が顎をしたたかに突き上げた。

天一郎は歯を食い縛った。

くそ、やっと腫れがひいたのにまたかよ、と思った。

身体が浮き上がった。ぐらっとよろめき、よろめきながらも踏ん張った。

脚を後ろへ大きく引いて、よろめく身体をしならせた。

そこへ公平の体軀が鮮やかに宙を飛翔《ひしょう》し、風に乗って迫った。

なるほど。だからやんまか——天一郎は思いつつ、羽織を払って帯の結び目に差した小筒《ささえ》を抜き、同時に肘《ひじ》を折り畳んで顔面を守っていた。

公平の空中からの蹴りを肘に受ける。

腕の骨が軋《きし》み、激しい衝撃に身体がよじれた。

だが天一郎も、すかさず相打ちの小筒を公平の額へ見舞っていた。

公平はとんぼが地面へ止まるように、ふわっ、と下り立った。

と、公平は顔面を歪めて俯《うつむ》き、そむけた。

顔をそむけた一瞬が、天一郎のよじれた身体をほどく間を稼いだ。

腰に溜めた拳が回転し、公平の童顔を強烈に薙《な》いだ。

小柄な身体が吹き飛んだ。

目に戸惑いが走った。

吹き飛ばされながら、なんだこれは？　と天一郎を見つめている。

公平は身体を大の字にして、黒の股引の両脚を天へ突き上げ転倒した。

一転、突き上げた両脚を抱えるように折った。

そして、両脚を突き上げるようにはずみをつけ、はね起きる。

まさにとんぼがえりだった。

野犬のように歯を剝《む》き出《だ》し、身がまえ、反撃に転じる。

ためらわず、前蹴りが飛んできた。

再び相打ちに打ち落とした天一郎の小筒を、前蹴りがはじき飛ばした。

小筒が折れてはじけ飛び、天一郎の拳が公平の童顔を抉《えぐ》ったのが同時だった。

「あうっ」と声が出て、赤らんだ頰が歪んだ。

顎が抉れ、膝が落ちた。

そこへ上からかえしの拳を叩きこんだ。

公平は首をすくめ、衝撃を全身に受け止めた。

敏捷《びんしょう》なとんぼが羽の力を失い、身体を丸めた。

ぐにゃりと坐りこんだ。

それから石地蔵の傍らに四肢《しし》を投げ出し、あどけない眼差しを空へ投げて動かなくなった。

天一郎も荒い息を繰りかえし、しばらく動けなかった。

立っているか倒れるか、勝敗の差は紙一重だった。

天一郎はわれにかえり、はじき飛ばされた小筒を拾った。

竹の小筒は半ばで折れて水はこぼれたけれど、まだ少し残っている。

気を失いぐったりした公平の上体を抱え起こし、

「公平さん、しっかりしろ。水だ」

と、赤い唇へ小筒の折れたところをあてがい、水をしたたらせた。

公平の身体がわずかに震え、喉を鳴らして水をひと飲みした。

怒りの失せた目をやわらかく開き、「ああ……」と息を吐いた。

「すまなかった」

天一郎は公平を抱えたまま言った。

「読売屋さん、強いね。敵わねえ」

感心した目つきで天一郎を見上げている。

「あんたこそ。顎が痛む。公平さんみたいな速い動きは初めてだ。かろうじてあんたの速さについていけた。おどろいた」

「読売屋さん……」

「天一郎だ。水月天一郎。末成《うらな》り屋でも読売屋でもいいが」

「天一郎さん、お侍かい」

「昔な。若いころはひたすら強くなることしか頭になかったのだ」

「侍にだって負けたことは、なかったんだぜ。うう……」

公平が顔をしかめた。

「今は喋るな。負《お》ぶってやる。どこかの茶屋で休んでいこう」

「いいよ。自分で歩ける。けど、ちょっとの間、肩を貸してくれるかい」

むろんだ——天一郎は笑いかけた。

七

公平が休まずに帰ると言うので、浅草花川戸《はなかわど》の西河岸で猪牙《ちょき》に乗った。

南八丁堀四丁目の磯ノ助店に戻ったのは、夕刻七ツすぎだった。

割長屋の路地に、夕餉《ゆうげ》のいい匂いが漂っていた。

井戸端に長屋のおかみさんらがいた。

「公ちゃん、お帰り」

「今晩は。甚助《じんすけ》さんの具合はどうだい」

「大したことなかった。親方に呼ばれて昼から仕事に出かけたもの」

「そうかい。よかったね。お三代《みよ》さん、先だっての裁縫《さいほう》の仕事、頼んどいた。知り合いが二、三、あてがあるって言ってたぜ」

「恩に着るよ、公平ちゃん。この通り」

「気にしない気にしない……」

「公平ちゃん、洗濯物、溜まっているんだろう。明日出かけるとき持ってきな。うちのと一緒に洗っとくから」

「ありがとう。頼むよ」

公平はおかみさんらと愛想よく言葉を交わしつつ、どぶ板を踏んでいく。

おかみさんらの明るい声が路地につきなかった。

子供らが歓声を上げて走り抜けるのをわきによけ、「よう」「よう」と頭を撫《な》でていると、界隈のどこかで吠える犬の声が聞こえた。

裏店ののどかな夕刻だった。

公平の住まいは九尺の間口に、狭い土間をはさんで竈と流しが向き合い、奥行二間の部屋は黄ばんだ琉球畳《りゅうきゅうだたみ》だった。

流しの上に棚が架かり、桶、小壺、すり鉢、わずかな碗や皿が重ねてある。

竈の方の天井には明かりとりと煙抜きをかねた天窓が作られ、

「火を熾すからね。肴《さかな》は朝の残り物だけど美味い酒をもらったから、天一郎さん、先にやりながら待っていてくれ」

と、公平が開けた天窓に茜空が見えた。

「すまん。じゃあ、お言葉に甘えて馳走《ちそう》になるか」

天一郎は四畳半に上がった。

部屋の奥にたてた腰障子が、赤く染まっていた。

夜具を囲んだ枕屏風《まくらびょうぶ》、角行灯、土火桶《つちひおけ》、お櫃《ひつ》と米櫃《こめびつ》、籐の行李、小簞笥《こだんす》、衣紋掛《えもんかけ》に着物と布子《ぬのこ》の半纏《はんてん》を重ね、箒《ほうき》、唐傘《からかさ》、が並んで吊るしてあった。

貧しい住まいだが、きちんと整理されている。

柱には暦《こよみ》が架かり、小簞笥の上に手鏡まであった。

「綺麗にしているじゃないか。悪くない」

「おれたちやくざはね、明日何が起こるかわからないから、身の周りのことはいつも整理しておくのさ」

公平は菅笠をとり、部屋の隅の盆に載せた徳利を天一郎の前においた。

そうして流しの下の樽から糠漬《ぬかづ》けの大根、人参《にんじん》をつかみ出して、手早くとんとんた。


……と包丁で刻み、鉢に盛って碗と小皿や箸《はし》と一緒に徳利の隣へ並べた。

糠漬《ぬかづ》けの甘酸っぱい匂いが広がり、真っ白な大根、赤々とした人参が光沢を放った。

「これは美味そうだ。漬物がどうだと誇らしげに輝いて見える」

天一郎は思わず箸をとった。

「あとは朝の残りの煮物しかないけど」

公平は竈の前にかがみ、火を熾し始めた。

天一郎は真っ白な大根をかじった。ぱり、ぽり、と歯ぎれが堪《たま》らない。

「これは公平さんが漬けたのか」

「公平でいいよ。おれが漬けた。姉ちゃんが教えてくれたのさ」

遠慮なく、徳利の酒を碗についで先に呑み始めた。そうして、

「怒るなよ」

と言った。

「姉さんは五つ上と聞いた。あんたと姉さんが二人で暮らし始めたのは、あんたが七、八歳のころとも聞いたが、そうなのかい」

「おれが八歳のときで、姉ちゃんは十三だった。おれはお父っつあんのことやおっ

母さんのことは、よく知らないんだ。姉ちゃんも言わないし。そう、おれは姉ちゃんに育てられた。姉ちゃんは綺麗で、気だてはよくて頭がよくて、なんでもできたし、しかもとても上手にできた。今だって、おれの自慢の姉ちゃんさ」

公平は炎がゆらゆらと立ち始めた竈に、用心深く薪をくべた。

「今日、南紺屋町でお牧という女の子と会っていただろう。可愛い女の子だった」

「それも見ていたのか」

公平はふりかえって笑みを寄こした。

「すまん。今朝、あんたが出かけるときに偶然いき合わせてね。あとをつけた。そしたら……すまん」

「ふふん。いいさ。お牧は姉ちゃんの子だよ。姉ちゃんはあと三年がたったら年季が明ける。年季が明けたら姉ちゃんはお牧と一緒に暮らせる。おれに金があったら姉ちゃんを身請けして、姉ちゃんとお牧が一日でも早く一緒に暮らせるようにしてやれるのに、おれは甲斐性なしの駄目な男だから、いつまでたっても金は溜められない。今におれがって、口で言うばっかりで、結局はなんにもできない男さ」

竈にくべた薪が、音をたてて燃えた。

「姉さんのご亭主は、今、どちらに？」

「亭主は死んだ。だから姉ちゃんは、乳飲み子のお牧を次兵衛さんとお竹さんに頼み、吉原へ身売りした。乳飲み子のお牧を抱えて働くこともできず、食べていく金もなかった。お牧のために、あのときはそうするしかなかった。身売りした金は全部、次兵衛さんとお竹さんに渡してさ」

「蕎麦と御膳の釜やだったな。次兵衛さんとお竹さんは、親類のおじさんとおばさんなのかい」

「いろいろ事情があってね」

公平が天一郎の方へ横顔を向けて言った。

笑っている顔が苦しそうに歪んで見えた。

「てき屋はいつ始めた」

「十四、五のころだ。盛り場で地廻りの男と喧嘩をして痛い目に遭わせた。今よりもっとちびのころだ。おれの腕っ節の強いのを芝の帳元の章次親分が見こんで子分にしてくれたんだ。それからさ。もう二十二になっちまった」

「十四、五からか。長いな」

天一郎は公平の背中に言い、築地川に末成《うらな》り屋を始めて間もないころだ、と思い出した。

「若いときにてき屋を始めて、てき屋ひと筋で老いぼれ、旅の途中に野垂《のた》れ死にするやつは沢山いる。それがてき屋稼業さ。おれもいつか、そうなって死ぬんだ」

公平は薪をくべ、竈に火花が散るのが見えた。

公平は竈に架けた煮物の鍋の蓋《ふた》をとり、あたたまり具合を確かめた。湯気が頭の上へのぼっていた。

天一郎は、姫川菱蔵と公平のかかわりや喧嘩の事情はもう訊かなくてもいい、という気になった。この男をそっとしておこうと思った。なぜかそうしたくなった。

「姉さんの年季が明けたら、姉さんやお牧と暮らせばいいじゃないか」

「おれは餓鬼のころより、姉ちゃんにずいぶん心配させてきた。腕に自信があったから喧嘩ばっかりしてさ。てき屋になる前、ちょっとの間、商家の小僧奉公と職人に弟子入りしたことがあった。どっちも喧嘩が元で続かなくて、結局はてき屋さ。これ以上、姉ちゃんに苦労をかけられない」

公平が湯気のたつ鍋を運んできた。

里芋《さといも》、蓮根《れんこん》、それに蒟蒻《こんにゃく》の煮物だった。甘い匂いが四畳半にたちこめた。

「おお、美味そうだな」

公平は無邪気な笑みを浮かべ、

「食えよ。酒もまだまだある」

と、手酌で酒を続けてあおった。空腹を我慢していたらしく、煮物を口に運んで子供のように頰をふくらませた。

姉に、落ちついて食べなさい、とたしなめられている幼い弟の姿が浮かんだ。

「天一郎さんのことを、話してくれよ」

二人して黙々とひとしきり呑んで食ったあと、公平がひと息ついて言った。

「父親の顔は知らないんだ。公儀番方《ばんかた》に勤める旗本だった」

天一郎は公平に父親の話を聞かせることに、ためらいを覚えなかった。

「旗本の子か。強いはずだな」

「人によるさ。剣術のできない者、やくざな者、代々の家禄を与えられ働きもせず遊んで暮らす者、人はいろいろだ」

「旗本でもそうなのか」

「同じだ。母親によれば父親はやくざな遊び人だったらしい。博奕のもめ事が元で喧嘩をし、斬られた。父親の素行がお上のとがめを受け、母親は離縁になり、わたしを連れて実家へ戻されたのだ。何年かたって母親は別の旗本の家に後添えに入ったが、わたしはその家と反りが合わなかった。八年前、旗本の家を捨て、侍を捨て、読売屋になった」

「それで旗本を捨てたのか。勿体《もったい》ねえな」

「捨てて勿体ないほどの身分ではない。身分に胡坐《あぐら》をかいていても、勝れた侍になれるわけではないのだ。公平の方がひとりで立派に生きている」

「そういうものか」

「そういうものだ」

公平がおかしそうな顔をし、「天一郎さん、一杯つごう」と、徳利を差し出した。

外は日が落ちて、部屋が暗くなっていた。

公平が角行灯に明かりを灯したときだった。

路地のどぶ板が鳴った。

路地の暗がりが覆った腰高障子に、薄黒く人影が差した。

「公ちゃん、あたし。開けるよ」

女の声だった。

「いいよ……」

公平が腰高障子を向いて、ためらわずに応えた。

戸が開けられ、年若いおかみさんふうの女が顔をのぞかせた。

「あら、お客さん？」

女は天一郎と目を合わせ、少し戸惑った。しかし、

「芥飯《ごもくめし》を拵えたの。食べて」

と土間に入り、布巾《ふきん》をかぶせた鉢を両手で差し出した。

公平が立っていき、鉢の布巾をとった。

「おお、いい匂いだ。ありがとう、お勢《せい》さん」

公平は鉢を受け取り、天一郎へかざして見せた。

「天一郎さん、飯ができた。焼き栗に椎茸《しいたけ》、大根の葉だね。お勢さんは料理が上手いんだ。ねえ」

公平は天一郎とお勢を交互に見た。

お勢は土間に立ったまま、微笑んで首をすくめた。

二十歳かそこらの、公平と同じ年ごろに見えた。可愛らしい顔だちだが、少し陰があった。

「小吉《こきち》さんにいつもすまないねって、礼を言っといておくれ」

公平は言ったが、お勢は帰らなかった。

「うちの人はまだ帰ってきていないの。あたしひとりなの。どうせどこかでお酒を

呑んで、酔っ払っているのよ」

お勢は公平を見上げた。

「そうなのかい。ひとりじゃ寂しいね。上がっていくかい」

「かまわない？」

「かまわないよ。かまわないよね、天一郎さん」

「いいとも。三人の方が賑やかでいい」

笑いかけながら、天一郎はお勢の年の若さと陰が気になった。

お勢は笑みを浮かべて、四畳半へ上がった。

公平がお勢の膝の前に酒の碗や小皿、箸をおいた。

「お勢さんも、少しやるかい」

「ありがとう」

お勢は公平に酒をつがれ、碗を両掌で持って、味わうように舐めた。

「天一郎さん、美味そうな芥飯だ。食おう。お勢さんの分も……」

公平が鉢の芥飯をとり分けようとするのを、

「あたしはいい。さっき食べてきたから。二人で食べて」

と、お勢が言った。

「そうかい。じゃあ遠慮なしに」

公平が芥飯を頬張った。

お勢は上目使いを公平からそらさず、笑みをじっと向けている。

「公ちゃん、美味しい？」

「美味い。栗の甘さとだし汁が上手く合ってる。お勢さんは本当に料理が上手だ。小吉さんは幸せ者だね」

「うちの人は、ご飯を牛や馬の餌《えさ》と同じに思っているの。あたしなんかより、牛や馬と暮らせばいいのよ」

お勢は酒の碗をひとあおりし、それをおいて、

「はい、公ちゃん……」

と、徳利を公平に傾け、それから「どうぞ」と天一郎にも差し出した。

「あ、この人はね、天一郎さん。築地川の末成り屋という読売屋さんだよ」

「読売屋さん、ってあの瓦版を売る人？」

「そうだよ。喧嘩をして、それから仲直りをしたおれの新しい友だちさ。天一郎さん、この人はお勢さん。隣の与四郎店《よしろうだな》の小吉さんのおかみさんでね、小吉さんは焙《ほう》烙焼《ろくやき》の職人さんなんだ」

「公ちゃん、また、喧嘩したの？」

「成りゆきでね。顔が腫れてないかい」

「少し腫れてる」

「男らしくなったろう」

お勢は公平の顔をまじまじと見て、頷いた。

「でも、乱暴な人って、あたし、嫌い」

天一郎と公平は顔を見合わせ笑った。

笑ったものの、天一郎は年若いお勢にあやうさを覚えた。

お勢のふる舞いや素ぶりに、隠しきれない公平への思いが見えた。

公平をずっと見ていたい、そんなふうな様子でもある。

お勢の熱のこもった眼差しに気づいているのかいないのか、公平は屈託《くったく》なく言葉や笑みを交わしている。

天一郎はお勢の様子を意外には思わなかった。

昨日と今日、わずか二日足らずなのに、天一郎でさえ公平にずっと以前よりの友であったような親密な情を覚えていた。

人の女房でも、若いお勢が公平にほだされる気持ちは、わからぬでもなかった。

お勢は公平に、亭主の愚痴をこぼし始めた。

「お酒ばっかり呑んでひとりよがりで、臆病《おくびょう》なくせに女子供にはえらそうで……」

公平は、大人しくお勢の愚痴を聞いている。

お勢は途中で涙ぐんだ。

公平は涙ぐむお勢を、無邪気な少年のように慰めた。そうして天一郎には、ほっとけないしさ、という照れくさげな顔を向けた。

天一郎は居づらくなった。帰るか、と思ったとき、

「お勢っ、お勢っ」

と、路地に男の喚き声が起こった。

涙をぬぐっていたお勢が、ぴくりと身体を震わせた。

急に顔を赤らめ、そわそわし出した。

「小吉さんだね。もう戻りなよ、お勢さん」

公平が言ったが、お勢は動かなかった。

「おせぇぇぇい」

小吉の喚き声が路地を近づいてきた。

お勢は表戸の方へふり向き、首をすくめている。

腰高障子がはずれそうな勢いで開けられた。

と、黒の胴着《どうぎ》に法被《はっぴ》の男が、真っ赤な形相《ぎょうそう》で戸口に立ちはだかった。

男が、公平と天一郎、そしてお勢を睨《ね》め廻した。

「お勢、てめえっ」

怒声が貧しい店を震わせた。

「やあ、小吉さん、ごきげんだね。お勢さんが芥飯を持ってきてくれたんだ。ありがたくいただいているよ。この人は友だちの読売屋の天一郎さんだ。お勢さんへお礼に、一杯勧めただけさ。今、帰るところだった」

公平は気安く言った。だが、小吉の形相は怒りに燃えて、公平には見向きもせずお勢を睨んでいる。

お勢は立ち上がることができなかった。背中を曲げて身体を縮めていた。

飼い主の怒りを恐れてすくんでいる子犬か子猫みたいに、肩が細かく震えた。

「お勢っ。てめえ、この尻軽女《しりがるおんな》」

怒鳴り声がお勢をいっそうすくませた。

小吉は土間へ踏み入って上がり端から腕をのばし、お勢の襟首《えりくび》を鷲《わし》づかみにした。

「亭主に呼ばれたら、すぐくるんだよおっ」

「ああっ」

お勢が土間へ引きずり下ろされた。

お勢の髪をつかんで頬へ容赦ない平手を見舞った。

お勢が悲鳴を上げ、手で顔を覆《おお》った。

二発目を見舞い、さらにふり上げた腕を、公平が後ろから押さえた。

「小吉さん、やめろよ。自分の女房だろう。お勢さん、逃げろ」

小吉は公平の腕をふり払おうともがきながら、外へ逃れるお勢の背中を「この盛《さか》り猫があっ」と蹴った。

お勢は路地の反対側へ蹴り飛ばされた。

鉢植の棚にぶつかり、一緒にがらがらと崩れ落ちた。

長屋の住人が路地へ出てきて、騒ぎが大きくなった。

「やめろって。わかんねえのか」

「放せ。放しやがれ、公平。てめえな、人の女房と乳繰《ちちく》りやがって、それで無事にすむと思っていやがるのか。間男はお上の重罪だ。てめえを奉行所に訴えて、打ち首にしてやるぜ」

「馬鹿を言うな。うちにはお客がいるんだぞ。見ろ。読売屋さんだ。おれはお勢さんの手も握ったことはねえよ」

「くそお、馬鹿だとう。放せ、この野郎」

小吉は喚き、荒れ狂った。

しかし、公平が腕を放したはずみを食って小吉の酔った足がもつれたのか、転んでどぶ板を派手に鳴らした。

「小吉さん、いい加減におしよ。こんな夜更けに迷惑だ」

住人の中のひとりのおかみさんがたしなめた。

「うるせえ。他人は、く、口出すな。見世物じゃねえんだ」

小吉は起き上がり、はあはあ、と息を乱した。

「公平、てめえが野良犬だってえことは前からわかってらあ。女と見りゃあ盛りやがって。ふん、やくざのてき屋にいかさま野郎の読売屋かよ。てめえらくず同士、似合いだぜ。おら、てめえを絶対許さねえからな。ついでにおめえもだ」

そう毒づいて、公平の後ろへ出てきた天一郎にまで凄《すご》んだ。

「お勢っ、きやがれ」

小吉はお勢の乱れた島田《しまだ》をつかみ、路地木戸へ引っ張っていった。

「どけどけえっ」

見守る住人に怒鳴った。

お勢の悲鳴に似た泣き声が住人のざわめきにまじった。

「やめろよ」

いきかけた公平の袖を、天一郎はつかんだ。

「あんたがとめると、あの男はお勢さんをもっと痛めつける。いくな。あの男の気が鎮まるのを待つしかない」

途中でお勢が転び、小吉は、

「立ちやがれ、この盛り猫」

と、お勢の髪を無理やり引っ張り上げた。

お勢の嗚咽《おえつ》が、いつまでも路地に響いた。

八

築地川の末成り屋の土蔵へ戻ったのは、真夜中近い四ツ半になってからだった。

堤道は深々と冷えこんでいた。

樫《かし》の部厚い表戸に明けた窓から、土蔵の中の行灯の明かりがもれていた。

修斎か三流か和助か、まだ誰か残っているらしい。

人気のない寒く真っ暗な土蔵に戻るよりは、幾らかはほっとする。

重たい樫の引戸を開けた。

「まだいたか」

ひとつだけ灯った行灯の明かりへ声をかけた途端、「あ……」と戸惑った。

一階板床の南側の壁際に黒柿の文机を並べた和助と天一郎の座がある。

その天一郎の文机の前に人がひとり、端坐していた。

文机の傍らに灯した行灯が人を影でくるみ、傍らにおいた大刀の朱鞘ばかりが照り映えていた。

背筋をのばした美麗な痩身としのぶ髷の一輪の影が、戸口に佇んだ天一郎の足下まで妖しく長くのびていた。

その影の周りの行灯の灯が、いつもより輝いているように見えた。

天一郎はそんなふうに見えてしまう自分の心持ちが、ちょっと癪《しゃく》だった。

文机の前に端坐した人影は、天一郎の書きかけの読売種を勝手に読んでいた。

天一郎は入るのをためらった。

行灯の薄い明かりの輪の中以外は、土蔵は階下も階上も真っ暗だった。

階上へ上がる階段が暗がりの中にぼうっと見えている。

「寒いから早く入れ」

美鶴が戸口で戸惑っている天一郎へ、きっ、とした目つきを寄こした。

「遅かったな。呑んでいたのか」

暗くとも、美鶴の紅い唇がかすかに微笑むのが見えた。

「よく入れましたね」

土間へ入り、訊いた。

「鍵はかかっていなかった。誰もおらぬのでがっかりした。火が熾せぬ」

自分で火も熾せぬのに、偉そうな口ぶりだった。

板床に上がった。

美鶴が勝手に読んでいる自分の読売種が気になった。

だが、仕方なく台所へいき、落ち土間に下りた。

「火鉢に炭を入れます。しばらくお待ちを」

竈にかがみ、粗朶《そだ》を折り火を熾し始めた。

「寒かったが、これぐらいは我慢できる」

「湯を沸かして、茶を淹《い》れましょう。それとも酒がいいですか」

「茶がいい。わたしは酒より茶の方が好きだ。自分ひとりでも、茶を点《た》てて飲んでいる。だいたい、酒の席は騒々《そうぞう》しいことが多いので、あまり好きにはなれぬ」

「ご身分の高い美鶴さまには、酒よりも茶を点てて飲まれる姿がお似合いです」

「そうか。身分が高いのだから仕方がないな」

言いながら、美鶴の豊かなしのぶ髷と肩が机に向かったまますっと笑ってゆれた。天一郎の読売の書きかけをまだ読んでいる。

「人の机の上の物を勝手に読まれては、困りますね」

「天一郎の文机の上に広げたままおいてあったのだ。読んでくれと言わんばかりだった。だからつい読んだ」

悪びれも、物怖《ものお》じもせずに応えた。

「人に知られてはならない秘密の書状だったら、どうしますか」

「そんな大事な物なら、出したままにはしておかぬだろう。第一、読売屋の天一郎に秘密の書状などあるのか」

「ありますよ。好きな方への恋文《こいぶみ》だとか、いろいろと。出したままにしておかなくてよかった」

「嘘だ。天一郎のように気ぐらいの高い男が恋文など出すはずがない」

天一郎は吹いた。

「わたしの恋文が気になるのですか」

「気になどなるものか。恋文など、埒《らち》もない」

知ったふうな――と思ったが、口には出さなかった。

相変わらず、高慢な物言いが生意気なお姫さまである。

ただ、向きになるところがちょっとおかしかった。

天一郎は美鶴の傍らへ火鉢をおき、熾した炭火に埋火《うずみび》を重ねた。

「これで少し、あたたまるでしょう」

それから湯鍋で沸かした湯で茶を淹《い》れ、「どうぞ」と碗をおいた。

二人は端坐して向き合い、茶を飲んだ。

美鶴が持つ碗から薄い湯気がのぼっていた。

「美味しい」

碗にひと口、紅い唇をつけそう言った。

「上等な茶葉ではありませんが……」

「上等な茶葉を飲みたいのではない。茶を喫《きっ》すると心がなだらかに鎮まる。それが好きなのだ」

美鶴は、ほんのりとした表情を天一郎との間の宙に遊ばせた。それから天一郎へ目を移し、

「腫れはだいぶ引いたな」

と、真顔になった。

「元の男前に、戻りましたか」

美鶴は小首をかしげ、本気で考えている。

冗談だよ。お嬢さま育ちは洒落《しゃれ》が通じにくい。

ご用件は、と訊こうとしたが、用がなければきてはならぬのか、と言いかえされそうなのでやめた。

「美鶴さまにお教えいただいた姫川菱蔵の喧嘩の一件を調べています。今日は、てき屋の公平に会ってきたのです。やんまという綽名の……」

「読売の売れそうな種が、見つかったか」

「さっきまで、公平と呑んでいました。童子のように純な男でした」

美鶴は碗を胸の前に抱え、板敷に目を落とした。

夜は物音ひとつたてず更《ふ》けゆき、二人を包む行灯のほの明かりだけがか細い音をたてて燃えていた。

美鶴は、天一郎の話にじっと聞き入った。

吉原にいる公平の姉の英という花魁に心を動かされたようだった。

「そうすると、母と七歳の娘は互いの顔も確かにはわからぬのか」

「たぶんそうなのでしょう。母と娘が離れ離れになったのは、娘がまだ乳飲み子のときでしたから」

「哀れな……やんまの公平は、無頼のやくざとも思えぬ」

「磯ノ助店で公平は、むしろ住人に好かれているようでした。焙烙焼職人の女房のお勢は、明らかに公平を好いておりましたし」

「恋心を抱いている、ということなのか」

「亭主にもそれがわかって、あのように荒れていたのだと思われます。公平は亭主と女房のお勢の板挟みになり、戸惑っているふうでした」

「お勢は幾つぐらいなのだ」

「二十歳前後に、見えました」

美鶴の年は知らないが、同じ年ごろだろうと思われた。

「若い女房か。つらかろうな」

今ごろは亭主に散々折檻《せっかん》され、泣き寝入りしているかもしれない。

案外、仲直りしていればいいのだが。

と、芝切通《しばきりどお》しの時の鐘が遠く静かに、真夜中九ツの刻限を鳴らし始めた。

まずい。こんな刻限になっていたか。夜更けに武家の女が、と知れたら屋敷中大騒ぎになる。

「美鶴さま、夜も更けました。お戻りください」

「うん」

美鶴は応えた。

酒井家の上屋敷は采女ヶ原の南方にかまえている。遠くはないが、

「夜道は人にとがめられます。お屋敷近くまで、お見送りいたします」

と言った。

「うん……」

美鶴はまた応えたが、座を立たなかった。

深々と鳴り渡る真夜中の時の鐘に、うっとりと聞き入っているかのようであった。

九

銀座町二丁目にある料理茶屋・藤本多七《ふじもとたしち》の店にも、九ツを報せる時の鐘が遠くかすかにとどいていた。

板場はとうに火が落とされて暗く、仲居や料理人、使用人の姿はすでにない。

だが、階段を上がった二階の磨き抜かれた廊下は、柱にかけた掛行灯の周りだけがところどころに明かりを照りかえしていた。

廊下の片側、銀座町と弓町の境の観世新道《かんぜしんみち》に面した窓側は、雨戸がたてられ、廊下に沿って両開きの襖が並ぶ客座敷の明かりも消えていた。

だが、掛行灯が光の輪を落とす廊下の奥に、ひと部屋だけ、客座敷の四本の蠟燭が煌々《こうこう》と灯された明かりを、襖の隙間から廊下へこぼしていた。

その二階廊下を藤本の亭主・多七が、すす……と足を運ぶその後ろに、黒羽織と細縞の綿袴に拵えた四十代と思える青白い顔色の男が従っていた。

仲居や使用人らはみな仕事を終えて下がらせており、その部屋の客のもてなしは亭主の多七自らが行っていた。

客たちは藤本の定客であり、定客以上の特別な客でもあった。

多七と黒羽織の男は部屋の前の廊下に膝をつき、多七が襖へ声をかけた。

「失礼いたします。お客さま、お連れさまがお見えです。ご案内いたしました」

「ふむ、入ってもらいなさい」

と中から声が聞こえ、多七は襖をそっと開けた。

陶製の火鉢に熾る炭火が、座敷をしっかりと暖めていた。

上座に花鳥《かちょう》の屏風を廻らした座敷には、三人の客がいた。

上座の屏風を背にした勘定奉行勝手掛《かってがかり》・土橋一学《どばしいちがく》をはさんで、土橋の右手に南町奉行所年番方与力《ねんばんかたよりき》・西大路貢《にしおおじみつぐ》、西大路に向き合う左手に、銀座町本両替商・松《まつ》崎六三郎《ざきろくさぶろう》の三人で、そこに森多座頭取・玉櫛弥右衛門《たまぐしやえもん》が到着したのだった。

三人の前にはそれぞれ朱塗りの猫足膳《ねこあしぜん》がおかれ、銚子《ちょうし》に小鉢や皿などの簡単な料理が並べられているのみだった。

藤本は料理茶屋ではあっても、三人が寄り合うときは酒食が目あてではなく、遅い刻限に行われるひそかな談合の場合が多かった。

だが、それにしても今宵《こよい》は殊のほか遅い寄り合いに違いなく、三人がこの座敷に坐したときは藤本の閉店の刻限に近かった。

多七は土橋一学の正面下座の、冷えた料理や銚子を並べた膳の前へ、弥右衛門を導いた。

弥右衛門は、下座《しもざ》へうずくまるように坐った。

「今宵はわざわざのお招き、畏れ入ります」

と、正面の土橋へ額が畳につきそうなほど畏《かしこ》まった。

土橋と左右の二人が弥右衛門の様子を見守っている。

亭主の多七が部屋を下がると、南町の与力・西大路が最初に言った。

「弥右衛門さん、こんな真夜中にあんたにきてもらった意味はわかっているな。あんたの目あての森多座への梃入《てこい》れ、どっからどのように手をつけるか、手だてを聞かせてもらいたい。いいから手を上げてくれ」

弥右衛門は平伏した頭を小さく上下させた。

それから半身を起こし、伏し目がちながら西大路と土橋、松崎の順に見廻した。

「江戸歌舞伎は実質において、座元のものでも役者のものでもありません。江戸歌舞伎は江戸庶民に育てられた江戸の宝です。このまま、無能な森多家に江戸三座の一角を担う森多座をほしいままさせておくわけにはいきません」

「そうだな。公儀がお許しの大芝居を、あたかも六世と七世の座元の大役を私物にするがごときふる舞い、見すごすわけにはいかん。それはわれらも同じ考えだ。ゆえにこうしてしばしば談合を持ち、あんたにもきてもらった」

西大路が言い、弥右衛門が頷いた。

「わたしは長い間、森多の太夫・六世に忠誠をつくしてきました。しかしながら六世は、堺町の中村座、葺屋町の市村座に続いて木挽町に櫓《やぐら》を上げることをご公儀より許された江戸三座の意味を慮《おもんぱか》ろうとはせず、江戸の人々の大芝居を愛《め》でる心にありがたく寄与させていただいているという志《こころざし》が欠けております」

上座の勘定奉行勝手掛・土橋一学が大きく頷いて杯を口元に運んだ。

「狂言作者だったあの男が五世の女婿《むすめむこ》となって六世を襲名し、六世が森多座の座元と太夫元をかねる目論見《もくろみ》にも陰ながら尽力してまいりました。ただ、太夫元が座元をかねるのは興行の上で大いに障りがある。享保の世の借財による休座という事態にまたなってはどれほど多くの方々に迷惑を及ぼし、のみならず、江戸の人々をどれほど落胆《らくたん》させずにはおかぬか、その損害は計り知れません。ですから……」

と、玉櫛弥右衛門は口元を一度、引き締めた。

「わたしは六世に忠告していたのです。太夫元が座元をかねるのはよろしくない。江戸歌舞伎のために座元を宮古座《みやこざ》に譲り、森多の太夫元として舞台に専念すべきであると。にもかかわらず、この冬の顔見世興行より六世は性懲《しょうこ》りもなく倅に七世を襲名させたのは、座元に執着する強欲で卑《いや》しき性根、と言わざるを得ません」

「わたしも歌舞伎には深い思い入れがある。六世と七世の座元をほしいままにする下賤《げせん》な手法が我慢ならないと常々、思っている」

と、それは上座の勘定奉行勝手掛・土橋一学がいやに甲高《かんだか》い声で言った。

「本来、森多座は中村座や市村座と肩を並べられる者らではありませんでした。ちょうど六十年前、正徳《しょうとく》の絵島《えじま》事件で山村長太夫座《やまむらちょうだゆうざ》が永代《えいたい》お取り潰しになり、江戸四座が三座になった。江戸三座を守り抜くのに、このままの森多座ではあぶない。四世のときに、控櫓《ひかえやぐら》の河原崎座《かわらざきざ》へ座元は移すべきだという声があったほどです。それを聞き入れず、結局、森多座は享保になって十年にわたる休座をよぎなくされました」

「休座など、あってはならぬことだ。江戸の庶民のためにもな」

西大路が弥右衛門に、くだけた語調で言った。

弥右衛門は、西大路へ頭をゆっくり上下させた。

「宮古座の藤吉《とうきち》は、宮古座が座元を許された暁《あかつき》には、座元が指図する興行の一切をわたしに委ねると申しておりますし、不肖《ふしょう》・玉櫛弥右衛門、江戸三座を守りたいと願う江戸の人々のため尽力する覚悟はできております」

「そのためにわれらも今、幕閣《ばっかく》の心ある方々に働きかけておる。森多座は閉められ宮古座となって生まれ変わる。西大路さん、大丈夫ですな」

土橋が西大路に言った。

「大丈夫。任せてください。ただし、宮古座の座元のお許しは、前例のない事態ゆえ、初春《はつはる》狂言、弥生《やよい》狂言までは公儀お目こぼしの仮櫓《かりやぐら》を上げる手順を踏む段取りになりますが」

「控だろうが仮だろうが、中身さえともなえば名はあとからついてくる。そうであろう、松崎」

土橋は本両替商の松崎六三郎に顔を向けた。

控櫓、そして仮櫓は大芝居の小屋が経営にいき詰まった場合に興行権を代行する小屋のことである。

「その通りでございます。実《じつ》がなければ名はありません。うたかたの名を生き長らえさせるには、実がともなわねばなりません」

低くゆったりとした声が、弥右衛門の頭を押さえつけた。

松崎の声は威厳が備わっており、この両替商の金を動かす力が土橋と西大路を実質において采配しているかのように思われた。

「ここでわれら四人が手を結べば、大芝居に新しい風を巻き起こせそうだな」

土橋が笑った。

「はい……」

と、松崎は土橋の杯に銚子を差したが、自分はにこりともせずさらに低くゆったりとした声で弥右衛門を見つめた。

「で、梃入《てこい》れを進める段取りを、お聞かせ願えますか、頭取さん」

土橋と西大路が弥右衛門へ顔を向けた。

「はい。森多座が持つか持たぬかは、新しく襲名した七世座元の腕がどうこうではなく、今年の森多座の座頭《ざがしら》・五世市瀬十兵衛と姫川菱蔵が鍵を握っております」

「当代一の人気役者・五世市瀬十兵衛と六世十兵衛の襲名間違いなしと見られている若手の一番手・姫川菱蔵ですね。そうそう、菱蔵は急病で代役がたったと聞きましたが、あれはどういうことですか」

「酔っ払って酒場の客と喧嘩をし、怪我をしたのですよ。菱蔵は素質は五世十兵衛をしのぐと誰もが認めているのですが、酒癖と女癖が悪い」

「いいでしょう。続けてください」

「つまり、森多座梃入れの一番の障害は、五世市瀬十兵衛との結びつきです。五世十兵衛は六世と旧知の間柄にあり、六世に頼まれ小倅《こせがれ》の七世の後ろ盾になりました。だから五世市瀬十兵衛は顔見世興行から始まる今年の座頭にも就いたのです。今年一年、十兵衛が後ろ盾になって、七世襲名を盛り上げる腹なのです」

「五世十兵衛という男、所詮役者のくせに、やたら人の信義だの節操《せっそう》だのと、うるさくて目障《めざわ》りだな」

西大路が侮蔑《ぶべつ》をこめて言った。

「そうなんです。妙に筋を通すことを気にかける男です。世間がどういうものかがわからない愚か者です。十兵衛のやっかいなのは、自分の愚かさに気づいていないことです」

「融通《ゆうずう》の利《き》かぬ一徹な役者馬鹿というところか」

土橋が杯を重ねながら言った。

「実のところ、五世十兵衛が頑《かたく》なに肩入れをしているから森多座は持っているのです。市瀬の家元《いえもと》、というより役者馬鹿の五世十兵衛の支えさえ失えば、森多座は確実に傾いていきます。七世の小倅なんぞは目ではありません。十兵衛と十兵衛の甥っ子で弟子の菱蔵さえ潰《つぶ》れれば、市瀬の家元にしても、宮古座が森多座にとって代わろうとこだわることではありません」

「潰れれば？　どういう意味ですか」

松崎が眉間に皺を刻んだ。

「まさに、潰れるのです。例えば、十兵衛と菱蔵が、たまたま不慮《ふりょ》の災難に遭い、舞台に立てぬほどの大怪我を負うとか、事と次第によっては命を失うとか。あるいは二人ともが神隠しに遭い、忽然《こつぜん》と江戸から姿を消すとか」

松崎、土橋、西大路の三人が顔を見合わせた。

「仮に今、森多七世に不慮の災難がふりかかっても十兵衛は隠居の六世と談合し、八世をたてて森多座の座元につけるでしょう。そうなると森多座の評判は、市瀬十兵衛の人気と相まって、かえって高まるのは明らかです。災難がふりかかるのは、なんとしても市瀬十兵衛と姫川菱蔵でなければなりません」

「そ、そうだな。土橋さん、松崎さん、弥右衛門さんの考えは筋が通っているぞ」

西大路が目を光らせ、弥右衛門は低く笑った。

「弥右衛門さん、わたしは歌舞伎などになんの関心もありません。五世市瀬十兵衛、若手の姫川菱蔵がどれほどの役者であろうと、どうでもいい。ですが、歌舞伎のことは詳しくなくとも、五世市瀬十兵衛、姫川菱蔵が江戸一番の名の知られた役者で、二人が大きな金をもたらしてくれそうなことぐらいは知っています。だからうかがいたい」

と、松崎がいっそうを声を低くした。

「そんな当代の人気役者がいなくなって、これから森多座を足がかりにして歌舞伎興行に元手を出しひと儲《もう》けしようという目あての障りにならないのですか。芝居の評判は役者で決まり、客はひいきの役者を観るために金を払って芝居見物に出かけるのでしょう。当代一の人気役者がいなくなって、芝居人気が冷めないのですか」

そう言って、西大路と土橋へ視線を廻した。

「また一方、座頭と若手の一番手の二本柱を一気に失えば、市瀬の家元や森多座のみならず、大芝居は大混乱に見舞われるでしょう。やくざ同士が縄張りを争ってばらすのばらさないのというのとはわけが違います。五世十兵衛と姫川菱蔵に何があったと世間が騒ぎたて、御番所のご詮議《せんぎ》が厳しくなる、ということはありませんか。ねえ、西大路さま」

「お気になさるのは無理からぬことです。しかし松崎さん……」

と、弥右衛門が薄笑いを浮かべてかえした。

「初代中村勘三郎《なかむらかんざぶろう》が中村座を開き、江戸歌舞伎が始まっておよそ百五十年。河原乞《かわらこ》食《じき》と蔑《さげす》まれた役者が、今や表店をかまえて屋号を名のり、千両役者が生まれる世になったのです。百五十年のときを重ねて築き上げた歌舞伎の人気が、例えば、市瀬十兵衛と姫川菱蔵の二人がいなくなるぐらいで、どうこうなると思われますか。松崎さん、大芝居江戸三座の人気はそれほど柔《やわ》ではありませんよ」

と、膝に手をおき松崎へおもむろに頷いた。

「ご心配は無用に願います。多少の浮き沈みはあるかもしれません。しかし、芝居町はこれからも日千両の景気を保つことは間違いありません。むろんこののち、森多座で何が起こるのか、先のことは誰にもわからず、従って、わたしがここで申し上げることは何もありません」

土橋と西大路は黙々と杯を重ねている。

「しかしながら、この先、森多座で何が起ころうと、みなさま方には一切かかわりのないことです。なんとなれば、わたしは何も話さず、みなさま方は何もご存じないのですから。ただ、わたしはみなさま方に決して損はさせぬとお約束し、みなさま方はわたしを信用してくださり、宮古座の櫓を建てるための元手《もとで》やさまざまなお力添えをいただく。それだけ、でよろしいのではありませんか」

松崎は、「ふうむ」とうなり、太い腕を組んだ。

やがて、太い声を座敷に響かせた。

「日千両の景気は、芝居町と吉原、それと日本橋の魚河岸のみです。江戸の大店の中でも日に千両の金が動かせる商いはほんのひと握り。高《たか》が悪所。さりながらこの悪所、侮《あなど》れません。これまで川通り五ヵ町、築地に鉄砲洲を加えた七ヵ町のひいき連のお店が牛耳《ぎゅうじ》っていた資金元を、われらが代わって引き受ける支度は整っております」

松崎は新しい杯を下座の弥右衛門に「どうぞ」と差し出した。

そして弥右衛門の杯に酒をついだ。

「頭取さんの言う通り、昔は河原乞食と蔑まれた歌舞伎役者が、驚くべきことに今や、名、実、ともに江戸の表看板のひとつに育ったと言ってよろしい。時は移り永久に変わらぬものはありません。わたしどもが募りました歌舞伎興行出資元に応じられ元手をお任せいただいたお客さま方に、新両替町、すなわち銀座町の本両替屋の名にかけ、笑いが止まらぬほどのお金儲けをしていただかねば」

さすがに損得勘定に厳格な両替商は、言葉を飾らず生臭いことを率直に言った。

「ただし念を押しておきますが、わたしどもは頭取さんの大芝居への志に共鳴し、宮古座の櫓を上げるため金銭などの支援をした。それ以外のことには一切かかわりがありませんからね。言っておきますよ」

「けっこうです。委細、わたしにお任せを。あはは……」

弥右衛門が笑い、土橋と西大路が笑い声をそろえた。

それから深々と更けてゆく座敷で、弥右衛門は杯をひと息にあおった。

第三章　姉と弟

一

初日、中日《なかび》、千秋楽《せんしゅうらく》は、興行の節目《ふしめ》になる日である。

それらの節目の日、興行に携《たずさ》わる者らは、「おめでとうございます」と、互いに祝福し合い、祝儀などを贈る慣《なら》わしである。

木挽町の森多座でも、姫川菱蔵こと小天雅の急病による代役という急な障り以外は顔見世興行の中日をつつがなく迎え、祝福の挨拶や祝儀を交わしてその日の興行を無事終えた。

打ち出しの太鼓《たいこ》が鳴らされ、小芝居で言う芝居がはねてから一刻がたった夜の五ツごろだった。

築地川の暗い堤道を萬年橋の方から歩んできた二つの人影が、読売《末成り屋》の土蔵の前に佇んだ。

ひとりは、年のころは三十四、五のころ合い、黒羽二重《くろはぶたえ》の羽織をつけて身形《みなり》のいい隆《りゅう》とした壮漢《そうかん》で、今ひとり、これは紺の縦縞の羽織を着た背丈は同じくらいだが痩身の若い男が、それぞれ《森多座》と記した提灯を下げていた。

ただ、若い男の相貌は、こけた頬とまだ引かない腫《は》れが顔つきを歪《いびつ》にし、目の周り、唇のわき、頰骨や顎のあたりに痛々しいほどの青黒い打撲の跡を残しているのが、夜目にも見えた。

壮漢は若い男へ軽く頷いた。それから三段の石段をゆっくり踏みしめ、表の頑丈そうな戸前の樫の引戸に手をかけた。

引戸はなめらかに開いたが、重たげな音をたてた。

引戸から小広い前土間があり、式台《しきだい》ほどの高さの板床へ上がる。板床のすぐ正面に、幅の広い階段が二階床の切落口にのぼっていた。

階段後ろ、広い一階の右手の暗がりを紙の山の影が占めていた。

左手には行灯が二台灯され、壁ぎわに並んだ二台の文机に、筆に硯《すずり》、書きかけの半紙、文机の周りには書物や双紙《そうし》が乱雑に積まれてあるのが見えた。

二台の行灯の明かりの中に四人の男たちがいた。男たちは表の引戸を開けた壮漢と従う若い男へ、「ん？」という顔を向けていた。

三人の男が車座《くるまざ》になって端坐し、何か話し合っていたふうだった。

それを、腕組みをしたもうひとりが、階段の縁に凭《もた》れて見つめている、そんな格好だった。総髪を束ねて背中に垂らし、痩《や》せた背のひょろりと高い男だった。

陶《とう》の火鉢に薬缶《やかん》が架かり、湯気を上げているのが見えているものの、蔵の中は外よりは幾らかましというほどの冷えこみだった。

四人の男と土蔵の内部の様子は雑然としていた。

ほのかに紙の臭いがたちこめている。

しかし壮漢は悪い感じを覚えなかった。というより、子供のころの仲間が集まる秘密の遊び場のような懐かしさを、ふと覚えたくらいだった。

板床に端坐している三人の中の、奥の男が笑顔でまず言った。

「いらっしゃい」

土間に近い若い男が素早く立って、板床のきわで腰を折った。

「お名前とご用件をおうかがいいたします」

戸口に佇んだ壮漢は奥の笑顔の男と目を合わせ、ここは話の通じる男がいる場所だな、というような直感が働いた。

悪くない、と思いつつ、膝に手をあてがい丁寧なお辞儀をかえした。

「畏れ入ります。こちらは末成《うらな》り屋さんという読売を売り出されているお店とうかがい、お訪ねいたしました」

「いかにもさようです。読売の末成り屋です」

和助が、壮漢と壮漢に従っている様子の若い男を見較べた。

壮漢は腰を折ったまま言った。

「お初にお目にかかります。わたくし、市瀬十兵衛と申し、歌舞伎芝居の役者を生業《なりわい》にいたしておる者でございます。この者はわたくしと同じ歌舞伎役者の姫川菱蔵でございます。突然、うかがいましたご無礼をお許し願います」

「あの、と言うと、もも、もしや、五世市瀬じゅ、じゅ……」

和助は当代一の人気役者を間近に見て面喰らった。

「はい。五世を受け継がせていただいております市瀬十兵衛でございます。ただ今は、こちらの姫川菱蔵ともども、森多座の顔見世興行の舞台を務めさせていただいております」

市瀬十兵衛は身体を直し、まごつく和助へ穏やかに微笑んだ。

「和助、お入りいただけ」

天一郎が奥から声をかけた。

「ど、どうぞ、お入りください」

和助は、「茶の支度をします」と天一郎に言い、台所へ茶碗をとりにいって火鉢のそばへ戻り、薬缶の湯を急須《きゅうす》にそそいだ。

その間に、天一郎、修斎、三流は横並びに端坐し、土間へ入った市瀬十兵衛と姫川菱蔵へ、

「ご覧の通り、玄関も奥もないゆえ、気がねもいりません。お上がりください」

と、天一郎が手を差しだして勧めた。

土間で提灯の灯を消した十兵衛と菱蔵は、静かな足取りで上がり、三人に向かい合って冷たい板床に坐った。そして、

「改めまして、市瀬十兵衛でございます」

「姫川菱蔵でございます」

と、手をついた。

天一郎に続いて、修斎、三流、茶碗を二人の前に出した和助が最後に名のり、和助が火鉢を客の方へ近づけようとすると、

「そのまま、どうぞそのままに。お気遣い、ありがとうございます」

と、十兵衛が静かに手で制した。

和助は、火鉢の傍らの双方の間に座を占めた。

「江戸歌舞伎に五世を重ねる名優・市瀬十兵衛、また若手の一番手と評判の高い姫川菱蔵、当代一の人気役者お二人にお目にかかれて光栄です」

天一郎は本心から言った。

大柄でも十兵衛の身体つきは骨張った様子はなく、顔も一重のきれ長な目に色白の、太夫元の家柄を思わせる優男の容貌だった。

荒事《あらごと》を家の芸として伝える舞台の激しさは、微塵《みじん》も見えない。

「未熟者でございます。お恥ずかしゅうございます」

十兵衛は天一郎へさりげなく膝を向けた。

「お許しいただかねばなりませんが、今宵お訪ねするにあたり、わたくし、末成り屋さんがどのような読売屋さんなのか、本屋さんや紙屋さんなどから少々うかがってまいりました。水月さんが末成り屋さんのご主人と、うかがっております。よろしゅうございますね」

「けっこうです。みな同じ仲間ではありますが、表だってはわたしが主人の役目を言いつかっております」

「錦さんは絵師、鍬形さんは彫師と摺師、唄やさんは売子をなさり、みなさんは元ご公儀のお武家ながら、事情は存じませんが両刀を捨てられ、こちらで読売屋稼業を始められたとか」

天一郎は微笑みを絶やさず、修斎と三流は目配せをこそっと送り合い、和助は戸惑い気味に薬缶から上る薄い湯気を目で追っている。

「また、宇田川町《うだがわちょう》の水油仲買《みずあぶらなかがい》仲間がご公儀の勘定吟味役《かんじょうぎんみやく》のお役人方へ魚油《ぎょゆ》の問屋仲間に加わるか新たに株仲間を許されるかで働きかけ、じつは裏から相当な金品がお役人方へ渡ったという内情を、この九月、瓦版にして売り出された読売屋さんであり、瓦版は評判になったけれども、お上に対して不届きということで、支配の奉行所から睨まれているらしいともうかがいました」

「だいぶ細かく、調べられたようですね」

「はい。そのほか、末成り屋さんを始められるにあたって……」

「太夫、そこまでで。まずは今宵見えられたご用件を、どうぞ」

天一郎は十兵衛を遮《さえぎ》り、姫川菱蔵へ笑顔を移した。

菱蔵は歪んだ顔が決まり悪げに、天一郎の笑みをそらした。

「まことに、さようですね。では」

と茶碗を両掌に持ち、ひと口つけた。

それから黒羽二重の袖の中より浅葱色《あさぎいろ》の袱紗包《ふくさづつ》みをとり出し、天一郎の膝の前へそっとすべらせた。

「末成り屋さんに、お願いがございます」

十兵衛が言った。

天一郎は黙って袱紗包みを左右に開いた。

小判が二十枚、重ねてあった。天一郎は小判に手を触れず、

「うかがいましょう。お話しください」

と、十兵衛を促した。

「こちらの姫川菱蔵は、わが甥でありますことから、わたくしの俳号《はいごう》の天雅にちなみ、ひいきのお客さま方から小天雅と呼ばれ、可愛がっていただいております。と申しましても、年はわたくしと六つほどしか離れておりません。わが姉が早く産んだ子でありまして、叔父と甥ではありますけれど、わたくしと小天雅は兄と弟のようにに育ったのでございます」

天一郎と三人は、それぞれ頷いた。

「わたくしに倅がおりませんので、六世十兵衛を継ぐのは小天雅に決まりとひいきのお客さまに言っていただき、それだけ多くのお客さまの人気を得られ、認めていただいて、先のことは何もきまってはおりませんが、まことにありがたいことでございます。しかしながらこの小天雅、性根に少々難点がございます」

菱蔵が十兵衛の隣で首をすくめた。

「この顔をご覧になれば一目瞭然《いちもくりょうぜん》でございます。数日前、小天雅がある者と喧嘩をし、このような怪我を負い、じつのところ、今は舞台の務めに代役をたてざるを得ないのでございます。むろん、末成り屋さんはすでにご承知の一件で、喧嘩の相手もすでにお調べでございましょうね」

「承知しています。喧嘩の相手はてき屋の公平という男です。やんまのように身軽なため、やんまの公平と呼ばれています」

十兵衛は頷いた。

「宝永《ほうえい》の公事《くじ》で、われら歌舞伎役者は河原者にあらず、特設の看場を正式に認められ、のちには、表通りに住居を建てることが許され表店として堂々と屋号をも得たわれら役者が、舞台の外で喧嘩をして怪我を負い、舞台にたてぬなど不覚千万《ふかくせんばん》。舞台にたてぬ役者は役者ではありません。戦場《いくさば》にいかぬ武士が武士でないように」

十兵衛は口を結んで短い間をおいた。

「この一件、末成り屋さんがお調べになり、近々、瓦版になって売り出されるとうかがっております」

「今、その相談をみなでやっておりました」

「さようですか。小天雅が怪我を負わされて舞台に穴を明けたなどと、名の知られた役者ゆえにからかわれたり責められたりするのも、それはそれでお客さまあっての人気商売。役者を育てる肥やしとして、読売の種になるのもかまわぬのではないか、己の才を鼻にかける小天雅にはいい薬になるのではないかと、わたくしは思っていたのでございます」

存外、物のわかったことを言う、と天一郎は思った。

ですが、小天雅の怪我が殊のほか大きく――と十兵衛は眉間に皺を寄せた。

「小天雅がやくざのてき屋に襲われたごとくに、ひいき連の方々や森多座の頭取などが言いたて、町方へ訴えねばという雲ゆきになったのでございます。それでわたくしは、この話はこれまでにしていっさい外にもらしてはならぬと、芝居に携わる者と身内の者とを厳重に戒《いまし》め、喧嘩が起こった町内のお役人やご近所の方々にも詫《わ》びを入れ、話をこれきりにし広がらぬようにお願いしたのでございます」

「いい薬に、なさらなかったのですね」

「ははは、なるほど。一本とられました。まことにその通りで、小天雅に事情を質《ただ》しますと、喧嘩をふっかけたのは小天雅。双方手を出し合ったが相手に歯がたたず、結果として一方的に小天雅が痛めつけられただけ、というではありませんか」

菱蔵はただ黙って、殴られた跡を隠すようにうな垂れている。

「喧嘩は両成敗《りようせいばい》と申します。小天雅に非のある喧嘩で町方に訴え、喧嘩相手にお縄がかかり、裁きの場に引き出され、怪我を負ったのは歌舞伎の人気若手役者、怪我を負わせたのはやくざなてき屋、ということで重い罰が下されては理不尽《りふじん》ですし、あってはならぬことです」

天一郎は菱蔵から十兵衛へ目を移した。

「太夫はてき屋の公平をご存じなのですね」

「子供のころから知っております。わたくしが二十歳の時です。公平は八歳でした。可愛らしい顔をして、すばしっこく愛嬌のある子でございました。むろん、小天雅も公平のことはそのころから見知っております」

「小天雅さんと公平の喧嘩の一件はすぐにわかりました。みなさん、話せないと仰りながらも、人の口に戸はたてられませんからね」

そう言うと、十兵衛は深くゆっくり頷いた。

「ただ、小天雅さんと公平のかかわりが、どうしてもわからなかった。公平と話しもしましたが、はっきりしたことは言わなかった。今ようやく、小天雅さんと公平は子供のころからの顔見知りだったことがわかりました。住まいが近所の住人同士だったとか、あるいは、公平の家の者が太夫のお住まいの使用人だったとか……」

そこまで言って、天一郎は不意に訝《いぶか》しさを覚えた。公平と姉が両親を失い、姉弟の二人になったのは、確か、公平が七、八歳だったころだと聞いた。

十兵衛は天一郎へ微笑みかけ、ゆったりと頷いた。

「そこで、子供のころから知っている公平を、小天雅に喧嘩を売られたためにとがめを受けさせるのは可哀想でございます。そんなことはさせられません。そのような理不尽なことがないように、人気役者・姫川菱蔵とてき屋の公平との喧嘩の瓦版種を、末成り屋さんから買いとらせていただきたいのでございます」

二十両の小判が、天一郎の膝の前で行灯の光に映えていた。

「買いとる」

と、天一郎はくりかえしながら、考えた。

公平が八歳なら、公平と姉が両親を失い姉弟二人になった、ちょうどそのころになる……

「われわれはいかがわしい読売屋ですが、すべての読売屋がいかがわしい、とは限りません。ですが、すべての読売屋は好奇心が旺盛である、というのは確かです」

天一郎は言った。

「わたしにはこのたびの一件が二十両の大金に相応《ふさわ》しい瓦版種なのかどうか、わかりません。けれども、事情を聞かぬ前に好奇心旺盛な読売屋としては、この二十両を受けとることはできません。わたしは好奇心の旺盛な読売屋です。昔の顔見知りの公平が可哀想な、と太夫は、仰られた。だから買いとりたいと。しかしながら、二十両は大金です。ならばそれは、二十両の金に見合うほどの事情があるということなのですね。可哀想なだけではない事情があるということなのですね」

十兵衛は天一郎へ物思わしげな目をじっとそそいだ。

「太夫、二十両の価値があるかないか、価値があると思えば、この二十両で、瓦版種をお売りします。価値がないなら、そうですね、瓦版種にしてもどうせ売れませんから、ただでお譲りしましょう」

ふっ、と十兵衛は微笑んだ。

「それですと、公平が可哀想な、というだけではない事情をお話しすれば、この一件は瓦版にしないとお約束していただけるのですね」

「はい。瓦版にはしません。約束します」

「天一郎、それでいいのか」

隣の修斎が言った。三流も天一郎へ、いいのか、と言いたげに頷きかけ、和助はつまらなそうに肩をすぼめた。

「先だって、てき屋の公平と呑んだ。若いのに陰があった。けれど気持ちのいい男だった。そのとき、この男はもうそっとしておこうという気になった。思いながら今日までどうしようか、迷っていたのだ」

天一郎は十兵衛と菱蔵を見かえした。

「太夫、小天雅さん、今宵、お二人とお会いして決めました。末成り屋はこの一件から手を引きます。いずれ、どこかの読売が嗅ぎつけるでしょうが、江戸の人々は移り気です。そのときはそんな喧嘩があったかな、ということになっていますよ。みんなも、それでいいな」

「いいとも。天一郎が決めたなら、おれに異存はない」

修斎が応じた。「よい」「いいです」と、三流と和助が続いた。

菱蔵が顔をもたげ、十兵衛へすがるような目を向けた。

十兵衛は天一郎から目を離さなかった。短い間をおいて、

「末成り屋さんは、そういう読売屋さんなんですね」

と、呟いた。

「小天雅、ずっと隠し通すことはできない。いつか知れ渡ることだ。そのときは人でなしと責められ、五世十兵衛も菱蔵もお客さまに見放されるかもしれん。だが、それぐらいの罰を受ける覚悟はおまえもわたしも、しておかねばな。ここで末成り屋さんにお話ししても、かまわんだろう」

菱蔵は、こくり、と首をふった。

「みなさん、市瀬の家の者やわたくしどもの周りの者は、みな知っておることでございます。ただ、みなわたくしどもに遠慮して口にせぬだけの……思えば、よくこれまで、知れ渡らずにきたものです。所詮は、男と女のささやかな話でございます。恥はかいても、それぐらいの恥など、男と女のささやかな思い出でございますからね」

二

十三歳のお英《えい》が、堺町の市瀬《いちのせ》一門の表店・成瀬屋へ住みこみの下女に雇われてきたとき、二十歳の市瀬天雅は早くも立役《たちやく》と実悪《じつあく》の双方で頭角を現わし、十四歳の甥の平蔵《へいぞう》は若女方《わかおんながた》の舞台にすでに立っていた。

お英は、身形は質素な下女の拵えだが、輝くほどに愛くるしい童女がようやく十二、三になったばかりの、研《と》ぎ澄《す》まされた美しい短刀を思わせる娘だった。

痩せ細ってはいても、手足の運びにしなやかな俊敏さがあって、下女働きに黙々と精を出す様子には、ひとりで歩み、生きていく心がまえが十三歳にして備わっている芯の強さと、そしてどことはない艶《つや》めきを周りの大人たちに感じさせた。

当時、市瀬の太夫元は先代の四世市瀬十兵衛が継いでおり、その先代十兵衛が下女のお英を見て目を瞠《みは》り、

「あの娘は惜しい。男なら……」

と言ったのを、天雅は聞いていた。

お英には、八歳の公平という弟がいた。

お英は幼い弟の公平を連れての住みこみ働きが許されたために、成瀬屋に働き口を決めたらしかった。

天雅がそれを知ったのは、見慣れぬ童子が庭でひとりで遊んでいるのをとき折り見かけたからだ。ふっと目を引かれる可愛らしい童子だった。

「どこの子ですか」

お英を下女に雇った母親に訊くと、

「新しく雇ったお英の弟の公平ですよ。気の毒な姉弟ですからね。弟も一緒の住みこみを許したのです」

と、言った。

ああ、あの姉弟か、と天雅は思った。

姉弟の父親が出羽の米沢から江戸へ上り、人形町《にんぎょうちょう》通りがある長谷川町《はせがわちょう》の人形問屋の小僧になったのは、十二歳のときだった。

奉公を続け、人形問屋の小僧から若衆、手代と勤め上げて数年をへたころ、同じ出羽の本庄《ほんじょう》の出という浜町《はまちょう》の町芸者と懇《ねんご》ろになった。

芸者がどういう筋の女で、浜町で町芸者をしていた事情はわからない。

ただ、飛びきりの美人芸者だったという評判が芝居町の客の間に残っている。

二人の間にお英ができてから、父親は人形問屋を辞め、十数年の奉公で溜《た》めた蓄えをはたいて母親を請け出した。

そうして、借金をし、高砂町《たかさごちょう》に小さな人形店を開いた。

父親も北国生まれの渋い男前で、店を開いたころは美男美女の夫婦店と噂になったほどだった。

しかし、美男美女の夫婦店と噂になったものの、商いの方は順風ではなかった。借金をかえしてはまた新たな借金を重ね、額がだんだんにふくらんでいく火の車の商いが続いたらしい。

そんな中、五年がたって公平が生まれたのち、母親は以前いた置屋《おきや》の世話で再び芸者務めに出始めた。

母親の町芸者の稼ぎで、親子四人の暮らしを支えるためだった。

三十近い大年増だったが、母親の器量のよさから馴染みの客がついたという。

お英は六歳のときから、生まれて間もない赤ん坊の公平の世話をした。八歳のときには、お店の仕事が忙しい父親と芸者務めの母親に代わって、家事の仕事はすべてやったし、公平の母親代わりにもなっていた。

お英が十三歳、公平が八歳のとき、父親が芸者の母親を刺し、一家四人の親子心中を図る惨《むご》たらしい出来事が起こった。

一件が起こった背景に、どのような事情や経緯《いきさつ》があったのか、実事《じつじ》を知る者は当人ら以外にはいなかった。

その当座は、父親が母親の馴染み客との不義を嗅ぎつけ、怒りに狂って母親を刺したとか、苦しい商いに疲れ果てた父親が突然心を乱し、一家心中を図ったとか、様々に伝わった。けれど、いずれも噂でしかなかった。

一家心中が起こった当夜、母親が刺殺され、父親が自ら喉をきった店から、十三歳のお英は八歳の公平の手を引いて高砂町の自身番に駆けこんで難を逃れた。

お英は、母親が父親ともみ合い刺された隙に、母親のかえり血を浴びながら、公平を連れて逃げ出したのだった。

「お父っつあんがおっ母さんを包丁で刺しました。お父っつあんはわたしと弟も刺して死ぬ気です。お願いです。お父っつあんをとめてください」

母親のかえり血を浴びたお英が弟の手をつかんで自身番の前に立ち、当番に澱《よど》みなくそう言ったふる舞いが、いっとき、語り草になった。瓦版にもなった。

半月後のある朝、お英は堺町の成瀬屋に住みこみの下女奉公が決まり、公平を連れて三光《さんこう》稲荷の前からがくや新道をたどり、成瀬屋の勝手口に立った。

十四年前のことだ。

お英は働き者で、賢い娘だった。

物覚えがよく、飲みこみが早く、そして懸命に、陰日向《かげひなた》なく働いた。

弟子なども大勢暮らし、客の絶えない成瀬屋の所帯の山のような仕事を、確実に手早く、驚くほど丁寧にこなして見せた。

気はよく利いたが、それでいて、姉さん方の使用人より出しゃばらないような気遣いを十三歳にして心得ていた。

しかも、下働きの質素な身形であっても、お英が土間や台所などで仕事をしている周りにだけは、ぽっと日の明るみが差したようになって、家人の目を引かずにはおかなかった。

成瀬屋に雇われて二年もたたぬ十四のときには、お英は使用人の中では一番年少でありながら、年上の姉さん方からも頼りにされるほどになっていた。

「お英は頭がいい。働き者で気だてがまたいい」

と、成瀬屋の所帯を指図する母親がお英を褒《ほ》めちぎった。

ところが天雅は、お英を気に入らなかった。

「愛想が、どうもね」

天雅は母親に言ったことがある。

落ち度や粗漏《そろう》なふる舞いがあったのではない。

しいて言えば、両親の不幸な事情を抱えているにせよ、決して笑顔を見せず、広い成瀬屋の中でまれに顔を合わせても、刺すような眼差しを一瞬にそらし、心のこもらない黙礼を残して立ち去るお英の冷ややかな素ぶりが、気に入らなかった。

お英は天雅に愛想よくしなかったし、娘らしい柔らかさもなかった。

粗雑ではない。けれど「ご用はなんでしょうか」と問いそうな怜悧《れいり》な物腰が、天雅は小憎らしかったのかもしれない。

お英が気に入らないのに、わけはなかった。

むろん、歌舞伎役者の王道を歩み始めている天雅にとって、お英の素ぶりなどに気をかけている暇はなかったから、気に入らないというのは、ささいな気がかりでしかなかった。

ただ、弟の公平には何気もなく愛着を覚えたのが不思議だった。

公平は姉のお英とは違い、優しい目をした可愛らしい童子だった。

成瀬屋の裏庭でひとりで遊んでいるところをとき折り見かけ、少し話しかけたりすると、嬉しそうに微笑んで、幼いながらに一生懸命に応える仕種になんとも言えぬ愛嬌があった。

何度かそんなことがあって、天雅と公平は十二歳年の離れた友のような、「公平」「天雅さん」と互いに呼び合う仲になっていた。

ある日裏庭で、公平は天雅に鮮やかな宙がえりを打って見せた。とんぼのような身軽さに天雅が感心し、《やんま》と呼ぶと、公平は自慢げに繰りかえし、

「天雅さん、これはね……」

と、宙がえりの手ほどきを始めた。

偶然それをお英が見つけ、公平を叱りつけた。

「公平、若旦那さまになんて失礼な口の利き方をしているの。言っただろう。若旦那さまとお呼びしなけりゃあいけないって」

お英は公平より天雅と友になった話を聞き、ご主人への口の利き方や親しく交わることをやめるよう公平にたしなめていたらしかった。

公平は口を結んで、悪戯《いたずら》を見つけられたかのように目をくりくりさせた。

「お英、そんなに叱るな。公平とは友だちなのだ。天雅さんでいいよ」

「いいえ、いけません。若旦那さまは歌舞伎界を背負っていかれるお方です。公平が若旦那さまのお邪魔になってはいけません。おいで、公平」

と、お英が手を引いて連れ戻していく公平に、天雅は声をかけた。

「またな、公平」

公平とお英がふりかえり、天雅は一瞬、お英の鋭い眼差しに射られてなぜか身がすくんだのを覚えていた。

天雅はお英が気に入らなかった。

小娘が、と思っていた。

それでも時は流れ、細い身体にほんのりと白い綿雪《わたゆき》のような肉がつき始め、お英の美しさはますます輝きを増した。

その間、天雅は役者の才をいっそう磨き、精進を重ね、休まず舞台を踏んで、名を上げ、人々の人気を博し、五世市瀬十兵衛襲名間近、と江戸のみならず上方にも鳴り響く大立者《おおだてもの》に育ちつつあった。

四世十兵衛の下で兄弟のようにともに稽古に励み、天雅の最初の弟子である甥の平蔵も、若女方から立役として舞台に上がり、天雅の弟分・小天雅と呼ばれて名を馳《は》せ始めていた。

お英に次々と縁談が持ちこまれ出したのは、十六、七のころよりだ。

成瀬屋に出入りする商人、成瀬屋ひいき筋の話、よその家元の弟子筋、中には旗本の側室にという話まであった。

お英は、それらの話をどれも受けなかった。

公平の身を案じてのことだろうと思われた。それに、お英を気に入った四世市瀬十兵衛と女房、すなわち天雅の父母のお英を手放したくないという気持ちも働いたのかもしれなかった。

だが、お英に日があたり始めると、そこに影が落ちるように、お英の母親の血筋がわからないことをとり沙汰《ざた》する心ない噂が流れ、天雅の耳にもとどいた。

「芸者務めのころは、次々と男を替えて、盛んな人だったたってね」

「そんなんじゃあ、亭主が嫉妬《しっと》に狂って心中を図るはずだよね」

成瀬屋の店でも、下女らが集まるとひそひそとよく言い交わしていたのを、聞いた覚えがある。

くだらぬ。

天雅は気にかけなかったし、心ない噂などに気を留めるふうもなく黙々と変わらずに成瀬屋の下女奉公を勤めるお英のふる舞いを、清々《すがすが》しいとさえ思っていた。

しかし、お英とは必要なこと以外、言葉は交わさなかった。

気に入らん、と天雅はお英を小憎らしく思う気持ちがますます募っていくのを抑えられなかった。

公平は十歳をすぎてから、成瀬屋の小僧働きをするようになっていた。だんだん若衆らしくなっていく公平が、弟のように思えた。そうだ、いっそのこと公平を弟子に、と天雅は考え始めていた。

そんな矢先の、お英が十九になったときだった。

その年の秋のある日、天雅は四世十兵衛の部屋に呼ばれた。部屋には四世十兵衛のほかに母親、甥の平蔵、そしてなぜかお英がいた。お英は部屋の隅で、俯《うつむ》いていた。

父親の四世市瀬十兵衛が言った。

「もう二年か、長くて三年舞台を務めれば、わたしは隠居をするつもりだ。五世は天雅、おまえが継ぐ。江戸の人々は、みなおまえが五世を継ぐときを待っている。おまえは市瀬の太夫元になり、市瀬の名はこののち、おまえの肩にかかっている。だからおまえの考えを聞きたい」

母親も黙って、うな垂れていた。平蔵は肩を落としている。何か失敗をした折りのよくやる仕種だった。

「お英に平蔵の子ができた。二人の話をつらつら聞いたところによれば、この馬鹿者が酔っ払って、無理強《じ》いにお英に迫ったようだ。お英は自ら進んでではなかったにしろ、平蔵の求めを拒めなかった。若い二人だ。そういうこともある。でだ、わたしらはお英を平蔵の嫁に迎えようと思う。そこで、遠からず市瀬を支えることになるおまえが、それについてどう考えるか、聞かせてくれ」

二十歳になった平蔵は普段は気のいい大人しい男だったが、酒に酔うと少々乱暴になり、酒癖が悪いと言われ始めていた。

天雅は身を縮めている平蔵を睨んだ。それから部屋の隅のお英へ目を移した。

お英は天雅がこの部屋にきたときから、身動きひとつしていなかった。

膝にそろえた白い手が、働き者らしくたくましく赤らんでいた。

伏せた面差しに、痛々しいほどの哀愁があった。そのとき天雅は、

平蔵ごときにおまえほどの女が……

と、お英への激しい怒りに捉えられた。

心の底の自分の宝が毀《こわ》されたような、筋の通らない憎しみに捉えられた。

「それは駄目です。お英に暇を出しましょう」

天雅は言った。そう言ってしまった。

父母と平蔵は呆然《ぼうぜん》となった。

いろいろ心ない噂はあるけれど、お英であれば市瀬の家の嫁に不足はない、と父母も平蔵も思っていたのに違いなかった。天雅とて、許すだろうと。

「宝永の公事において、われら歌舞伎役者はお上より河原者にあらずとの検断《けんだん》を受けました。これは江戸の町に芝居小屋の櫓を上げることを許されて以来、それぞれの太夫元が家の芸を守り、芝居を守ってきた賜物《たまもの》です。お上へのご恩をおろそかにしてはなりません。お英は芸者の子です。芸者だった母親の血筋も定かではありません。そのような血筋の者を、市瀬の家に入れるわけにはいかぬでしょう」

父母は落胆し、平蔵は今にも泣き出しそうになった。

「お英、すまぬが、わかってくれ」

天雅の言葉に、お英ひとりが顔を上げた。

その清婉《せいえん》な面差しに、天雅は「あっ」と声を小さくもらした。

お英は天雅に初めて笑みを見せ、天雅はその笑顔に、束の間、見惚《みと》れた。

「若旦那さま、市瀬のお家を恨みはいたしません。平蔵さんひとりのせいではありません。わたし自身にも、平蔵さんを憎からず思う心がありました」

平蔵さんを憎からず思う心、という言葉が天雅の胸を刺した。

天雅はお英の笑みに堪えきれず、思わず顔をそむけた。

「公平ともども、お暇をいただきます。長い間、ありがとうございました。ただ支度がございます。およそひと月の時と、子を産むための少々のお金をいただきとうございます」

「いいとも。それだけではなく、家を出てからおまえたちの暮《く》らしが成りたつようにできるかぎりのことはさせてもらうよ。生まれてくる子の里親《さとおや》の面倒も見る。なんでも言ってくれ」

「ありがとうございます、若旦那さま。けれど、ただ今申しましたことだけで十分でございます。こののち、市瀬のお家にご迷惑をおかけすることは、いっさいございません。なにとぞ、ご安心くださいませ」

なんという言い種《ぐさ》。なぜ泣いて、薄情者《はくじょうもの》、と言ってわたしを責めぬ。なぜ市瀬の家を、ひどい、となじらぬ。いつから歌舞伎役者はそんなに偉くなったのだ、と罵声《ばせい》を浴びせぬ。しかし、

「そうか」

と、天雅はお英をまともに見られぬまま、言っていた。

それでお英と公平の定めは決まったのだった。

成瀬屋において五世市瀬十兵衛襲名間違いなしと言われ、先々、歌舞伎界を背負

ってたつ大立者になる役者と称えぬ者のない天雅の考えに、父母とて甥の平蔵とて異議は唱えられなかった。

天雅がそう決めるなら、逆らうことはできなかった。

二十日ほどがたち、お英と公平は二人が成瀬屋に初めてきたときと同じように、台所のある勝手口から去っていった。

見送った使用人らが、がくや新道を去っていく二人の後ろ姿にいつまでもかける声を、天雅は成瀬屋の敷地内に建つ別棟の稽古場で、ひとり聞いていた。

翌年、お英は京橋南の南紺屋町の《釜や》という蕎麦と御膳の店で女の子を産んだ。子供はお牧と名づけられた。

釜やの夫婦は、お英の両親が高砂町で小さな人形店を営んでいたときからの父親の知り合いだった。夫婦には子がなく、お英を可愛がって、両親が不幸な死に方をしたあとも何くれとなくお英の力になってくれたらしかった。

夫婦とお英がどういう約束を交わしたのかを、知る術《すべ》はなかった。

ただ半年後、お英は吉原へ身売りをし、その支度金のすべてを乳飲み子のお牧を託した釜やの夫婦に渡した、とのちに天雅は聞いた。

天雅は二十九歳で五世市瀬十兵衛を襲名した。天雅の名は俳号で残した。

平蔵は姫川菱蔵となり、今や、若手一番手の人気歌舞伎役者だった。

その一方で、舞台の外での酒癖の悪さや素行の悪さがひどさを増していて、成瀬屋の心配の種と言われていた。
十五、六のころからてき屋になったと聞いていた公平は、五世を継いだあとに一度、増上寺の参道で露店を開いているのを見かけたことがあった。
「公平」

そう呼びかけると、

「天雅さんっ」

と、公平は童子のころの面影を残した笑顔を満面にはじけさせ、弟子を大勢従えた五世市瀬十兵衛を大声で呼んだ。

三

公平は芝浜松町《はままつちょう》の帳元・章次親分の裏店に呼ばれていた。

裏店、と言っても章次親分の店は二階家で部屋数が多く、広い庭があり、手下や浪人の用心棒を幾人か抱えていた。

日本橋川南の八丁堀から京橋川、汐留川、金杉川《かなすぎがわ》をこえてようやく町地の広がり始めた三田《みた》までを縄張りに収めていて、章次は今や飛ぶ鳥を落とす勢い、江戸屈指の大親分のひとりにさえ数えられていた。

金銭に貪欲《どんよく》で、狙いを定めたらどんな手だてを使ってでもやってのけ、狙った物は手に入れる。章次を怒らせたら恐い。

裏街道では恐れられた親分だった。

三年前、三田上高輪村の周辺を縄張りにするてき屋の帳元・為右衛門と倅の店割の久太郎が袖ヶ浦に浮いていた一件が芝の章次の仕業《しわざ》では、と言われたのは、そのすぐあと、為右衛門の縄張りを章次が手に入れたからである。

公平が章次親分の手下になったのは、姉のお英とともに成瀬屋を去ってから、商家の小僧と職人の徒弟になったが仕事が続かず、盛り場を野良犬みたいにしょっちゅう腹を空かしてうろついていた十五のときだ。

けちな地廻りの兄貴分の使い走りみたいな稼ぎで食いしのぎ、喧嘩と博奕に明け暮れていたころだった。

公平が《やんま》と綽名で呼ばれるようになったのも、そのころだ。

章次は公平の驚くほどの俊敏な能力と、腕っ節の強さを見こんで子分にし、公平

がてき屋でどうにか飯を食えるようにしてくれた。のみならず章次は公平に、

「やんま、金が稼ぎたきゃあ、もっと割のいい仕事もできるんだぜ」

と、ある仕事を廻してくれた。

姉ちゃんがお牧を産み、そのお牧を釜やのおじさんとおばさんに託して吉原へ身売りをしたあとだ。

姉ちゃんが可哀想で、おれが不甲斐ないばっかりに、と申しわけなくてならなかった。せめて姉ちゃんを身請けし、お牧と暮らせるようにおれがしなければならねえと思っていた。

割のいい仕事とは、章次親分の言う「あんな野郎をのさばらせておくと世間さまにご迷惑がかかる」ので、あまり大きな顔をしてのさばらないように、大人しく引っこんでいるように言い聞かせることだった。

言い聞かせても聞かない迷惑野郎は、言うことを聞くまで灸《きゅう》を据える。

誰も言うことを聞かなかったから、公平は灸を据えてやった。

迷惑野郎はひとりの場合もまれにはあったけれど、たいていは用心棒やら手下やらが四、五人か、ときにはそれ以上ついていた。

公平は用心棒や手下らには手加減した。だが、言い聞かせる野郎には手加減しな

かった。厳しく臨んだ。そうしないと章次親分が承知しなかったし、

「半端《はんぱ》な仕事をしやがって」

と、約束の手間賃を減らされた。

「なんなら、息の根をとめたって仕方がねえんだ。それぐらい思いきってやれ。もっと大きく稼ぎてえんだろう」

章次親分は凄んで言った。

公平は稼ぎたかったから、思いきってやった。

むつかしいのは、思いきってやって野郎がくたばる直前で止める間合だった。息の根までは止めなかったため、瀕死《ひんし》ながら必死の逆襲を喰らって怪我を負わされたことも、一度や二度ではなかった。危険で、好きになれない仕事だった。

けれども確かに、てき屋よりは割のいい仕事だった。お陰で、金は少しずつ溜まった。公平は溜めた金を晒《さらし》に包《くる》んで腹に巻き、肌身から離さなかった。

お牧が歩けるようになり、とき折り釜やを訪ねる公平を《やんま》と呼ぶようになると、お牧が可愛くて、会うのが楽しみでならなかった。

お牧のことを考えたら、喧嘩や博奕なんぞはつまらなかった。

姉ちゃんとお牧のために腹に巻く金をふやさなきゃあ、という思いが公平の生き

なくなった。

ただ、三年前から割のいい仕事はやっておらず、金は十両近くになってからふえる望みになった。

それでは姉ちゃんを身請けするのに、爪先分にも足らなかった。

三年前、言い聞かせに言った三田の上高輪村の帳元・為右衛門と倅の久太郎の二人を相手に、袖ヶ浦の海岸でやるかやられるかの乱戦になった。

為右衛門は強靭《きょうじん》な男だった。

倒しても倒しても起き上がって、挑みかかってきた。

倅の久太郎はどすを抜いて、素手の公平に応戦した。

公平もだいぶ傷ついた。

それでもどうにか為右衛門を倒し、為右衛門は袖ヶ浦へ転落した。

「親父《おやじ》いっ」

と、倅の久太郎が為右衛門を追って海へ身を投げた。

翌日、上高輪村の帳元・為右衛門と倅の店割の久太郎が袖ヶ浦に浮いていた。

「これで公平も一人前の凶状《きょうじょう》持ちだ。男になったじゃねえか」

章次親分が金をくれるとき、そう言って笑った。

死なせるつもりはなかった。公平はただ必死で闘い、結果がそうなっただけだ。あれ以来、割のいい仕事はやっていない。

姉ちゃんとお牧には申しわけないけれど、もう割のいい仕事はしたくなかった。だから、てき屋の細々《ほそぼそ》とした稼ぎでは金は溜まらなかった。

三田の町家や近在の縄張りを手に入れてから、章次親分は侍を三人雇った。

三人とも本多髷《ほんだまげ》に踝《くるぶし》までとどく縞の長羽織をぞろりと着流し、小紋の小袖に赤紫の袴、それに吾妻下駄《あずまげた》をからから鳴らし、白粉《おしろい》と唇に紅を役者のように刷いている若い侍だった。

三つの白粉顔が縦陣のような列を組み、悲痛な豊後節《ぶんごぶし》を絞り出しながら、夜更けの新橋を渡ってくるのといき違ったことがある。

がらん、がらん、と橋板に若侍らの吾妻下駄が鳴って、夜更けの人通りの絶えた橋上で見た白粉に赤い口紅の扮装は、公平でさえ不気味だった。

「ありゃあ二本差しているが、本物の侍じゃねえ。上方で人をばらして江戸へ逃げてきた凶状持ちだ。狂犬みたいに狂暴なやつららしい。気をつけろ。章次親分も大親分になって狙われる恐れが出てきた。だから用心棒に狂犬を飼い始めたんだ」

てき屋の仲間にあとで聞いた。

三人が、尾上菊五郎、松本幸四郎、岩井半四郎、と名乗っていて、いつも役者みたいに化粧をしてにやついている、妙に性根のねじれた男らだとも聞いた。

割のいい仕事はそいつらにやらせればいいのだ。公平はそう思っていた。けど、金をもっともっと稼がなければならなかった。姉ちゃんとお牧のために、どうすりゃいいんだ……公平は困っていた。

手下の若い衆に案内され章次親分の部屋へいくと、章次親分は神棚の下の長火鉢の前に、褞袍《どてら》を羽織って坐っていた。

三人の用心棒が片側に居並び、子供がここへ何をしにきた、みたいな顔を童顔の公平にじっと向けていた。

「よくきた、公平。坐れ」

章次親分は火鉢の炭の火を煙管に点《つ》け、ひと息吹かしながら、公平が坐るのを見守った。それから、

「久しぶりの仕事だ。今度の仕事は今までのどの仕事よりも金になる。公平の腕なら簡単だ」

と言った。

公平はすぼめた肩に首を埋めた。

「あっしはもう。こちらのお侍さま方に……」

「この仕事はこれまでとは、少々違う相手だ。ばっさばっさというわけにはいかねえ。公平じゃねえとできねえ仕事なんだ」

章次は公平が断っても許さなかった。

章次には、飢えていたときに食わせてもらった恩があった。

「相手は二人。歌舞伎役者だ。為右衛門親子みてえに、川か海に浮いているというのがいいな」

歌舞伎役者、と聞いて、公平はぴくりと肩を震わせた。

三人の用心棒の化粧顔は、まばたきひとつしなかった。まるで、童子のころに見た、家の人形棚に並んでいた白い顔の人形みたいだった。

菊五郎という男の、下ぶくれの顎の太いふてぶてしい顔が一番不気味だった。

四

「あははは……」

玄の市が机に寄りかかり、笑い声を響かせた。

机の上には、目の不自由な玄の市が数や字を指先でなぞって読む帳簿と、三味線を弾くように鮮やかにはじく算盤《そろばん》、硯と筆がおいてある。

陶製の火鉢に火が熾《おこ》り、二階四畳半の玄の市の仕事場を心地よく暖めていた。

机の前の障子戸を少し透かした出格子窓から、南小田原町の築地川と冬の青空が見えた。

障子に明るい日が差していた。

築地川の石垣の向こうは武家屋敷の練塀《ねりべい》がつらなっている。

そこは築地川堤の新道角にかまえた小綺麗な二階家で、築地川堤道を東にとれば、木々の繁る波除《なみよけ》稲荷とさらに先に海が広がっている。黒板塀《くろいたべい》が囲む塀の上に見越しの松がのぞいていて、主の玄の市は界隈で座頭金《ざとうがね》を営む座頭である。

「それでは、せっかくの売れそうな読売種が、残念なことでしたね」

と、ひとしきり笑ってから玄の市が天一郎に言った。

「修斎らには申しわけないのですが、わたしのわがままを許してくれました」

「修斎さんも三流さんも和助さんも、心から天一郎さんを信頼している。天一郎さんがいきたい道を、みなを率いていけばいいのです」

玄の市の丸めた頭を撫《な》でる指が、節くれだっている。

「目明きは心の目で見る修行ができていません。ですから不自由で気の毒なのだけれど、目で見えるものだけを見ていては、本当に大事なものは見えません。天一郎さんたちも末成り屋を始めて修行をつんで、だいぶ心の目明きになってきたようですね。あははは……」

「師匠のお陰です」

天一郎も玄の市に笑い声をそろえた。

天一郎たちは玄の市を《師匠》と呼んでいる。

玄の市は、目は見えずとも指先の肌触りで字を読み、算盤をはじくのは字を読むより楽だと言う。掌で白い紙面をさすりつつ、さすったあとを追いかけるように、躍るような筆さばきで達筆な字を書いた。

家の中はひとりで歩き廻り、できないふりをして外では人に手を引かせているけれど、その気になれば本当は外を全力で駆けることもできた。

三味線と同じです、と玄の市は言った。

指が撥《ばち》の動きを覚え、棹《さお》の押さえどころを知っているように、指の肌触りが物の形を覚えている。耳を澄ませば音の震えが、吹く風や、波の音、木々の騒ぎ、雨のささやき、鳥や虫の声を伝えている。

音が聞こえるのではなく、世界を見せてくれるのだと言った。

「読売屋は見えているものだけを見ているのでは、不十分ですよ、天一郎さん」

玄の市は口を酸っぱくして繰りかえし言う。

階段を上がる音がし、お久《ひさ》が茶を運んできた。

「あ、おかみさんに、わざわざすみません。声をかけていただければわたしが運びましたのに」

「いいんですよ。天一郎さんにそんなことはさせられません。お糸《いと》がちょいと使いに出ているものですから」

お久は五十過ぎの座頭・玄の市の女房で、お糸とは住みこみの下女である。

「今日は天一郎さん、どういう面白いお話があったんですか」

お久は茶碗を天一郎と玄の市の前において言った。

「どうですか、師匠。面白かったですか」

「ふむ。とても面白いですね。読売にならないのが残念ですが。あはは……」

「あら、面白い話が読売にならないんですか」

「そうなんだ。じつはね……」

玄の市は二十数年前、深川の羽織だった十ほど若いお久を身請けし、この南小田原町で座頭金を営みつつ、夫婦暮らしを始めた。

夫婦になって数年後に生まれた赤ん坊をなくし、以来、子に恵まれなかった。

お久は器量は月並《つきなみ》だが、辰巳《たつみ》の芸者上がりらしい気風《きっぷ》のいい女房で、座頭金の高利貸しでありながら、数寄者心《すきしゃごころ》に従って金貸業を営む玄の市を裏からよく支え、夫婦仲はよかった。

玄の市は少し変わった座頭だった。

座頭金は、小商人や小さな所帯を営む町の住人が主な客だった。日銭を稼ぐ行商や表店でも小店を営む小商人や貧しい庶民からは定めの利息以外はとらなかったし、厳しいとりたてもやらなかった。

玄の市は、金に困った人々の足下を見て法外な利息をとり、目先の儲《もう》けのためにそういうお客の暮らしを損《そこ》なっては、長い目で見れば結局、自分の稼業に障りが生じるという考えだった。

「細く長く、わたしどもの座頭金をご利用いただくのが、この稼業のこつでございますよ」

そう言う一方で、高禄の武家には相応の金額を融通し、

「お武家はただで禄を食《は》んでおられるのですから、少々はよろしいでしょう」

と、笑って容赦なく不相応な高利を貪《むさぼ》った。

玄の市は、身分家柄を得々と継いで高禄を食む武家を忌《い》み嫌《きら》っていた。以前、手を染めた大名貸《だいみょうがし》では、町奉行所の古借金「取上裁許にも不及事に候」の時どきに出される武家救済の布告により大損をこうむり、

「大名など、二度と貸してやらんからな」

と、憤慨していた。

しかしながら、旗本の天一郎が御家人の修斎や三流との交わりを結ぶきっかけを与えられたのも、武家嫌い、侍嫌いの玄の市の数寄者心によっている。

玄の市はまだひよっこの絵師・修斎と彫師・三流を居候《いそうろう》させ、まるで親類縁者のどら息子を預かったみたいに飲み食いから小遣いまで与え、好きに遊ばせていた。

二人を居候させていた特別なわけはなく、玄の市の数寄者心以外になかった。

初めて天一郎が南小田原町のこの家へ偶然のきっかけできたとき、玄の市は「お許しを願いますよ」と断って天一郎の顔や肩、手、膝に触れ、

「この花はまだ開いておりませんな。あははは……」

と笑った。

「村井さん、花が萎《しお》れるからこそ実がなる。人も同じだ。花が咲くうちは実がなり

ません。実を結ぶためのに備えるときですからね。ご奉公をしくじったら、家《うち》へきなさい。飲み食いの心配はいらない。この二人もいる。面白い餓鬼どもでね。先のことはゆっくり考えたらいい。大丈夫。あなたの花は咲きます。あなたの花は……」

それから、天一郎と修斎、三流との交わりが始まったのである。

天一郎は、自分の何が玄の市の数寄者心に触れたのかは知らない。

ただ言えるのは、母親が自分を連れて後添えに入った旗本の村井家で、深い霧の中にさまよっていた目の前の霧が晴れ、はるか彼方まで続く一本道が見え、天一郎はためらいもなくその一本道を進んだということだった。

三年がたち、天一郎は修斎と三流とともに、読売《末成り屋》を始めた。

「あなた方お侍が刀を捨て、下賤《げせん》な読売稼業を始める狙いはなんですか」

玄の市は末成り屋を始めようとしていた三人に訊いた。

「見えぬ目で見て、聞こえぬ耳で聞き、語れぬ口で語ること、それがわれら読売屋の狙いと心得ました」

天一郎らは、きらきらと降りそそぐ光の下で応えた。

「よろしいでしょう。ではわたしはこの目で、あなた方の舞台をゆっくり見物させていただくことにします。むろん見物料は、お支払いしますよ。あははは……」

そう言って、築地川堤の古びた土蔵を提供し、末成り屋を始める元手を、あると
き払いで用だてたのは玄の市である。

あれから八年……和助が売子に加わって末成り屋は四人になり、天一郎の一本道
はなおも続いている。

「まあ、あの姫川菱蔵がねえ。そんなにひどい喧嘩だったんですか」

と、お久は天一郎へ向いて言った。

「昨夜の姫川菱蔵のあの顔では、舞台へ戻るまでには、まだだいぶかかりそうでし
た。公平という男は、どちらかと言えば小柄な方ですが、俊敏さは尋常ではありま
せん。まさにやんまのような素早さで襲いかかられたら、たいていの者はふせぐの
がむつかしい」

「だからやんまの公平ですか。一度会ってみたいものだ」

玄の市が楽しそうに言った。

「でも、それほどの怒りにかられたのだから、姉さんのことを言われたのが、よほ
ど腹に据えかねたのでしょうね」

「所詮は女郎が相応《ふさわ》しい女だとか、娘のお牧だって誰の子かわかりゃしないとか、
色仕かけで成瀬屋の玉《たま》の輿《こし》を狙ったとか、菱蔵は酔いに任せてさんざん悪態をつい

たそうです。直接のきっかけは菱蔵が公平の頭から酒を浴びせたのです」

「ひどいことを。怒るのはあたり前ですよ」

「あは。若手一番の当代人気役者を舞台に上がれぬほど痛めつけ、汐留川へ投げ捨てようとさえした。見たかったなあ。こう、担ぎ上げたところを。あははは……」

玄の市が菱蔵を担ぎ上げる仕種をして見せ、お久を笑わせた。

「しかし結局、公平は菱蔵を投げ捨てませんでした。周りに止められたこともあったのでしょうが、わたしが思うには、公平はお牧の父親である菱蔵に、そこまではできなかったのではないでしょうか」

「可愛い姪《めい》のお牧のため、姉さんのためですか」

「なぜか公平は、成瀬屋を恨んではいないようなのです。人がよいのか、姉のお英が言い聞かせたのか。喧嘩があった翌日、五世市瀬十兵衛が何年ぶりかで公平の裏店を訪ね、喧嘩の一件を伏せるように頼んだのを、心よく受け入れています」

「五世十兵衛こそ、姉のお英と菱蔵の仲を裂き、姉弟を成瀬屋から追い出した張本人なのにね」

「はい。むしろ公平は、昔、成瀬屋の裏庭で友だちになった十二年上の天雅に、天雅が五世十兵衛を襲名した今も、変わらぬ友情を抱いているようなのです」

「いじらしい」

お久がぽつんと言った。

「それに姫川菱蔵は元々酒癖は悪かったのですが、舞台の外での素行がこんなに悪くなったのは、お英が成瀬屋を出てからだそうです。こんなことでは菱蔵が六世市瀬十兵衛を継ぐのはむつかしい。自分のせいかもしれない、と五世十兵衛は言っておりました。きっと五世十兵衛も、天雅だった若き日に、つらい思いに耐えたのでしょうね」

「ふむ。わかります。わかりますよ、天一郎さん。天雅が心に秘めた花は誰にも見えなかったけれど、それは今、五世十兵衛の舞台に咲いているのではありませんかね。そうそう、姫路酒井家の美鶴とかいうお転婆《てんば》なお姫さまと天一郎さんとは、そののち、どうなっていますか」

いきなり玄の市が話題を転じた。

「どうなったもこうなったも、元から何もなっていませんよ。師匠、おかみさんの前で妙なことを言うのはやめてください」

玄の市は高らかに笑い、おかみさんは「どうなの？」という目つきをした。

五

天一郎が歩む堤道を、茜色の空が覆っていた。

空の果ての雲は赤く染まり、数個の鳥影が雲間をよぎっていく。

今日もまた夕暮れがきて、物悲しげな鳥の声が遠くで聞こえた。

堤端に固まる粗末な掛小屋の中の、煮売屋から流れる香ばしい煮炊きの匂いが、築地川の寂しい夕景色に似合った。

掛小屋の板屋根の先には、末成《うらな》り屋の総二階の古びた土蔵が見えている。

漆喰《しっくい》の土塀と瓦《かわら》屋根にも、赤い夕陽が降っていた。

切岸の川端に柳や桂《かつら》の木々がぽつりぽつりと佇み、寒そうに枝を垂らしている。

一本の柳の木の根方に、菅笠をかぶった男がひとりかがんでいるのが見えた。

男は折った膝へ両腕をだらりと乗せ、寂しげに誰かを待っている風情《ふぜい》だった。

男が誰か、遠くからでもわかった。

「公平……」

天一郎は堤道をいきながら、呼びかけた。

公平が天一郎を見つけ、軽々と立ち上がった。

「天一郎さん」

無邪気《むじゃき》に手をふって、天一郎の方へ駆けてくる。

一間半ほどのところまですいすいと駆け、裾端折りの着物に黒の股引、黒足袋草履の両脚をそろえ、ぽん、とひと飛びして、天一郎の前に下り立った。

「天一郎さんを待っていたんだよ」

菅笠の下で公平の笑顔がはじけた。

「わたしに用なのか。それは都合がいい。じつはわたしも近々、公平に会いにいくつもりだった。少し話があってな」

「どんな話ですか」

「大事な話ではない。すぐでなくていいんだ。公平の用を言ってくれ」

うん、と公平は頷いた。

だがすぐには話し始めず、子供がするように中空へ大きな目を遊ばせた。

どうきり出そうか、考えているみたいだった。

「おれね、天一郎さんに読売の種になるかもしれない話を持ってきたんだ。小天雅さんの一件じゃないけど、おれにもちょっとかかわりがあって、上手く言えねえのさ。天一郎さん、聞いてくれるかい」

公平の表情は気恥ずかしげにはにかんで見えたが、どこか、思いあぐねているふうでもあった。

照れくさそうに、ちょっとつらそうに、そんな自分がおかしそうに、公平は唇を嚙《か》みしめ、その顔を降りそそぐ夕陽が赤く染めていた。

「もちろんだ、公平。どんな話でもいいぞ。読売屋は好奇心が旺盛だからな。そうだ、公平、もう夕暮れだ。一杯呑みながら話を聞こう。こういう店だが、美味い煮物を食わせる」

天一郎は堤端の粗末な掛小屋の煮売屋を指した。

煮売屋の掛小屋に、酒、と大きく記して、めし、御吸物、などと書き添えた油障子の戸がたてかけてある。

煮売屋の小屋の中には、いつも客になる大道芸人や馬喰《ばくろう》らの姿はまだなく、竈のそばで手拭を吹き流しにかぶった主人が、すり鉢の胡麻《ごま》をすり下ろしていた。

その店先にも、赤い夕陽が降っている。

「そうだね、天一郎さん、一杯やりながら。おれ、本当は頼み事が、あるんだ」

公平が夕陽に顔を染めて言った。

頼み事があるのか。いいとも、公平、何があった。聞かせてくれ。
天一郎は笑みをかえした。

第四章　宙がえり

一

その瓦版が売り出されてから、木挽町の森多座にのみならず、堺町の中村座、葺屋町の市村座にも激震が走った。

森多座の舞台は、明六ツから夕六ツまでである。

その日、森多座では打ち出しの太鼓が鳴って、客がすっかり退《ひ》けたあとの始末がすんでも、芝居小屋に携《たずさ》わる者は誰も家路につかなかった。

役者部屋の役者はもちろんのこと、作者部屋の狂言方や狂言作者、お囃子《はやし》部屋の囃子方、大道具小道具の裏方、仕切場《しきりば》の仕切方、舞台番、出方、鼠木戸番や裏口の番人まで、みなそこかしこに二人三人と固まり、ひそひそと交わし合っていた。

もう外はすっかり夜の帳《とばり》が下りて、広小路の人通りはまだつきないけれど、森多座の軒に下げ廻した提灯の灯や色とりどりの幟《のぼり》、屋根の上の櫓が、なぜか宴《うたげ》のあとの寂しさのような気配に芝居小屋の正面を包んでいた。

舞台では片幕が引かれて吊り上げられたままになっていて、瑠璃灯《るりとう》やかんてら、舞台蠟燭はまだ消されずに煌々《こうこう》と灯り、舞台と客席を明るく照らしていた。

舞台と客席に、もう人はいないはずだった。

しかし、花道が下手《しもて》にかかる本舞台上には、羽織袴、あるいは着流しに羽織、また着流しだけの男らが六、七名が、誰か人待ちをしているらしく、みなむっつりと黙りこんで佇んでいた。

その中に、森多座の楽屋と舞台進行の運営、取り締まりにあたる頭取の玉櫛弥右衛門がいた。

弥右衛門は閉じた目と色の悪いへの字に結んだ唇の顔を足下に落とし、両腕を組んで石のように動かなかった。

さらに本舞台前の平土間には、築地と鉄砲洲のひいき連の何人かが、やはり誰かを待っている手持ち無沙汰《ぶさた》な様子で、桝席《ますせき》の座を占めていた。

舞台の橋掛《はしがかり》の幕の隙間や、客席の平土間への出入り口などのそこかしこから、舞台の様子をうかがう目があった。だが場内は静まりかえり、まれに誰かのもらす咳《しわぶき》がやけに大きく聞こえた。

そのとき、橋掛の方より複数の足音が響いた。

場内の者らが一斉に橋掛の方へ顔を向けた。

と、西の臆病口《おくびようぐち》の幕が勢いよく開かれ、興行主であり頭取の雇い主でもある座元の森多七世の又七郎《またしちろう》、今年の森多座の舞台に上がる役者の統括責任者である座頭・五世市瀬十兵衛が現われた。

また舞台を務める立者《たてもの》、間中《あいちゆう》、中頭《ちゆうがしら》などの主だった者らが、二人の後ろに従って姿を見せた。

従う役者の中には、殴られた跡が顔に痛々しく残って、未だ舞台にたてない姫川菱蔵もまじっていた。

化粧をすっかり落とし、華やかな舞台衣装を着流しに替え、綿入の半纏《はんてん》をまとった役者たちはみな、これから商談に向かう商人のようなむつかしい顔をしていた。

十兵衛と又七郎が本舞台上の端へ進んで、平土間のひいき連へ腰を折り、後ろの役者たちが二人に倣《なら》った。

「ごひいきのみなさま方、お寒い中をお待たせせし、申しわけございません。心ならずも身内の恥をさらす騒ぎになってご心配をおかけいたしました。相すまぬことでございます」

頭を垂れて言った十兵衛の手には、半紙四枚立ての瓦版が握られている。

「ふむ。わたしらが口をはさむことではないのだけれど、森多座さんとは代々のおつき合いを続けてきたわたしどもとしては、とても気がかりな事態なのでね。どういう事情なのか、わたしらにも教えてもらいたいのだ。事と次第によっては、ひいき連でも協議の場を持たねばならんし」

ひいき連のひとりが言った。

「お恥ずかしい限りでございます。じつはわたしどもにしましても寝耳に水、詳細がわかっておらぬのでございます。七世と事情を確かめ、ごひいきのみなさま方には改めてご報告させていただきます」

「内輪の小さなもめ事ではあっても、こじらせるとせっかくのこの顔見世興行からの七世襲名に疵《きず》がつく。同じご公儀お許しの江戸三座として、中村座や市村座の座元に迷惑を及ぼすことになっても面目ない。ともかく、わたしらひいき連は穏便に早急に事を収めてもらいたいのだ。まずは座元が内情を把握《はあく》して、森多家になんぞ障りがあるなら、いっそのこと膿《うみ》を全部出して綺麗さっぱりしたらどうだろう」

「ありがとうございます。初世から代を重ねて七世を受け継ぎ、ごひいきのお客さまに可愛がっていただいての役者であり座元でございます」

と、森多座の座元・七世又七郎が改めて腰を折った。

「わたしはそのような障りなど、森多の一門には決してないものと信じております。おそらく、何かのいき違いが本の起こりと思われます。市瀬の座頭《ざがしら》のお力添えを得て、すぐさまそれを調べ、改めることがあれば改め、森多座のためによりよき手を打つ所存です。ごひいきのみなさまには、少々お待ちを願います」

「ま、ひいき連はこれからも七世をあと押しするのにやぶさかではないし、こんな事があとを引きずるのはよくない。わたしらの出番がないように、内輪で事が収まるのが一番いい。わたしらにはかまわず話を進めてくれ。わたしらはここで、見守らせてもらうよ」

ひいき連が頷き合った。

十兵衛と又七郎は目配せを交わし、頭取の弥右衛門へ向いた。

「弥右衛門さん、そういうことだ。あんたもすでに読んだろうが、この瓦版に書かれていることがまことの事か、でたらめなのか、ともかくもあんたの言い分を聞かないことにはさっぱりわからず、面喰らっているくらいなんだ」

十兵衛は差し出した瓦版を、人差し指で指した。

「弥右衛門さんを責めるわけではないよ。わたしは具合のすぐれない六世の隠居に頼まれて、七世の又七郎の後ろ盾を引き受けた。だからこれは、市瀬十兵衛の言葉ではなく、隠居の言葉として聞いてもらいたい。ここに書かれていることはゆゆしきことだが、又七郎もわたしも、あんたがこういう人ではないと思いたい。また思っているんだ」

腕組みをしたままうな垂れ、弥右衛門はじっとして動かない。

「一刻でも早く事を収めて、こんな瓦版を売り出した読売屋へ怒鳴りこみたい。弥右衛門さん、腹を割って話してくれないか。で、もしも、もしもだよ、弥右衛門さんが又七郎に言いたいことがあって言い出せなかったのなら、この際、洗いざらい吐き出して、又七郎は改めるところは改め、森多座を盛り上げるために、ともに力を合わせようじゃないか」

十兵衛は弥右衛門の周りの男らを見廻した。

「おまえたちもそうだ。弥右衛門さんとともに森多座のために働いてくれている。ありがたいと思っている。役者は舞台あっての役者だし、舞台はおまえたち一人ひとりの働きがあってこその舞台だ」

男らは、芝居小屋の運営と取り締まりを預かる弥右衛門の指図で働いている裏方だった。

「この瓦版に書いてある内容で思いあたる何かがあったら、遠慮はいらない。なんでも言ってくれ。又七郎はここがいけない。市瀬十兵衛の座頭では心もとない。姫川菱蔵みたいなろくでもない役者は干せ、とかなんでもいいんだ」

当代大立者《おおだてもの》の五世市瀬十兵衛に見廻されてみな萎《しお》れて言葉がなく、首を左右にするばかりだった。菱蔵も情けなさそうに顔を伏せた。すると、

「座元、座頭、これは陰謀です。きっと、森多座に恨みを抱くやつらがいて、森多座を貶《おとし》める狙いで、こんなありもしないでたらめをいかがわしい読売屋に書かせたのに違いありません」

と、それまで身動きひとつしなかった弥右衛門が、いきなり又七郎と十兵衛の前に跪《ひざまず》き、舞台へ両手をついた。

「これは森多座への、性質《たち》の悪い嫌がらせです。どうか、こんなでたらめを信じないでください。わたしは先代六世の下で、森多座のために長年身を粉にして務めてきました。わたしが六世を助け、どれほどつくしてきたか、ご長男である座元、市瀬の太夫元、あなた方が一番ご存じではありませんか」

弥右衛門は口惜しそうに顔を歪め、目頭を熱くした。

「わたしは微力だけれど、先代六世から頭取にとりたてていただいた。そうしてこのたびの顔見世興行からは七世が座元に就かれた。わたしは六世と七世、親子二代にわたって仕え、この森多座に骨を埋めるつもりです。そんなわたしを、いかがわしい瓦版ひとつで疑うなんて、あんまりだ。そうじゃありませんか」

弥右衛門は、平土間のひいき連へ涙目を向けた。

「森多座はわたしの命より大事な宝です。小屋の櫓で打ち鳴らされる一番太鼓を聞いて、森多座で働けることがどんなに誇らしく思えるか。森多座で働けることが嬉しくて、胸が熱くなります。この喜び以外、わたしにほしいものなんて、何もありはしません。これがわたしの全部なんです。本当なんです」

弥右衛門は、舞台へついた手の甲に額をすりつけ、声を絞り出した。

十兵衛はおもむろに身をかがめ、片膝をついた。

「弥右衛門さん、わたしもあんたを疑いたくないんだ。先代の六世は年下のわたしを可愛がってくれた。先代と弥右衛門さんとわたしの三人で呑んだ仲じゃないか。けど、この瓦版にはずいぶん思いきったことが書いてある。名前こそ伏せてあるが、木挽町の大芝居、楽屋二階入り口の頭取座を軸に……。頭取座の周りには、当代江戸の有力者や顔役が密かに集まり……」

と、十兵衛が瓦版を読んでいくと、弥右衛門は手に額をすりつけたまま、頭を左右に繰りかえし振った。

「知りません、知りません。その頭取はわたしのことではありません」

しかし十兵衛は、額をすりつける弥右衛門の髷を物思わしげに見下ろした。

「それから仲間は四人で、その四人が夜ごと顔をそろえ、謀《はかりごと》をめぐらすために寄り合う場所が観世新道の某料理茶屋、とまで書いてある。で、しかも、当代座元の興行をいき詰まらせるため、座頭と若手一番の人気役者が舞台を務められぬように、ひそかに二人の始末を企《たくら》んでいるとだ。あんたはでたらめと言うが、読売屋がここまで書いて売り出すというのはたいがいのことだよ」

当代座元は森多七世の又七郎であり、座頭が五世市瀬十兵衛、若手一番の人気役者とは姫川菱蔵を指していることは誰にも明らかだった。

十兵衛が弥右衛門より顔を上げ周りを見廻すと、男らはみな黙って頷いた。

「これがでたらめで、森多座がお奉行所に訴えたら、この読売屋は大変なお咎めを受けるよ。なんのために自分らの首を絞めるこんな危険を犯したんだろう。でたらめな瓦版を売り出して、人々の評判を呼び瓦版が全部売れたって、一体幾らの儲《もう》けになるって言うんだい。ということはさ、ここに書かれているのはでたらめじゃなくて、本当の話なんだと、弥右衛門さんは思わないかい」

「で、でたらめに、決まっています」

弥右衛門はくぐもった声で言った。

「弥右衛門さんはさっき、森多座に恨みを抱くやつら、と言ったね。どうしてやつらなんだい。ひとりじゃなくて四人だから、やつらだね。もしかして、頭取さんはこの謀に何か思いあたることがあるんじゃないかい。むろん、頭取さんがこの謀にかかわっていなくてもさ」

「や、やつらと言ったのは、瓦版を読んだからです」

「でたらめな瓦版が書いている、ひとりじゃないって話はでたらめじゃないんだね」

弥右衛門はわずかに頭を持ち上げ、すぐに落とした。

「わたしは陥《おとしい》れられたんです。信じてください」

「誰に陥れられたんだい」

「それは、それは、わかりませんが……」

十兵衛は大柄な身体を起こした。そして、

「弥右衛門さん、手を上げなさい。頭取さん、手を」

と、言った。

弥右衛門が両手を膝におき、すぼめた肩に首を埋めていた。

ほつれた髪が垂れて、顔色が青ざめていた。

「みんなも聞いてくれ。つらいけれども、この件は調べなきゃならない。けど、顔見世興行の千秋楽までは舞台がある。芝居小屋に足を運んでくださるお客さまにちゃんとした舞台をお見せするのが、われわれ役者の第一の務めだ。それをないがしろにしては、調べるも調べないも森多座に明日はない。千秋楽の舞台を終えるまでは周りが何を言おうと、この件はいっさい封印してもらいたい」

十兵衛は弥右衛門を見下ろした。

「弥右衛門さん、あんたは森多座の頭取だ。頭取の務めを果たしてもらうよ。みんな女房子供を抱えて、この芝居小屋で生きている。一日一日、己のなすべき仕事をなせ。そのつみ重ねがあるから明日がくるんだ。この件の始末はわたしに任せてくれ。こんなくだらぬことで、森多座を傾けさせはしない。みんな、いいな」

おおっ――と、舞台にいる者たちが一斉に声を轟《とどろ》かせた。

舞台の袖や平土間の出入り口より成りゆきを見守っていた中通、若衆、また芝居小屋で働く者たちが、ほっとした溜息や「さすがは五世十兵衛、貫禄が違うね」

「市瀬の座頭がいれば大丈夫だ」などとささやき声を交わし合った。

「五世、それでいいと思う。七世の後ろ盾になって、あんたの思う通りにやってくれ。ただし、念のための用心に、五世をはじめ、七世や小天雅、それに主だった役者には人を雇って警護をつけ、ひとりで出歩かないようにした方がいいんじゃないか。見ての通り、小天雅もひどい目に遭ったようだしな」

ひいき連のひとりが平土間から言い、みなが菱蔵をにやにやと見た。

「小天雅の場合は、自分の落ち度でこうなりましたもので、この瓦版の件とはかかわりがないのですが、ごひいきのみなさまに心配をおかけせぬよう、計らうつもりでおります。なあ、小天雅、夜遊びは慎まねばな」

十兵衛が背を丸めて畏《かしこ》まっている菱蔵に言い、みなが今度はどっと笑った。

二

瓦版はその日の昼、芝居町と呼ばれる堺町、葺屋町、そして築地の木挽町で一斉に売り出されたのだった。その瓦版のために、売子が臨時に雇われた。

《芝居町に仮櫓の陰謀》

と、大きな題目《だいもく》の文字が躍り、続いて小見出しが、

《森多座に仲間割れか、芝居小屋中二階上の二階、頭取座周辺にくすぶる火種》

《座頭を務める大立者、次代を背負う若手役者の一番手、二人を無きものにし、大芝居座元から森多七世追い落としを狙う大胆さ》

などと、相当物騒《ぶっそう》な風説種《ふうせつだね》だった。

字突きの棒で瓦版を叩いて、置手拭の売子が、

「評判ひょうばん、江戸歌舞伎、正徳・絵島の不祥事《ふしょうじ》以来の大難事が三座をゆるがす。江戸一番の読売・末成《うらな》り屋の瓦版だよ。一冊八文、さあ買った買った……」

と呼びかけ煽《あお》ると、どの町でも読売はたちまち売りきれた。

森多座に仮櫓《かりやぐら》が代行か、の噂はその日の夕刻には江戸市中に広まり、夜の酒場や料理屋の客の間で持ちきりの噂の種になった。

「また森多座か。あそこはあるんだ、そういうことが。享保《きょうほう》のころにも十年ばかり休座が続いてね」

と芝居通は、呑み仲間相手にひと昔前の話をひとくさり聞かせるのだった。

そんな夜更け、店仕舞いの刻限がすぎ暗く静まりかえった銀座町二丁目裏、観世新道の料理茶屋・藤本多七の店。

だが、掛行灯《かけあんどん》が光の輪をぽつぽつと落とす廊下の奥に、四本の蠟燭を煌々と灯した明かりを襖《ふすま》の隙間より廊下へこぼすひと部屋だけは、三人の客が、簡単な料理と銚子を並べたそれぞれの猫足膳《ねこあしぜん》を前に鬱々《うつうつ》と坐していた。

上座の屛風を背に御公儀勘定奉行勝手掛・土橋一学は腕を胸で組んで、指先を尖った顎にあてがい、とき折り「ふう……」とうなった。

右方に坐した南町の年番方与力・西大路貢は尺扇《しやくおうぎ》でしかめ面の額をかき、左方の銀座町本両替商・松崎六三郎は、煙草盆を傍らに銀煙管を吹かしていた。

三人の酒は進まず、膳の料理にも殆ど箸がついていなかった。

新道をさまよう野良犬の寂しい吠え声が、座敷に時どき聞こえた。

火鉢に熾った炭火が、座敷にむっとした熱気をたちのぼらせていた。

「まあ、なんにしても、とんだ空騒ぎでしたな。あはん……」

松崎の自嘲《じちよう》と苛《いら》だちをない交ぜにした咳払いが、煙管の煙をくゆらせた。

たちこめる鬱陶《うつとう》しい気配を払うように、土橋と西大路が松崎へ目を流した。

「埒《らち》もない話にのせられ、いたずらに金とときをむだにしてしまいました。きり上げどきですかな」

松崎は煙管の吸い口を唇をすぼめて咥《くわ》えた。

「この話のあと押しのため、上役とずいぶん談合を重ね、そのたびの供応、つけ届けが費《つい》えになった」

土橋が顎を撫でながら、松崎へ不機嫌そうな顔を向けた。

「そんなことより、われらの名が森多座頭取の仲間として表に出ると、これまでの費えがどうのこうのと言っている場合ではなくなるぞ」

西大路が尺扇で横皺《よこじわ》が目につく額をかいた。

土橋が西大路から松崎へと目を泳がせ、頷いた。

「弥右衛門め、粗漏《そろう》な男だ。所詮は賤《いや》しき芝居小屋で働く者とは、あんなものか」

それから土橋は腕組みをとき、銚子を自らとって膳の猪口《ちょこ》に酒をそそいだ。

「しかし、これまでいろいろ支度をしてきたこの話を、こんなことで捨ててしまうのは惜しい気もする。熱《ほとぼ》りが冷めればこの話はまだまだいけるかと……」

「土橋さん、往生ぎわが悪いですぞ。あなたの言われる通り、所詮、弥右衛門ごときに任せたのが躓《つまず》きの元です。つまらぬ瓦版にしてやられ、するりと手の中からお宝がこぼれた。往生ぎわが悪くなるのもわかりますがね。けど、この話はもう駄目です。諦めましょう。下手をするとどんな火の粉をかぶるかわからない」

西大路は尺扇で額をかいている。

と、松崎が煙草盆の灰吹きに煙管を音をたてて打ちあてた。

「土橋さん、西大路さん、念を押しておきますよ。わたしらは森多座雇いの頭取・玉櫛弥右衛門から、森多座の興行が上手くゆかない、森多座をたて直すために一旦仮櫓を上げる支援を頼まれ、江戸歌舞伎のためならばとひと肌脱ぐことにした。ただそれだけで、森多座頭取である弥右衛門がどのようなたて直しを図っていたかは知らなかった。この線でいきますからね。お互い、よろしいですね」

「う、うん。万が一われらの名が出たなら、その線は守らねばな……」

土橋が急にそわそわして、尖った顎をまたしきりに撫で始めた。

「西大路さん、不満そうですね。何か別な手だてがあるんですか」

「そんなものはない。だがな、松崎さん。読売屋の瓦版では、五世十兵衛や姫川菱蔵の始末さえ臭わせることまで書いてあった。この話、誰が読売屋へ垂れこんだのか、その読売屋はどこまでつかんでいるのか、そこら辺のあと始末をちゃんとしておかぬと、知りませんでしたではすまない事態になりかねませんぞ」

「わたしは困る。このような事でわたしの名が出ると、勘定奉行所内でわたしの立場が著しく損なわれる。勘定奉行所は背負っている重要さが違うんだ」

「わたしだって同じですよ。この事で松崎の名が取り沙汰されたら、両替商としてのわたしを誰も信用しなくなる。商いに大いに障りになるんです」

「わかっておらぬ。立場が損なわれるとか、商いに障りになるとかではすまないんじゃないかと、言っているんです」

松崎がまた煙管に火をつけた。そして、声をいっそう低くして言った。

「ここは町方の、西大路さんのお力で事の始末を隠密につけていただけませんか」

「あと始末を、わたしひとりが負えと？」

西大路が皮肉な眼差しで土橋と松崎を睨んだ。

「ふん、まあいいでしょう。わたしの組下に鍋島小右衛門《なべしまこえもん》という臨時廻り方《りんじまわりかた》の同心がいます。あの男ならこういうことのあと始末に慣れている。鍋島にやらせましょう。ただし、金にうるさい男だ。かかりますよ、松崎さん」

「そ、それはいい。始末をつけてくれるなら金はなんとかします」

「西大路さん、始末をつけるとは、どのようにするつもりです？」

土橋が尖った顎を撫でながら訊いた。

「そうですな。少なくとも、われら三人以外、この話を詳しく知っておる者がおっては困るでしょう」

「われら三人？　弥右衛門は……」

「そうですな。困りましたな」

西大路は額を尺扇でかいた。

外の新道で野良犬が、突然、けたたましく吠えた。

三

そのころ、浜松町のてき屋の帳元・章次の裏店では……

章次の手下ら五人ばかりが、部屋の上がり端までの小広い前土間に屯《たむろ》して、黒の胴着《どうぎ》に法被の痩せた小柄な身体つきの男を囲んでいた。

手下のうちの二人がかざした手燭《てしょく》が、土間に腰をかがめ加減におどおどと周りの様子をうかがっている男を、薄明るく照らしていた。

五人の手下らの後ろの方、手燭の明かりがとどかない土間の一隅には、白い面のような顔が三つ並んでいた。

三つの面は真っ白で唇ばかりが赤く、目が薄く開かれ、何かを見ているふうでもなく、薄暗い土間の空虚を漫然と眺めて、ぼんやりと土間の薄暗い隅に、妖怪変化《ようかいへんげ》のごとくに浮かんでいた。

しかし目を凝らすと、三つの面は、同じ本多髷に 踝《くるぶし》 までとどく縞の長羽織をぞろりと羽織り、小紋の小袖の着流し、赤紫の袴に二本を差し、足下は吾妻下駄、白粉と唇に紅を役者のように刷《は》いている若い侍だとわかる。

上方から下ってきた獰猛《どうもう》な野犬、尾上菊五郎、松本幸四郎、岩井半四郎、と戯れとも本気ともつかずに名乗っている、章次が用心棒に雇った三人だった。

帳元の章次が、土間続きの部屋の障子戸が両開きに開けられた上がり端に立ち、森多座の頭取・玉櫛弥右衛門は、章次よりやや下がって並んでいた。

章次は帷子《かたびら》の上に太縞の丹前《たんぜん》をだらしなく着こんで、その手には、今日の昼間に売り出された末成り屋の瓦版を握っていた。

手下らに囲まれた男は、二灯の手燭の明かりをまぶしそうに眉間に皺を寄せてそらし、薄くのびた月代と無精髭が、男の風貌をひどく貧相に見せていた。

と、章次が貧相な男の風貌を睨み下ろして、野太い声をかけた。

「あんたが小吉《こきち》さんかい。仕事は何をやっていなさる」

小吉と呼ばれた男が、きまり悪げに顔をにやにやさせた。

「炮烙焼《ほうろくやき》の職人でごぜいやす」

「焙烙焼の。居職《いじょく》かい、出職《でしょく》かい」

「へえ。三田の奈野《なの》屋さんに雇われておりやす」

「うちのことは、どこで聞いた」

「芝は浜松町の章次親分のことを知らねえ者は、ここら辺ではおりやせん。へえ」

「そうかい。で、この瓦版のことで何か知っているそうだが、何を知っている。聞かせてくれるかい」

章次が小吉の目の前へ瓦版を差し出した。

「へえ。少々知っておりやす。いえね、木挽町の煮売屋で呑んでやしたらね、こちらの兄さん方と偶然、隣り合わせやしてね。話しぶりから、章次親分のお身内だとすぐにわかりやした。ああ、江戸の大親分と評判の高えあの章次親分のお身内か。みなさん貫禄があって、さすがは章次親分のお身内だと、思いながら、あっしはちびちびやっていたんでごぜいやす」

小吉はまどろっこしく話し出した。

章次は、「うう……」とうなり声を上げた。

「そしたらね、兄さん方がその瓦版のことを、あれこれ話していらっしゃるじゃありやせんか。ついつい気になって、聞き耳をたてやすとね、読売にこの種を売ったのは誰の差し金かと、売った野郎を捜していらっしゃるらしい様子がわかってきたんでごぜいやす。なんだそいつのことか、そいつならあっしが知っているのによと、思わずおかしくなっちまって、笑っちまったんでごぜいやす。くすくすと」

「あんた、そいつを知っているのかい」

「へえ。その場を見たわけじゃあねえが、そいつに間違えありやせん」

「誰でえ」

「へえ。兄さん方があっしが笑っているのに気づいて、なんだおめえ、何がおかしい、と凄まれやした。あっしはもう恐ろしいのなんの。何しろ兄さん方は飛ぶ鳥を落とす勢いの章次親分のお身内だ」

「わかった、小吉さん。そいつの名前をいくらで売ってくれる」

章次が小吉のまどろっこしい喋りを止めた。

「貧しい出職の職人のために、大親分のお志《こころざし》でけっこうでごぜいやす」

「おおい、おれの財布を持ってこい」

章次は店の奥へ大声で怒鳴った。

すぐに女房が革製の大きな財布を持って現われた。

章次は財布の中から二分金をとり出して、小吉の前へ投げた。すると、

「ははん、二分でごぜいやすか。いえ、よろしいんでごぜいやすよ。章次親分さん

が二分とお決めになったんだから。あっしは何も言いやせん。さようでございやすか。章次親分が二分ときた」

と、小吉はびくつきながらもからんだ。

「おい、小吉、親分にさっさとお話ししねえか」

手下のひとりが小吉の肩を小突いた。

「へえ。ですからね、あっしはもう口が利けねえくらい恐ろしくって……」

そこへ章次は新たに二分金を投げた。先に投げた二分金にあたり、ちん、と小さな音をたてた。

「小吉さん、それで頼む。あんたの話が役にたったら、あとでこいつがおごり、というのでどうだい」

章次は革の財布から小判を一枚、差しかざして見せた。

「おありがとうございやす。さすがは章次親分、気前がいい」

小吉は二分金二つを拾い、

「きっと、その一枚もいただく話でやすぜ」

と、追従《ついしょう》笑いをかえした。

「親分の手下の、公平という若え男をご存じでございやすね。てき屋稼業の、やんま見てえに身軽だから、やんまの公平なんぞと呼ばれているけちな男でやす」

「公平？　公平がこの種を読売屋に売ったたってえのかい」

途端に章次の顔が歪んだ。

「さようで。どうやら親分さん、図星《ずぼし》のようでございやすね」

小吉がしたり顔で続けた。

「公平ってえ野郎は、うちの近所の磯ノ助店に住んでおりやしてね。貧乏暮らしのくせに女好きの性質《たち》の悪い野郎なんでやす。その公平の店にね、先だって、ある男が訪ねてきた。訪ねてきた男はなんと、今をときめく江戸歌舞伎の大立者・市瀬十兵衛ときた。成瀬屋一門の五世の太夫元でやす。親分、当然ご存じでやすね」

章次が黙って頷いた。

「なんで成瀬屋かってえと、じつはね、公平は餓鬼のころ成瀬屋で姉と一緒に住みこみ奉公をしておりやしたそうで。で、成瀬屋がまだ天雅と言っていた若手の役者だったころ、天雅は公平をやんまと呼び、公平は成瀬屋を天雅さんと呼び合う、若旦那と使用人の垣根を越えた友だちだったたってえ言うじゃありやせんか。この話はうちの近所じゃあ知られていることでやすがね」

小吉は掌の中の二分金二枚を懐へねじこんだ。

「けど、〝奉公はしていたかもしれないけど、友だちだってえのは怪しい、年も離れているし〟と言われていたのが、先だって成瀬屋が公平を訪ねてきたらしいって評判が磯ノ助店でたち、〝ああ、やっぱり本当だったんだ〟ってことになりやした。ただなんの用で成瀬屋が公平を訪ねてきたのか、そいつは知りやせん」

「小吉、おめえ、金ほしさに適当なことを言うんじゃねえぜ。それとこの読売の一件となんの関係がある」

章次は内心の動揺を隠し、声を絞り出した。

「確かに証拠があるわけじゃごぜいやせん。けど親分、適当なことは言っておりやせんぜ。その成瀬屋が訪ねてきた次の夜、公平がてめえの店である客と呑んでおりやした。天一郎、とか言うえらそうな野郎でやした。そいつがね、なんと、末成《うらな》り屋という読売屋の男でやした。末成り屋、その瓦版は末成り屋が売り出したもんだってことは、ご存じでやすね。ひひひ……」

小吉は章次の顔色をうかがうように見上げている。

「あっしは字が読めねえ。昼間、その瓦版を仕事場の仲間が読んでくれたのを聞いたときは、木挽町の森多座の座元を狙っている一味がいるのか、と思ったぐらいでやした。ただ、座頭の大立者と若手の一番手の役者を始末するとかなんたらの物騒な企みまでが書いてあったんで、馬鹿な読売がでたらめを書きやがってと思いながら、ふと……」

と、小吉は指先で自分の胸をつんつんと突いた。

「先だって、公平が前日に成瀬屋、次の晩に末成り屋という読売とつるんでいやがったのが、ここに引っかかったんでやす。森多座の座頭を務める大立者と言やあ五世市瀬十兵衛、若手の一番手の役者なら姫川菱蔵に違いねえ。それに読売の末成り屋。ここに引っかかって今もちくちくしておりやす」

「引っかかった？　それだけか」

「へえ、それだけでごぜいやす。けどね、それだけっつうのが案外に馬鹿にならねえ。世の中のことはね。で、今晩、煮売屋でこちらの兄さん方と偶然隣り合わせ、誰が読売屋、つまり末成り屋にその瓦版の種を売ったか捜していらっしゃるのがわかった。それでぴんときた。あっしはこういう勘がいいんでやす」

小吉はにやついて続けた。

「ははあん、瓦版の森多座を狙う企みに、もしかしたら章次親分とこのどなたかがかかわっていらっしゃるんじゃねえかとね。それを公平がかぎつけて、末成り屋に売った。あっしの勘じゃあ、そうじゃねえかと。親分、そうじゃありやせんか」

「勘だと、てめえ。いい加減な話で金をたかりにきやがったな。いい度胸だぜ」

手下のひとりが小吉の肩をつかんでゆさぶった。

「ご勘弁を、ご勘弁を……話がでたらめなら、か、金はけえしやす」

「やめろ。乱暴をするんじゃねえ」

章次が手下を叱った。

「小吉さん、あんたなんでこんな話をしにきた。ただ金のためかい。それとも公平になんぞ恨みでもあるのかい。女好きの公平に女房でも寝盗られたかい」

「あっしはね、公平の野郎に、常々、灸を据えてやらにゃあと思ってた。性質の悪い公平に、世の中甘くねえんだぞ、と思い知らせてやろうと思っていやした。章次親分とこの手下じゃなかったら、とっくにぶちのめしていたんだが」

ひひひ……と、小吉はまた甲高い笑い声を上げた。

「わかった。小吉さん、これを持って帰《けえ》りな」

章次が小判を小吉の足下へ投げた。

「おありがとうごぜいやす。さすが章次親分、おありがとう……」

「そうだ、小吉さん。今の話はもう忘れな。二度と口にしちゃあ、ならねえぜ。てめえの女房にもな。てめえの命も、可愛い女房の命も、惜しいだろう？　ただの脅しじゃねえからな。言っとくぜ。帰って女房を大事にしな」

「へ、へえ。決して誰にも話しやせん。ひひひ……」

小判を拾った小吉を、手下のひとりが腕をとって連れ出していった。

章次は上がり端から動かず、両腕を組んで考えこんだ。

手下や土間の一隅の三つの面が、何も言わず章次を見上げていた。

弥右衛門がそこでようやく口をきった。

「てき屋の公平の名前は聞いたことがある。小天雅などといわれている姫川菱蔵が先だって喧嘩をして大怪我を負わされ、舞台に穴を明けた。その喧嘩の相手が、確か、てき屋の公平だった。奉行所に訴えるかという話も出たが、十兵衛の指図で、喧嘩の一件は外聞が悪いから外にもらすなということに決まって伏せていた。そう言えば……」

言いかけた弥右衛門を、章次は横睨みに睨んだ。

「十数年前、みなしごの姉と弟が成瀬屋に奉公していて、その姉の方が成瀬屋一門の誰かと懇《ねんご》ろになり、五世十兵衛の一存でその姉弟を追い出したという噂を聞いたことがある。成瀬屋一門がみな口を噤《つぐ》んでいるので、噂でしかないが。章次親分、どうやらてき屋の公平は成瀬屋と、なんぞ因縁がありそうだな。やんまの公平というのか。どういう男だね」

「綽名の通り、やんまのように俊敏な男よ。十五、六のとき、腹を空かせて盛り場をうろついていた悪餓鬼だった。そいつをおれが拾って、飯を食えるようにしてやったのさ。おれは公平の恩人だ。あの男はおれの言うことは何でも聞く」

聞くはずだ、と章次は腹の底で繰りかえした。

「親分、その公平に今度の仕事の話をしたのか」

「話すわけがねえだろう」

章次は弥右衛門を睨みつけたが、そこから先は言わなかった。

公平が章次の差し金でてき屋のほかに金になる仕事を請けている裏事情を知っているのは、手下の中でもひと握りの主だった者らだけだった。

章次は公平に五世市瀬十兵衛と姫川菱蔵の始末を命じた。そのとき、

「堅気は勘弁してくだせえ」

と渋る公平を、こういう事情だからおめえの腕がいる、金にもなる、と説いた。

盛り場をうろついていた悪餓鬼が、成瀬屋といわく因縁があるなどと知っていたら、公平にやらせも話しもしなかった。

くそ、あの餓鬼、恩人のおれを裏切ったな、と章次は気づいた。

「野郎、どっからこの話を嗅ぎつけやがった」

弥右衛門にそう言いつくろった。

「なんにしても親分、瓦版にこうまで書かれては仕事はとりやめだ。この仕事が上手くいけば、森多座の新しい座元から相当の礼がでるはずだったんだがね」

弥右衛門は眉をしかめ、さらに言った。

「この話が親分の筋からもれたのなら、親分にとりつくろってもらわないと困る。勘定方、町方、資金元、のお偉方に任せてくれと言ったわたしは、顔向けができない。これまでの苦労も全部水の泡だ。それはいい。仕方がない。だがね親分、この話はそれだけではすまないんだ」

それから土間の手下らを見廻し、今度は章次の耳元にささやいた。

「成瀬屋が、この瓦版に書かれた真偽を調べ始めている。公平とやらがどこから話を聞きつけたか、そんな事情はとりあえずはどうでもいい。十兵衛がかぎつける前に、公平とこの読売屋の口をふさいでもらわないとね。でないと、このままではわたしは、座元になるどころか身の破滅だ。けど、わたしはひとりでは身の破滅はしないからね。わかっているね、親分」

「ああ、わかっているさ。この落とし前はつける」

章次は土間の隅の三つの白い面に言った。

「菊五郎さん、ひと仕事、お願えしやすぜ。どうせ読売屋の破落戸《ごろつき》どもだ。そうむつかしくはねえ」

「承知や、親分。末成り屋なんたらはどこにある」

菊五郎が、土間の薄暗がりの隅から上方訛《かみがたなまり》で言った。

「築地川の萬年橋の近くでやす」

手下のひとりが応えた。

「あの公平たらいう男もやるんか。前きた可愛らしい顔した男やろ」

章次は部厚い唇を歪めた。

「そっちは考えがある。安《やす》、おめえ明日朝、南御番所の鍋島の旦那におれがお会いしてえと伝えてこい。手柄をたてられる話だと言ってな」

安、と呼ばれた手下が「へえ。南御番所の鍋島小右衛門の旦那でやすね」と繰りかえした。

そうだ。公平はただばらしちゃあつまらねえ。おれを裏ぎったことをせいぜい後悔させてやらにゃあ、おら、気がすまねえ。

章次は腸《はらわた》が煮えくりかえっていた。

四

霜月のその日、江戸は朝から厚い雲が垂れこめ、冷えこんだ。

木挽町広小路の森多座の二番目狂言《奥州安達原》が始まって間もなく、例年よりは早いこの冬最初の小雪が、ちらり、ほらり、と灰色の空の下に舞い始めた。

「おや雪だ。今年は初雪が早いね」

「おお、寒いはずです」

木挽町の表店の主人と客が白い息を交わした。

初雪はつもることなく宵が近くなるころには一旦降り止み、夜になった。

夜の五ツが近いその刻限、築地の姫路酒井家上屋敷の裏庭を、菅笠の士《さむらい》が庭に植えられた柊《ひいらぎ》とやつでの灌木《かんぼく》の間を歩んでいた。

士は酒井家の畳提灯を、小袖の袖で隠すようにして土塀の方へ向かっている。

初雪の湿り気が少し残った夜気の中を歩む士の周囲に、かすかな芳香が漂った。

士は、裏庭を囲う土塀に造られた潜戸《くぐりど》まできた。

菅笠の縁を少し持ち上げ、板戸を閉めきった明かりの見えない屋敷の黒い影へ一瞥を投げ、それから閂《かんぬき》をはずして開き戸を静かに開けた。

腰を折って潜戸を抜け出ようとしたときだった。

士の袖を後ろから引っ張る者がいた。

「あっ」

士は思わず声をもらした。

「美鶴さま、おひとりでどちらへお出かけですか。こんな夜更けに。うら若き女子《おなご》がひとりで夜歩きなんて、はしたないのではありませんか」

美鶴は後ろから袖をつかんだお類へふりかえった。

「お類、放しなさい。あなたはもう寝る刻限でしょう」

声を忍ばせ、お類に言った。

「いいえ、放しません。わたしはお祖父《じい》さまから命じられているんです。美鶴さまから目を離してはならんぞと。どこへいかれるのですか」

「どこへもいかぬ。夜風にあたって、少し歩くだけだ」

「まあ、しらばくれて。少し歩いて、またこっそり、末成り屋にいかれるおつもりでしょう。だからお祖父さまは心配して、わたしを美鶴さまのおつき女中に命じられたんです。美鶴さまがどうしてもいかれるなら、わたしもお供します。本当にわがままなお姫さまなんだから」

と、十三歳のお類が大人ぶって言った。

もう、と思ったが、見つかっては仕方がない。

「いいわ、お類。ついていらっしゃい。でも、この前みたいに、あんまり騒いじゃ駄目よ」

「騒ぎませんよ。美鶴さまのお守りなんだから。さ、いきましょういきましょう」

お類は、今度は美鶴の背中を押すように潜戸を抜け出てきた。

「美鶴さま、提灯はわたしがお持ちします」

お類は美鶴のかざす畳提灯をとり、先に立った。

紫の頭巾をかぶって、顎でしっかりとくくっている。

小生意気なお類をうるさいと思うけれども、妹のように可愛いとも思っている。

美鶴は腰の朱鞘の二刀を、しゅっと差し直した。

二人は「どこへ」と言わずとも、潜戸の外の小路を築地川の方へとった。

暗い武家屋敷地をいき、すぐに南側が酒井家の土塀で北側が采女ヶ原の馬場の土《ど》塁《るい》がつらなる道になる。

夜気の中に、馬に食わせる藁の臭いがした。

「今日は末成り屋で、何かあるんですか」

先に立つお類が、提灯の明かりが美鶴の足下を照らすようにかざしつつ訊いた。

「何もない。しばらくいっていないから、ちょっと顔を出してみるだけだ。面白い読売種があるかなと思って……」

「まさか、天一郎さんと示し合わせて、なんてことはないでしょうね」

「馬鹿なことを言うな。そんなはしたないことをするわけがないだろう」

美鶴はちょっと向きになって、お類をたしなめた。お類は、ぺろ、と舌を出し、

「ならいいんですけれどね。でも、美鶴さま、くふふ……」

と、白い息を吐いて笑った。

本当に小うるさい、と思いつつ、とと……と胸の高鳴っているのが不思議だった。なぜ胸が高鳴るのだ。美鶴にはそれがなぜだかわからない。天一郎など、なんとも思っていないのに。

道は築地川の堤道にあたり、北へ折れた。

右手に築地川の暗い川面が静まりかえり、川端の黒い木の影がぽつりぽつりとつらなっている。左側は粗末な小屋掛の低い板屋根がつらなり、煮売屋や酒も呑ませ

る一膳飯屋の薄明かりが散らばって見える。

寒さのせいか、道端で客を引く長屋女郎や、小屋に寝泊まりする大道芸人らの姿も見えない。

寂しい堤道の先に、末成り屋の土蔵のぼうとした影がうずくまっている。

二人が堤道をいくうち、雪がまたちらほらし始めた。

「あら、美鶴さま、雪ですよ」

お類が暗い夜空を見上げた。

美鶴も見上げた頬に、やわらかな雪がぽつと触れた。

「雪が……」

呟いたのに合わせて、芝切通しの五ツを報《しら》せる時の鐘が、雪の舞い始めた夜空に深々と響き渡った。

末成り屋の土蔵の樫の部厚い引戸の明かりとりから、中の灯がこぼれていた。いる。美鶴は思った。

土蔵の戸前より堤道をいった先に、築地川に架かる萬年橋がある。

と、二人が戸前近くまできたときだった。

「は、はあああ」

道の先に奇妙な叫び声が響いた。獣じみた雄叫《おたけ》びだった。

二人の歩みが、その叫び声に誘われて止まった。

そこへ、複数の人の駆ける足音と、奇妙な叫び声がひとつ二つと足音を追いかけて聞こえた。

美鶴は道の先の萬年橋のある前方の暗がりへ目を凝らした。

途端、ひとつ、二つ、三つ、四つ、とゆるやかに反った萬年橋へ、たんたん……と駆け上がる人影が見えた。

明瞭には見えなくとも、影がふりかざす刃が認められた。

そして明らかに、ひとつの影に三つの影が橋の前後から襲いかかっている。

しかも襲われているひとつの影は、刀ではなく、何か短い筒のようなものを手にして、三人の代わる代わるの攻撃をそれで躱《かわ》していた。

橋板の轟《とどろ》きと、かん、かん、と打ち鳴る音がかすかに聞こえてくる。

「美鶴さま、あれ……」

お類が提灯で萬年橋の方を指した。

「も、もしやあれは、天一郎さんじゃありません？」

お類が振りかえったとき、美鶴はすでに菅笠をとって投げ捨てていた。

美鶴の菅笠は夜空にくるくると舞い、小雪と戯《たわむ》れた。

間違いなくあれは天一郎だ。

影を見れば美鶴には天一郎がわかる。

三つの影の執拗《しつよう》で鋭い襲撃に、天一郎の影が躱すのが精一杯であることもだ。

「お類、末成り屋へいって修斎たちを呼んできなさい。天一郎が何者かに襲われている。みなすぐに萬年橋へ駆けつけよと」

草履を脱ぎ捨て、裸足になった。

「は、はい。美鶴さまはっ」

お類が懸命に応えた。

「わたしは先に……」

言い終わらぬうちに駆け出していた。

美鶴の四肢《しし》に力が漲《みなぎ》ると、一輪に結ったしのぶ髷が風になびいた。

足下に夜道が胸のときめきのように鳴った。

駆けながら下《さ》げ緒《お》をとり、舞い踊るように襷にかけた。

駆けながら袴の股立《ももだち》をとった。

駆けながら、羅刹女《らせつにょ》のごとき怒りと天人のごとき輝きを、その容顔《かお》に浮かべた。

遠くで、不穏な呼子《よびこ》の音が響いていた。

天一郎は北側の大名屋敷の長屋門前をすぎ、長々と続く練塀と南側の采女ヶ原の土塁の間の通りを通っていた。

萬年橋の橋影が夜目にも見えるあたりまできて、五ツを報せる時の鐘が鳴った。

雪がちらつき始め、天一郎は夜空を見上げた。

新両替町に先年できた銀座屋敷役人の乱脈の噂が入り、数日前からその調べのために出かけていた。

今日は銀吹きの職人の話がたまたま聞けて、遅くなった。

夜道を明かりを持たずに出歩くのはとがめられるが、提灯は持っていない。

一日、足を棒にしたが収穫はなかった。腹は減ったし、寒いし、雪までちらつき始めたか、とため息が出た。

土蔵にまだ誰か残っているかな、と思いつつ歩む天一郎の前方、築地川に架かる萬年橋までのちょうど半ばの通りへ、下駄をからからと鳴らして人影が現われた。

天一郎は歩みをゆるめた。

人影の下駄の音は遅く、通りを横ぎろうとしているのか、それとも何かの戯れなのか、力の抜けた妙な足どりだった。

影は夜更けに浮浪する物乞いには見えなかった。

背を曲げた痩軀《そうく》に踝《くるぶし》までとどく縞の長羽織をぞろりと羽織り、腰の二本が飾りのように見えた。

足下の下駄が、夜道に音をたてているのが、からあん、とひとつ長く響いて、長羽織が大きくひらめいた。

そこで天一郎は立ち止まった。

男が天一郎を向いて、笑みを浮かべて佇んだのだった。

男の頭は本多髷、下ぶくれの顔に白粉を塗りたくり、唇には紅を役者のように刷いている。

ひらめいた長羽織の下は小紋の小袖を着流し、黒ずんだ色の袴から吾妻下駄を履いた白足袋がのぞいていた。

強請《ゆす》りたかりの無頼の浪人者か、と思ったが、何か気色《きしょく》の悪い険しさが男の笑みにはこもっていた。

男が立ち止まっても、下駄の音は続いていた。

後方よりもうひとつ、からからと下駄の音が不穏な気配とともに迫っていた。

「おまえ、末成り屋、言う読売屋の天一郎か」

女方《おんながた》を思わせるにやけた言い方が、前方より投げかけられた。

白い息が見え、小雪が男の声に合わせてゆれたかのようだった。

上方の男か。今のところ二人、と天一郎は訛《なまり》と後ろの下駄の音で思った。

「はい、お侍さま。わたくし、読売屋の天一郎でございます」

天一郎は殊さら慇懃《いんぎん》に言った。

「そうか。ほんならええわ。思うた以上に男前やな」

下ぶくれの白粉顔の中で赤い唇がいっそう歪み、「はは」と笑った。

「お侍さま、少々古うございますが、なかなか凝《こ》った拵えでございますね。どうぞお名前を、お聞かせ願います」

「そうか、古いか。お江戸はこれが流行《はや》りやと思たんやけどな。あての名は、菊五郎、尾上菊五郎や。覚えとき」

菊五郎はそう言って、吾妻下駄を道端へ音高く脱ぎ捨てた。

後方のひとりも下駄を脱ぎ捨てたのがわかった。

「後ろの方、お名前をどうぞ」

天一郎は菊五郎を見つめたなり、後方の暗がりへ声を投げた。

「あてか。あては松本幸四郎やがな」

後方からの声は、少しかすれていた。

「菊五郎さま、幸四郎さま、わたくしにご用で、お待ちになっておられたのでございますか」

「そうやがな。寒かったで」

「ほんま、寒かった」

「それはお気の毒さまでございました。して、ご用の向きは？」

「大したことやない。ちょっと死んでもらうだけや」

天一郎が再び歩み始め、天一郎に、つられたかのように菊五郎も進み出した。

「そのご用は、どなたのお頼みで？」

両者の足音が、ひた、ひた、ひた、と夜道に落ちた。

「誰でもええやないか」

息遣いの乱れが、白い息でわかった。

後ろの足どりは、天一郎との間を変えず機をうかがっている。

「それにしても天一郎、おまえ侍か。得物もないのに肝《きも》が据わっているやないか」

「菊五郎さまは、お侍さまではありませんね。その歩き方は鼬《いたち》に似ておりますよ」

菊五郎と後ろの幸四郎が、甲高い哄笑《こうしょう》を響かせた。
途端に、菊五郎は顔を引きつらせ刀の柄《つか》をつかみ、かちっ、と鯉口《こいぐち》をきった。
「しょうむないこと、ぬかしやがってからに」
にやけた声が、低く怒気を含んだ。
しゃあん、と抜き放った長刀が、雪の舞う夜空を斬り裂いた。
菊五郎は上段に高々とかまえた。そして、
「は、はあああ」
獣じみた叫び声を上げた。
先に動いたのは後方、幸四郎の気配だった。
次の瞬間、菊五郎の突進が始まった。
上段の構えが荒々しく、自信が漲《みなぎ》っていた。
肉薄して両断にする。引き裂き食いちぎる。ただそれだけの斬殺剣《ざんさつけん》だった。
天一郎はひと呼吸の刹那《せつな》、ゆるやかな歩みを菊五郎目がけた疾駆《しっく》に変えた。
幸四郎の追走が、迫っていた。
菊五郎との間《ま》がたちまち消えた。
天一郎は素手《すで》のままである。

間が半間《はんげん》をきった。二つの肉体が衝突するかに思われた。衝突まで紙一重《かみひとえ》。

そう見えた。

「阿呆《あほ》かあっ」

菊五郎が喚き、一撃を打ち落とした。

刃がうなり、首筋に刃の冷たい風を感じた。

菊五郎の刃は天一郎の数本のほつれ毛と残像を両断した。

一瞬の差だった。

紙一重の差を残して最初の一打をわきへ逃れ、菊五郎の傍らをすり抜けることを図った。

菊五郎は踏みこんだ一歩を軸に身体を支え、ひるがえって放つ二の太刀がすり抜ける天一郎を横殴りに追った。

天一郎は身体を折って、その荒々しい横殴りに空《くう》を斬らせる。

頭上の空虚で長刀が吠えた。

空を斬った長刀は旋回して三の太刀を浴びせるよりも早く、天一郎は羽織を翻《ひるがえ》し、帯の後ろに差した小筒《ささえ》を引き抜いていた。

ぶん、と地を蹴った。

身体を宙で反転させ、真上から菊五郎の額へ小筒を見舞った。

たしかな手応えがあった。

天一郎の動きに遅れた菊五郎の三の太刀が、小筒を見舞ったあとに身を沈めた天一郎の肩先を一瞬遅れてかすめていく。

「くうっ」

菊五郎の短い悲鳴はそのあとに続いた。

下ぶくれの顔をそむけて身体を仰け反らせ、身体を戻した拍子《ひょうし》に片膝をついた。

次の瞬間、菊五郎の真後ろから、菊五郎の頭上をこえた幸四郎の白粉顔が夜空に躍動する魑魅《ちみ》のように浮かび上がった。

長羽織が翻って、長刀を上段に高々となびかせていた。

「あたぁぁぁぁ」

妖怪の叫びが響き渡ったとき、幸四郎の袈裟懸《けさがけ》が頭上より打ちかかる。

しかし、袈裟懸を小筒で音高く払った。

直後、空からの体あたりが天一郎をはじき飛ばしにかかる。

肉と骨が悲鳴を上げた。

天一郎は空からの体あたりを堪《こら》えた。

肘《ひじ》で突き上げ、幸四郎を逆にはじき飛ばした。

「わあっ」

幸四郎はひと声叫び、後方へ四肢を泳がせた。堪えきれずに転倒し、勢い余って二回転した。

すかさず菊五郎が立ち上がりざま、体勢の崩れた天一郎へ再び襲いかかる。

菊五郎の怒りに燃えた目が真っ赤だった。

額に受けた疵の跡から、つつ、とひと筋の血が伝っていた。

天一郎はすかさず後退した。

長刀が、右、左、上、下、斜め、と斬り下げ斬り上げ、躊躇《ためら》いなく襲いかかる。

天一郎は身体を泳がせ、軽快な足どりで躍動し、小筒で払い、身をかがめ、そうして後退を図った。

すぐに萬年橋が迫った。

橋の彼方は漆黒《しっこく》の闇である。闇に舞う雪だけが見える。

菊五郎の間断ない攻撃が、堤道の末成り屋へ折れる余裕を与えなかった。

菊五郎の後ろには、幸四郎が起き上がって追ってくる。

いけるところまでいくしかない。

天一郎はゆるやかに反った萬年橋を駆け上がった。
橋板が轟き、ゆれた。
橋の闇が天一郎を包んだ。
魑魅は叫びながら背後に迫っている。
その瞬間、前方からの横薙ぎの一閃《いっせん》が見えなかった。
けれども、流れてくる脂粉《しふん》の香が天一郎をかろうじて反転させた。
妖怪の刃が天一郎の袖を裂いた。
身体が泳いだ。
かえす二の太刀が顔面目がけて襲いかかる。
三人目の白粉顔の歪みがはっきりと見えた。
男が叫び、赤い唇の間から歯を剥いた。
小筒で受け止め、払う。
だが、身体の泳ぎが天一郎の動きの余裕を奪っていた。受けが甘くなった。
一尺三寸ほどの小筒が半ばから、かつん、と打ち落とされた。
小筒の先が橋板にはずんだ。
ただ、男のかえしが流れたときの一瞬の間を天一郎は逃さなかった。

きり落とされ鋭く尖った小筒の先端を、その腕へずんと突き入れた。

男の悲鳴が上がった。

腕に小筒を食いこませたまま全身を引きつらせて逃げた。

そこへ怒り狂った菊五郎が斬りかかる。

妖怪の叫び声もろとも全身で長刀をふり廻した。

天一郎の手には、防ぐ得物はすでにない。

右から左の撃刃《げきじん》を身体を折り畳んで逃れ、左から右へとかわす刹那、天一郎は菊五郎の懐へ飛びこんだ。

菊五郎が腕を動かせぬように抱きかかえる。それがそのとき、天一郎がとれる唯一の防御だった。

菊五郎の額の血が舐められるほど、顔が近づいた。

背は天一郎の方が一寸ほど高かったものの、菊五郎は下ぶくれの太い顎に見合う骨太な体軀だった。

咬《か》みつく、と思った刹那、菊五郎が再び喚いた。

「阿呆かあっ」

そして、腕を動かせぬままに凄まじい怪力で天一郎を押し上げた。

天一郎の痩軀は浮き上がり、萬年橋の欄干《らんかん》まで、だだだ、と押しこまれた。

背中に欄干のしたたかな衝撃を受けた。

欄干へ押しつけられ、身動きが取れなくなった。

目の下に築地川の黒々とした流れがあった。

「幸四郎、半四郎、今やあ。刻《きざ》んだれ刻んだれえっ」

菊五郎の下ぶくれの白粉顔が叫んだ。

獣のような赤い口を見せ、「ははあ」と笑った幸四郎の腰に溜めた長刀が、天一郎の脾腹《ひばら》を狙った。

半四郎は痛みを堪えきれず咽《むせ》びながら、よろ、よろ、と踏み出した。

小筒を左腕に刺したままかまえ直し、片手で上段にかざした。

「しまいや。これで」

菊五郎の息が、天一郎の顔にかかった。

欄干が背骨に食いこみ、天一郎の身体がくの字に折れた。

天一郎の顔の周りの小雪の舞いを、菊五郎の吐息が乱した。

五

　その四半刻前、南八丁堀四丁目の磯ノ助店に南町奉行所と搦《から》め手《て》を押さえる北町奉行所の捕《と》り方《かた》が迫っていた。

　裏店が入り組んで辻から辻へと続く路地のどぶ板を、番方の若い与力に率いられた数十名の捕り方が鳴らした。

　従う同心や奉行所の手の者らは、御用提灯《ごようぢょうちん》に長十手《ながじって》、袖絡《そでがら》み、突棒《つくぼう》、刺股《さすまた》、六尺棒《ろくしゃくぼう》を手に手に、捕り方装束《しょうぞく》に身を固めている。

　万が一のときのために、南八丁堀の通りには、大八車に梯子《はしご》、大槌《おおづち》まで備え、厳重な警戒網を敷いた。

　何しろ今宵捕える相手は、三年前、三田は上高輪村の帳元・為右衛門と久太郎親子が袖ケ浦に浮いていた一件に手をくだした、やんまの公平ことてき屋の公平という凶悪な仕事人だった。

　通りを警戒する一隊の中に、捕り方装束ではない黒羽織の同心の姿があった。

　同心は大柄の背を丸め、馬面《うまづら》の大顔で、扁平《へんぺい》な顔の頬骨が高く、鉛色の中に一重の細い目を酷薄そうに光らせていた。そうしてとき折り、顔の大きさとは不釣合いに小さなおちょぼ口の上唇を、長い舌で舐め廻した。

南町の臨時廻り方・鍋島小右衛門だった。

一昨日朝、鍋島に差《さ》し口《くち》が入った。

三年前、袖ヶ浦に浮かんでいた為右衛門と久太郎親子の未だ始末のつかない一件についての鍵を握る差し口だった。

差し口をしたのは、芝浜松町の帳元・章次である。

鍋島と章次は、何かと因縁が深い。町方と裏街道をいくやくざ。持ちつ持たれつである。阿吽《あうん》の呼吸で、利得と金が闇の中でやりとりされる。

南八丁堀四丁目の磯ノ助店に住む、てき屋の公平の名が浮かんだ。

「公ちゃん、いる」

お勢が公平の店をのぞいたのは、その少し前だった。

「ああ、お勢さん。用かい」

公平は四畳半から、路地に面した腰高障子をそっと開けたお勢へ笑みを向けた。

「入っていい?」

「いいよ。明日の支度をしているところさ」

公平は籐の行李に明日の露店に並べる品物をつめていた。

「明日はどこ？」

お勢は慣れた様子で四畳半へ上がる。手には布巾をかぶせた小鉢を持っている。

「三田の松久寺《しょうきゅうじ》さまさ。あそこの天神社の縁日なんだ」

「三田の松久寺さま。遠いのね」

「平気さ。三田ぐらい」

「あたしも明日、いこうかな。天神社の縁日に……」

「うん、おいでよ。賑やかだよ。けど、小吉さんに叱られないかい」

「いいの、叱られたって。あんな人」

お勢は顔をそむけた。

公平は小さく笑い、支度を続けた。

「これお萩《はぎ》、拵えたの。公ちゃん、食べて」

お勢が小鉢を公平の前におき、布巾をとった。ちゃんと箸が添えてある。

「わあ、美味そうだな。食っていいかい」

「うん、食べて。たくさん拵えたから」

じゃあ——と公平は箸を使って大きなお萩をひと噛みした。頬をふくらませ、

「美味い。お勢さん、美味いよ」

と、口をもぐもぐさせて言うと、お勢は嬉しそうに笑った。

「お勢さんは料理が上手だね。小吉さんは幸せ者だ」

「じゃ、亭主と別れたら、公平さん、あたしを嫁にもらってくれる？」

公平は、ぷっ、と吹いた。

そのとき、遠くで不穏な足音が轟いて、粗末な店がかすかにゆれた。

公平とお勢は顔を見合わせ、足音の轟きに耳をたてた。

轟きがだんだん近づいてくる。

「公ちゃん、何かしら、あれ」

公平の笑みは消えていた。

お勢が見たことのない険しい顔つきになり、じっと薄暗い天井を見上げていた。

家が震えている。

不気味なくらいに人がいっぱいいることはわかった。

「北町は裏へ廻る。南町はわたしに従え」

磯ノ助店の路地の外で言うのが聞こえた。

「おお」と応じる声と人の動く気配が慌ただしかった。

と、突然、路地へなだれこんでくる多数の足音が地面をゆるがした。

どんどんと、けたたましくどぶ板を踏んだ。

「公ちゃん、恐い」

お勢が公平の肩にしがみついた。

「お勢さん、頼みがある」

公平が片膝立ちになり、お勢の両肩をぎゅっとつかんだ。

公平の顔が赤らみ、燃える目がお勢を怯《ひる》ませた。

路地の足音が、公平の店の前で止まった。障子紙をすかして、幾つもの提灯の灯が蠢《うごめ》いている。

「ここか」

「へえ、ここでやす」

言い交わす声が聞こえ、同時に店の裏の路地にも足音が押し寄せた。

公平は懐の中の腹に巻いた晒《さらし》に包《くる》んだ小さな風呂敷包みを抜きとった。

「お勢さん、先だってうちにいた読売屋の天一郎さんを覚えているかい」

お勢は、こくこくと頷いた。

「末成《うらな》り屋という築地川の、萬年橋の近くの土蔵だ。天一郎さんにこれを渡して、姉ちゃんにとどけてくれと、おれの頼みを伝えてくれないか」

公平は包みをお勢に握らせた。小さな、だが公平のぬくもりのある包みだった。

「公ちゃんの姉さんは、どこにいるの？」

「今は詳しく話している暇がない。天一郎さんが知っている」

「わかったわ、公ちゃん」

お勢が公平を見上げ、強く頷いた。

「公平、お上のご用である。神妙に出てこい」

路地で捕り方が叫んだ。

公平は立ち上がり、とんぼの小紋の着物を裾端折りにした。

「お勢さん、またどっかで会おうね」

公平がお勢に笑いかけ、行灯の灯を消した。

暗闇の中を公平が土間へ飛び下り、暗がりの中でふりかえって、「頼んだよ」と、ひと声言った。

「公ちゃん……」

お勢が呼びかけた。

腰高障子を勢いよく開け放つと、御用提灯の明かりが一斉に公平を照らし、戸口に佇んだ黒い影がくっきりと見えた。

「磯ノ助店の公平、上高輪村為右衛門、並びに倅久太郎殺害のかどにより」

捕り方が言いかけたとき、公平が身をかがめた。

ん？　と囲んだ捕り方らが見つめた。

すると公平の身体がのび上がり、そのまま戸口の上へふわりと消えたのだった。

捕り方らが一瞬啞然とした。

板葺の屋根が、ごとん、と鳴った。

「公ちゃん……」

お勢はまた小さく呼びかけ、天井を見上げた。

「屋根だあ、屋根に逃げたあ」

捕り方が口々に叫び、御用提灯の灯がゆれた。

ぴぃぃぃ、ぴぃぃぃ、ぴぃぃぃ……

呼子が一斉に吹き鳴らされ、それが次々と夜空へ伝わっていった。

暗がりの萬年橋へ、雌《めす》の野獣が疾駆《しっく》してくるのが見えたのはそのときだ。

豊かな髪がなびき、二つの細い爪先が羽が生えたようにはずんでいた。

野獣の下げた一刀と燃える目が、闇の中で輝きを放っていた。

「しまいや。これで」

と、菊五郎の息が天一郎の顔の周りの小雪の舞いを乱し、背骨に欄干が食いこみ、天一郎の身体がくの字に折れた。

そして、幸四郎が大きく踏み出した刹那だった。

「待てっ」

ひと声、凜《りん》と発せられた。

幸四郎が声に気をとられた一瞬、野獣の斬撃が背後を疾駆し去っていた。

ひゅん、と刃が鳴った。

幸四郎は踏み出した一歩のまま、動きを止めた。

何が走り去ったのか、確かめるために首をわずかに傾げた。

けれども、幸四郎にできたのはそれだけだった。

突如、身体の支えを失い、崩壊するように膝を折って、それから仰向けに崩れ落ちていった。

刀をかざした半四郎は、新たに現われた野獣に目を剝いた。

野獣は幸四郎を斬り上げたそのままの体勢で半四郎に突進した。

半四郎は野獣へ打ちかかった。

野獣の牙がそれを食い止め、爛々《らんらん》と光る目を半四郎へそそいだ。

野獣は牙を咬み合わせ、ずるずるっと押しこんだ。

半四郎はなす術《すべ》なく押されながら、その野獣の美しさに腕に刺さった小筒の痛みを一瞬忘れ、見惚《みと》れた。

途端に、絡んだ野獣の一刀が半四郎の首筋へすっとのびた。

深々と食いこんだ。

それから、ざっくりと撫《な》で斬った。

半四郎の長い悲鳴が、噴き出す血とともに続いた。

うん？　と菊五郎が、背後の異変に気を奪われたとき、

「菊五郎、終わりはおまえだ」

と、天一郎が菊五郎へ言った。

菊五郎の赤い目に戸惑いが走った。

天一郎の痩軀が、菊五郎を抱きすくめたまま、ゆらり、とゆれたからだ。

「ああ？」

菊五郎が声をもらした。

天一郎は笑って頷いた。
もつれた二つの身体が、萬年橋の欄干を軸にゆっくりと回転を開始した。
抱きすくめたまま回転する天一郎の足が、菊五郎の足を掬《すく》い上げた。
「ふわっ」
菊五郎の開いた口がふさがらなかった。
二人の回転が、倒木のように欄干の上で半弧を描いた。
ぐらりと半回転し、二人は真っ逆さまになった。
天一郎の背中は、すでに欄干にはなかった。
真っ逆さまからさらに回転しながら欄干を離れた。
もつれた影が築地川の闇へ姿を没していく。
「わぁぁぁぁぁ……」
長い悲鳴が暗闇の下で続いた。
ざぶん。
水音とともに悲鳴がかき消えた。
漆黒の川面に、束の間、白波がぼうと立った。
「天一郎、天一郎っ」

美鶴が叫んだ。

欄干へ駆け寄り、真っ暗な築地川へ身を乗り出し、

「天一郎……」

と、美しき野獣の悲痛な声を響き渡らせた。

「はい。なんですか」

天一郎は美鶴を見上げて応えた。

「あ？　天一郎、おまえ……」

美鶴が呆れ顔で、天一郎と顔を合わせた。

天一郎は欄干へ腕を巻きつけ、橋の外側にぶら下がっていた。

欄干を軸に回転しつつ、天一郎は片腕を欄干に巻きつけた。

真っ逆さまになった一瞬、菊五郎は天一郎にすがろうとした。

だが、すがり損ねた。

悲鳴を上げながら落下していった。

築地川に没したのは菊五郎ひとりである。

「天一郎、見事みごと」

と、そこへ修斎、三流、和助、それにお類が駆けつけた。

修斎は用心槍、三流と和助は刀を手にしている。

四人は堤道を駆けながら、萬年橋の天一郎の見事なかえし技を見ていた。

「加勢にきてくれたか。どうやらすんだ。美鶴さまのお陰だ」

天一郎は四人へ言い、軽々と欄干を乗りこえた。そうして、

「美鶴さま、ご心配をおかけしました」

と、美鶴へ微笑んだ。

「心配などしておらぬ。たまたま通りかかったから加勢をしただけだ」

美鶴は大きな声を出したことが照れくさいらしく、つん、と顔をそむけた。

「わたしは美鶴さまの悲鳴を聞いて、美鶴さまに何かあったのではと、身が縮みました。まだ足の震えがとまりません」

お類が息をはずませ言った。

「悲鳴ではない。天一郎を励ましたのだ」

美鶴は勇ましく刀をひとふりし、懐紙《かいし》で血糊《ちのり》をぬぐった。

「それにしても奇妙な賊だな。天一郎を狙ったのか」

修斎が、橋上と橋の袂に血を噴いて倒れている二つの亡骸《なきがら》をのぞいて言った。

「そうだ。おれの名を知っていた」

「誰かの差し金だな」

と、三流が言った。

「誰の差し金か、天一郎に身に覚えがないのか」

美鶴が刀を鞘へ納めながら言った。

「身に覚えがたくさんありすぎて、どれがそうかわからないのです」

美鶴は唇を嚙みしめ、二つの亡骸を見た。

「自身番に、とどけねば」

「ここはわたしたちに任せ、美鶴さまとお類さんはお屋敷にお戻りください」

天一郎が言ったとき、

「天一郎さん」

と、萬年橋の東詰の袂から女が呼んだ。

女は暗がりの中に立っていたが、橋の袂に血を噴いて倒れている亡骸が恐ろしくて、足をすくませているみたいだった。

かなりの道のりを駆けてきたらしく、白い息がはずんでいた。

胸には小さな風呂敷包みを、両手でしっかり抱えている。

「あんた、お勢さんだったね。先だって、公平の店でお見かけした」

お勢が大きく頷いた。

不意に胸が騒いで、天一郎はお勢のそばへいった。

公平に何か——と、訊くもあえず、お勢が懸命に言った。

「公ちゃんが、公ちゃんが、天一郎さんにこれを……」

そして晒の包みを差し出し、はらはらと涙をこぼし始めた。

六

屋根から谷、谷をこえてまた次の屋根へと、公平の身軽な身体がやんまのように飛び移っていった。

冷たい夜空をきり、風を呼び、公平ははねた。

板屋根や瓦屋根が、どこまでも果てしなく続いていた。

世界の果てには夜空しかなかった。

やんまが夜空に向かって飛んでいくのだ。

町のそこかしこから呼子が鳴り、あちこちの自身番の半鐘《はんしょう》が打ち鳴らされ、捕り方の喚き声が騒がしかった。

捕り方のかざす御用提灯の灯が、町内の辻から辻を駆け廻っていた。

公平は暗がりの町を廻る提灯の灯を、蛍《ほたる》みたいで面白え、と思った。

四丁目の商家が並ぶ二階家の棟木《むなぎ》まで駆け上がり、横町の通りをはさんだ五丁目に並ぶ表店を見やった。

ばらばらと、御用提灯が通りへ集まってくる。

「あそこだ。梯子を用意しろ」

指図の与力が十手をかざして叫んでいた。

ふりかえると、四丁目の屋根伝いに執拗に追いかけてくる提灯の灯が近づいていた。長い間逃げ廻ったが、公平の息は少しも乱れていなかった。

そのうちに雪が、ちら、ほら、と降り始めていた。

公平はもう一度、横町の向こうの五丁目の屋根々々を眺めた。

白く舞う雪が、小さな虫の群れみたいだった。

何も考えず棟木から駆け下りた。

軒端と御用提灯の灯が軒下に見えた一瞬、公平は鮮やかに飛んだ。

四肢を広げ夜空を見上げるほどに身体を反らせ、それから力いっぱい身体を前へ折り、両手、両脚を突き出すのだ。

公平は自分が本当にやんまになった気がする。

眼下の提灯の灯が一斉に、夜空を飛翔《ひしょう》する公平を追った。

喚声と怒声が湧き起こる中、五丁目の表店の屋根にすとんと降り立った。

後ろの四丁目の二階家の棟木には、駆け上がった提灯の灯が、もう追うことができずにゆれている。

公平は四周を眺め渡した。白い息が溶けていく先に海がある。

公平は再び駆け出した。

屋根伝いに、五丁目の広い土手通りに面した表店の屋根に駆け上がり、そこから本湊町の方角へためらわずに走った。

踏みしめる足の下で瓦が、たんたん、と心地よく鳴った。

捕り方の提灯の灯と喚声が、土手通りを併走してくる。

六尺棒やそれぞれが手にする得物が、通りを埋めていた。

がらがらと、大八車も追っていた。半鐘の音が絶えず響き渡り、呼子が吹き鳴らされている。

土手通りの反対側は、どれも総二階の白い漆喰に塗りこめられた土手蔵がどこまでもつらなっている。

土手蔵のつらなりの向こうに、南八丁堀の掘割《ほりわり》がある。

掘割の流れの先に海がある。

しかし広い土手通りは、やんまの公平でも飛びこせない。

どこかで捕り方を振りきり、屋根を下りて海まで走らなければならなかった。

と、表店の二階家の屋根が黒くつらなり、小雪が舞う前方の軒端に梯子が三本、四本と架けられ、捕り方が屋根に上がっていた。

公平の行く先を阻むかまえだった。

表店の土手通りにも、裏店の路地の入り組んだ暗がりにも、御用提灯の灯があふれていた。

前方の屋根に上がろうとしている一隊の中を、突破するしかなかった。

「うおおお……」

公平は夜空に吠え、全速力で駆け、棟木から棟木へと飛び移った。

梯子をのぼった捕り方が六尺棒をかざし、突進する公平を迎え撃つ態勢だった。

黒い半着に股引鉢巻の同心が、長十手を高くかざして喚いた。

「御用だ、神妙にしろ」

六尺棒と突棒の捕り方六人が、喚く同心を中心に左右に展開した。

考える間も怯む間もなかった。

次々に捕り方は梯子をのぼってくる。

囲みの中へ公平は遮二無二《しゃにむに》飛びこんでいった。

瓦葺の下り棟の足場の悪さに慣れず、取り囲もうとする捕り方らは公平の動きについてこられなかった。

公平は棟木の先端を突っ走り、待ちかまえる同心へ迫った。

下り棟から最初に廻りこんだ捕り方の突棒が、公平の足を払う。

続いて迫る六尺棒が突きかかる。

公平はそれを軽々と飛びこえ、くるりと身を翻してよける。

正面より「神妙に」と、打ち下ろす同心の長十手を、身体をそよがせ空を斬らせた。

よろけた同心が踏ん張ったが、十手をかえすより一瞬早く胸を蹴り上げた。

同心はひと声上げて背中から転倒し、下り棟をすべり落ちていく。

軒端へ転げ、そこに架けられた梯子と梯子をのぼってくる新手《あらて》もろとも、土手通りの御用提灯の中へ「わあ……」という悲鳴とともに消えた。

倒れた梯子は通りの向こう側の土手蔵の土塀にあたって、飛び下り損ねた捕り方を振り落とした。

がちゃがちゃと屋根瓦を騒がし捕り方らが、棟木を突進する公平に突棒や六尺棒で襲いかかった。公平はそれを飛びこし、手で払い、身体を仰け反らせ、あるいはかがんで空を打たせるばかりだった。

投げ縄が腕にからみ、小柄な公平の怪力が投げ縄の捕り方を逆に引き倒した。

肉薄する捕り方の打ちかかった六尺棒を身体を畳んでかいくぐり、起き上がりざまに前蹴りを浴びせる。

堪えきれずに飛び退った捕り方が、二階の屋根から転げ落ち、一階の軒庇ではずんで吹き飛んだ。

だが、続々と屋根にのぼってくる新手が、きり抜けてもきり抜けても公平の前に立ちはだかった。

捕り方もみな、公平の動きを阻むために必死の形相である。

いつの間にか屋根に椋鳥《むくどり》のように群がり、叫びたて、隣の二階家にも捕り方が備えて待ちかまえていた。

囲みが見る見る縮まってくる。

息が次第に乱れてきた。

公平は、完全にいき詰まっていた。

そこへ打ちこまれた六尺棒が、背後から肩を痛打した。

一瞬も怯まず、ふりかえって捕り方の鼻柱へ拳を見舞った。

捕り方は「があっ」と叫んで顔を歪め、横転しながら下り棟から落下した。

公平は歯を食い縛り、痛みを堪えた。

その隙をつき、逡巡《しゅんじゅん》していた周りの捕り方の得物が雨のように浴びせられた。

そのとき、身体が勝手に動いた。

咄嗟のことで何も考えていなかった。得物を浴びる痛みも感じていなかった。

目の前の捕り方を蹴散らし、下り棟を駆け下り、二階屋根の軒端に架かった梯子へ飛びついた。

横木に片足を架け、残った足で屋根瓦を力いっぱいに蹴っていた。

身体が梯子もろともに屋根から離れ、土手通りの上空で大きな弧を描いた。

公平の身体は、通りの反対側の土手蔵の方へ、ふわあっ、と運ばれていった。

梯子をのぼりかけていた捕り方らが、ばらばらと飛び下りた。

突棒や六尺棒が投げつけられ、下では捕り方の提灯が梯子の周囲に群がった。

ただ明らかに、総二階の土手蔵の屋根に梯子はとどかない。

公平は逃げ場を失ったも同然だった。

それでも梯子は反対側へ倒れていく。

ところが公平は、倒れていく梯子をひょいひょいとよじのぼった。そして先端の横木に足を架けた途端、両手を離して高くかざし、夜空へのび上がった。

何をするつもりだ。そのまま四肢を広げて壁に衝突するのか。

梯子は速度を増して倒れていく。

しかし、土手蔵の壁へ倒れこんでいく梯子の先端にのび上がった公平の身体は、そのまま夜空へ飛んだのだった。

それは一瞬、とんぼが止まり木からなめらかに飛翔したみたいだった。

束の間の幻影みたいだった。

捕り方らの喚声が途絶えた。

みな息を飲んで、幻影に見惚れた。

梯子だけが土手蔵の土塀に倒れこんだ。

次の一瞬、とんぼは土手蔵の屋根へ軽やかに飛び移っていた。

公平が土蔵の屋根の上ですっと立ち上がったとき、捕り方の間から一斉に喚声が上がった。

公平は地上を見下ろし、白い息を整えた。

ちらり、ほらり、と舞う雪が、のどかに公平を包んだ。

公平の頭上に夜空が広がっていた。東の方の遠くないところに、大きな暗がりが広がっていた。

あれが海だ。

公平は、お勢や近所のおかみさんらが、「公ちゃん」と呼びかけるときにかえす愛嬌《あいきょう》のある笑みを浮かべた。

「姉ちゃん、お牧、達者でな」

江戸の町を見渡して呟いた。

くるりと踵《きびす》をかえした。

公平は土手蔵の屋根を疾駆し、次々と飛びこえた。

走りながら、左手に南八丁堀の黒い帯が見えていた。

南八丁堀は稲荷橋をくぐって亀島川《かめじまがわ》と合流し、海へ流れ出る。

夜風が髪をなびかせ、海が匂った。

「それっ」

やんまが土手蔵の屋根を飛びたち、雪の舞う夜空の真ん中でくるりと宙がえりを打ったかに天一郎には見えた。

「凄い」

隣の修斎が呆れて言った。

それからやんまは消えた。

かすかに水音を天一郎は聞いた気がした。

「堀だ。堀へ飛びこんだぞお」

捕り方の呼び合う声が上がった。

土手通りまできて、追いつめられた公平を見ていた天一郎、修斎、三流に和助、お類、そして美鶴の誰もが、修斎のひと言以外、言葉がなかった。

あれは間違いなくやんまだった、と天一郎は思った。

小雪が舞う夜空に、呼子と半鐘がまだ鳴らされていた。

お勢は南八丁堀の表店の軒下を伝いつつ、土蔵の屋根から消えた公平の姿を追い求めた。

町方の御用提灯が一斉に走り去っていき、呼子が鳴らされ、喚声はいつまでもつきなかった。

お勢にはわかっていた。公平はもう二度と自分の前に姿を現わさないことや、もう二度と「お勢さん」と呼びかけて笑顔を見せるときのこないことが、わかっていた。

お勢は立ち止まり、土蔵の屋根の上に広がる夜空を見上げた。

そして、その夜空の彼方に消えた公平に言った。

「公ちゃん、ありがとう……」

そう言ってお勢は唇を真一文字に、強く、しっかりと結んだ。

結　千秋楽《せんしゅうらく》

一

森多座のその日、座元の森多又七郎、そして座頭《ざがしら》の五世市瀬《いちのせ》十兵衛《じゅうべえ》と一座の役者すべてが裃《かみしも》姿で舞台に並び坐し、つめかけた客に千秋楽の口上を述べた。居並ぶ役者の中には、疵の癒《い》えた姫川菱蔵の姿も、むろんある。平土間、桟敷《さじき》、大向こうの客の歓呼と拍手が引いては打ち寄せる波のように繰りかえされた。

平土間の桝席《ますせき》には、座頭《ざとう》の玄の市、女房のお久、下女のお糸がいる。目は見えなくとも、声を聞き、音を聞き、匂いを嗅げば、舞台は見えます、と玄の市はお久に芝居茶屋を手配させた。

玄の市は芝居好きである。

浄瑠璃の人形芝居もいい。

玄の市の数寄者心《すきしゃごころ》はつきることがない。

大芝居では誰がなんと言おうが五世市瀬十兵衛のひいきで、十兵衛の顔見世興行での最後の《暫》のつらねの場では、

「よっ、成瀬屋っ」

と、あまりの大声で周囲の桝席の客のみならず、花道に現われた十兵衛をも驚かすほどだった。

それを西の上桟敷太夫一《かみさじきたゆういち》の間《ま》に坐した一団が見下ろし、声を抑えて笑った。

一団は桟敷前列手摺そばに壬生美鶴をはさみ、酒井家御用達《ごようたし》の新川の酒問屋・扇屋角平、反対側に美鶴のおつき女中を自任している十三歳のお類、後ろに芝居好きで通っている供侍二人と、角平がともなってきた手代ひとりの六人連れだった。

美鶴とお類が、扇屋に森多座千秋楽のその日、歌舞伎見物の招きを再び受けたのである。平土間の玄の市の声に驚いて、お類が、

「まあ、美鶴さま、あの人、座頭ですよ。お芝居がわかるのかしら」

と、訝《いぶか》しんで言った。

舞台花道では十兵衛のつらねが始まっている。

「お類、声が大きい」

美鶴がお類をたしなめた。

「でも、わからずにあんなふうに言っているだけでしょうか」

お類は気になるらしく、声を落としてなおも言った。

「楽しみ方は人それぞれだ。目明きが目の見えない者より見えているとは限らぬ」

美鶴はかえし、花道の十兵衛の芝居に観入った。


……すすぎ上げたる坂東《ばんどう》武士、人に呼ばるる鎌倉権五郎景政、当年ここに……


つらねのさ中のそのとき、「成瀬屋っ」と声をかけていた平土間の座頭が花道の向こうから顔を上げ、上桟敷の美鶴を見上げた。

目が見えぬのだから見上げたとは言えないが、顔が合った。

座頭は美鶴が見えるかのように、照れくさげに丸い頭を撫でた。

美鶴もなぜか、その座頭が気になった。

「あの座頭をご存じか」

ふと、美鶴は隣の扇屋に小声で訊いた。扇屋はすぐに気づいて、

「はあ？　ああ、あの座頭でございますか。あれは、酒井さまのお屋敷に近い南小田原町の座頭でございます。隣が、若いころは辰巳の芸者だった女房でございますね。あの座頭は、高利貸のくせにちょっと変わった男でしてね」

と、小声をかえした。

「どう変わっているのだ」

美鶴は平土間の玄の市を横目で見て言った。

「やり手でずいぶん儲けているようですが、妙な読売屋に元手を出したりして喜んでいる男です。埒もない数寄者です。確か玄の市、とか申します」

あれが……

と思ったが、美鶴は口を噤んだ。

ただ、玄の市から目が離せなかった。

すると、平土間の玄の市が美鶴を見上げ、にっこりと微笑んだかに見えた。

千秋楽の舞い納めが終わり、打ち出しの太鼓が威勢よく、そしてどこか寂しく鳴らされる中、舞台を下りたばかりのまだ隈《くまど》取りも落とさぬ市瀬十兵衛と森多座の座

元・又七郎のもとに若い狂言方が転ぶように楽屋の階段を駆け下りてきた。

「たたた、大変でございますっ。大変、たいへんでぇ……」

中二階と二階、あるいは稲荷町と呼ばれる楽屋へ戻りかけた役者らがごったがえす通路を狂言方はうろたえて、十兵衛の前に跪《ひざまず》いた。そうして天井を指し、

「頭取の弥右衛門さんが、弥右衛門さんが首を吊っていらっしゃいます。くぅぅ」

驚愕《きょうがく》の声が上がった。

十兵衛と又七郎を先頭にみなが頭取座のある二階へ駆け上がると、別の狂言方のひとりが、入り口の前で床に伏せって嗚咽《おえつ》していた。

頭取の弥右衛門は頭取座の天井の梁《はり》に縄をかけ、まだぶら下がっていた。

「すぐ下ろせ」

十兵衛が即座に命じた。

屈強な数名の舞台番が弥右衛門の身体を静かに下ろし、床に寝かせた。そうして十兵衛を見上げ、舞台番の頭が、

「駄目でやす」

とひと言、言った。

十兵衛と又七郎の後ろを囲む役者や森多座で働く者らの間から、ため息やすすり

泣きがもれた。

　十兵衛は弥右衛門の亡骸《なきがら》のそばに片膝をつき、死に顔を見つめた。そして掌を合わせた。

「弥右衛門、よく務めてくれた。つつがなく、立派に、七世森多又七郎は顔見世興行をやり遂げたぞ。おまえの助けがあったからこそだ」

　それから役者ら一同へふり向いた。

「頭取の弥右衛門は、千秋楽の舞台を無事終わらせてから逝《い》った。弥右衛門は長い間、病に苦しんでいた。自らの務めをよく果たし、務めはこれまでと思い定め、自ら命を絶ったのだ。それ以外に、弥右衛門が命を絶った理由はない。そういうことだ。みなわかったな」

　十兵衛の厳しい言葉に、役者ら一同が「はい」と消沈した声をそろえた。

「よし。みなで、弥右衛門の冥福《めいふく》を祈ろう」

　十兵衛が弥右衛門の亡骸へ向きなおり、再び掌を合わせた。


　それより前、同じ日の午後、末成り屋の土蔵の戸前の樫の引戸が、乱暴に引き開けられた。

「ご用の筋だ。天一郎、いたら顔出せ」

紺縞の着物を裾端折りの岡っ引きが、前土間に踏みこみながら喚いた。

岡っ引きの後ろから、大柄な南町奉行所臨時廻り方同心・鍋島小右衛門が、岡っ引きより顔半分以上が突き出た馬面を不機嫌そうに歪め、末成り屋の土間に雪駄を鳴らした。

「これはこれは、南町の鍋島さま。お役目、畏れ入ります」

修斎と三流が二階の切落口から階段を下りて、板敷に膝をついた。

「天一郎はどうした。それからもうひとり、和助とかいう若えのがいたな」

岡っ引きが偉そうに言った。

「はい。ただ今、天一郎と和助は用があって出かけております。わたくしと三流の二人でございます」

修斎が板敷に端坐して言った。

「天一郎はいねえのかい」

馬面で大顔の鍋島が岡っ引きの頭の上から言った。

岡っ引きが鍋島の前を開けた。

「いねえなら、仕方がねえ。おめえ、名はなんだったっけな」

「末成り屋で絵師をやっております錦修斎でございます」

「そうだった、錦修斎だった。で、おめえは彫師のなんたら三流だな」

「はい。鍬形三流でございます」

同じく端坐した三流が頭《こうべ》を垂れた。

「おめえら、天一郎が戻ってきたら伝えとけ。森多座仮櫓の一件は、以後、いっさい瓦版種にしちゃならねえとな。おめえらのいい加減な瓦版のお陰で、偉《えれ》え迷惑をこうむった方々がいらっしゃる。みなさん、おめえらみたいな芥《あくた》とは違う、立派なご身分の方々だ。本来ならば……」

と、鍋島は黒巻羽織の袖をなびかせ、修斎と三流から目をそらした。

「不届きな読売屋にとがめをくだすところだが、これ以上瓦版種にしねえなら埒もねえ読売屋、見逃してやる。だが、性懲《しょうこ》りもなく高括《くく》っていたら、勘弁ならねえぜ、覚えときな、ってな。わかったかい、修斎、三流」

「はい。伝えておきます」

末成り屋は、森多座頭取周辺を軸に、座元・森多又七郎に代わって仮櫓を上げる目論見を書いた二号目を先日売り出していた。

その瓦版では、一号目では出ていなかった仮櫓の後ろ盾に、某勘定奉行所勝手掛、南町奉行所年番方某与力、銀座町本両替商がついている模様、と踏みこんで書かれてあり、その瓦版は一号目よりさらに売れた。

鍋島はそのことを言っている。

「まあ、そういうことだから、おめえら、見逃してもらってありがてえだろう」

と、修斎と三流をじっと見下ろした。

すぐに帰らず「ありがてえだろう」と、念を押した。

「わかっているのかよ」

岡っ引きが横から言った。

修斎と三流は気づき、目配せを交わした。二人は懐から財布を出し、南鐐の二朱銀を一枚ずつとり出した。それを板敷の上がり端へおき、そろって頭を垂れた。

「ありがたいことでございます。これはその、ほんのお礼で……」

「ちぇ、練れてねえ野郎たちだな。天一郎はどうした、天一郎は」

鍋島は不満げに舌打ちして言ったが、煩《わずら》わしそうなしかめっ面で、二枚の二朱銀をつかみとった。

二

同じ日の昼前、南紺屋町の染物屋の土蔵造りの建物と建物の間にある小さな神社の鳥居を、天一郎と和助はくぐった。

少々奥行のあるせまい境内《けいだい》の、鳥居と社殿まで敷きつめた四、五間ほどの石畳で七歳の童女がひとり、足けんけんをして遊んでいた。

童女の結った銀杏髷に挿《さ》した花簪《はなかんざし》が、似合っていた。

鳥居をくぐった天一郎と和助の前へ、童女がけんけんと近づいてくる。

「お牧、おじさんを覚えているかい」

お牧は足けんけんを止め、天一郎を澄んだ、しかし寂しげな目で見上げた。そう言えばどこか姫川菱蔵の面影がある、と天一郎は思った。

「覚えているわ。この前やんまがきたとき、京橋で会ったおじさんね」

お牧が応えた。

「そうだ。よく覚えていたな。あれからやんまのおじさんはきたかい」

「ううん、やんまがこないの。待っているのに……」

「そうか。あれからきていないのか。寂しいな」

お牧が、こくんと首をふった。

「おじさんはあれから、やんまのおじさんと友だちになったんだ」

「そうなの。よかった。おじさんもお友だちになったの」

お牧は隣の和助に言った。

「うん、そうだよ。お牧は別嬪《べっぴん》だね。おっ母さんに似たのかな」

和助が言うと、お牧は真剣な顔をして応えた。

「おっ母さんの顔は知らないの。やんまはわたしがおっ母さんに似ているって、よく言うけど」

天一郎と和助はお牧に微笑みかけた。

「でな、じつは、やんまのおじさんは仕事でしばらく旅に出なきゃあならなくなったんだ。やんまのおじさんはこられないから、おじさんがお牧へこれをとどけてくれって、やんまのおじさんに頼まれたのさ」

天一郎はお牧へ、紗《しゃ》の布きれの小さな包みを手渡した。

「やんまが？」

「そうだよ。見てごらん」

布きれをひらくと、赤漆《あかうるし》が鮮やかな利休櫛《りきゅうぐし》があった。

お牧が目を丸くして天一郎を見上げた。

「やんまのおじさんが、お牧のために買ったんだ。これならお牧にはとてもよく似合うだろうって言っていたよ」

「やんまが？」

聞きかえしたお牧の目は真剣だった。

「やんまが言ったの？」

天一郎は頷いた。

「やんまは、いつ旅から帰ってくるの？」

「おじさんも、いつ帰ってくるかは知らない。けど、やんまのおじさんはお牧に、戻ってくるまで達者でな、と伝えてくれとさ」

お牧は天一郎を見上げたまま、動かなかった。

神社の境内は日陰になっていて、寒かった。

お牧の白い顔が、少し青ざめて見えた。

やがて、お牧の目が潤み、目の周りが薄っすらと赤らんだ。

「お牧……」

言いかけたが、お牧はくるりと背を向けた。

それから、けんけんと社殿の方へ、石畳に小さな身体をはずませた。

一刻後、天一郎と和助は新吉原揚屋町の半籬《はんまがき》・備後屋のわき路地にいた。

狭い路地の軒下に明樽《あきだる》がつまれ、大八車がたてかけてある。

揚屋町の通りから、三味線のお囃子が聞こえてくる。

通りは賑わっているが、路地へ入れば急にひっそりとした。

ほどなく、備後屋の勝手口から黒地に深紅のさねかずらの実がなった模様を染め抜いた上着に、前結帯、根下がり兵庫の白粉顔の花魁が、着物の前褄《まえづま》をとって姿を見せた。

黒塗りの下駄をゆるやかに踏み、初めて会う天一郎と和助に不審の色も見せず、左右に三本ずつ挿した笄《こうがい》にさり気なく手を添えた。

天一郎は改めて、こんな綺麗な花魁だったかとまぶしさを覚えた。

金を握らせて話をつけた遣り手が勝手口から顔をのぞかせたが、すぐに引っこんだ。

花魁は天一郎と和助に、艶《あで》やかな笑みを投げた。

天一郎は頭を垂れ、お牧は確かに父親似より母親似だと思った。

「公平のお知り合いの方とうかがいました。姉の英《えい》でございます。こちらでは英《はなぶさ》という名で勤めております」

「天一郎と申します。築地で末成《うらな》り屋という読売屋を営んでおります。これは……」

「和助と申します」

和助がにこやかに言った。

「読売屋さんですか。公平とはどのようなお知り合いでございましょうか」

「ちょっとしたきっかけで知り合い、短い間ですが公平さんとは親しくさせていただきました。いえ、読売の仕事とはかかわりがありません。どうぞ、ご懸念なく」

天一郎と英は笑みを交わした。

「公平は健《すこ》やかに、しておりますか」

天一郎はそれには応えず、ひと呼吸おいて、言った。

「こちらへくる前、南紺屋町のお牧に会ってきました。元気に遊んでいましたよ」

「まあ、お牧までご存じなんですか」

「じつは、事情があって、花魁と公平さん、そして花魁の子のお牧のことを、当代の五世市瀬十兵衛さんよりうかがっております。むろん、申しましたように、これはいっさい読売の仕事とはかかわりがありません」

英の白粉顔が、かすかに赤らみ、澄んだ目が潤んだ。

神社の境内でお牧が目を潤ませたのも、こんなふうだった。

「どうぞ、ご用件をお聞かせください」

英が潤んだ目をそらせて言った。

天一郎は羽織の袖に入れていた晒包みを取り出し両掌でささげた。

「これを。公平さんから姉さんに渡してくれ、と頼まれた物です」

英は天一郎を見つめ、それから晒包みに目を落とした。

三味線のお囃子が続いている。

男たちの笑い声が聞こえた。

やがて、英の白い手が包みをとった。

「ご覧になりましたか」

英は包みを胸に抱きしめ、天一郎を見つめた。

「見ていません。ただ思うにこれは、公平さんが花魁とお牧のために蓄えたお金だと思います。姉さんを一刻でも早く身請けして、お牧と一緒に暮らせるようにするために、こつこつと蓄えた」

英の眼差しに天一郎は言葉がつまった。

「公平は……」

英がぽつりと訊いた。

「旅に、長い旅に出たのですね」

遣り手が勝手口から顔をのぞかせ、「花魁、そろそろだよ」と声をかけた。

天一郎は応えた。

「公平さんがどこへ旅だったのか、知りません。本当です。ただわたしは、今ごろ公平さんは、きっととんぼのように、自在に、気ままに、どこかの野を飛び廻っているのだろうと、思えてならないのです」

英は、ふっと、童女のような笑みをこぼした。それからひと言、

「ありがとう」

と、言い残して踵をかえした。

何日かがたって、芝浜松町のてき屋の帳元の章次の店に、町方が踏みこんで章次を捕縛《ほばく》した。

嫌疑は、上方で押しこみ強盗と殺しを働いて江戸へ逃げてきた三人の男らを匿《かくま》っていた廉《かど》でだった。

三人の男らは、築地川萬年橋で読売屋の懐を狙って追剝《おいは》ぎを働き、たまたま通りかかった侍に斬られ、浜松町の章次の元に匿われていたことが判明したのだった。

「おら知らなかった。知らなかったんだ」

章次は必死に弁解したが、町方にそんな弁解が通じるはずはなかった。

その浜松町の章次が町方に捕縛された同じ日の昼下がり、上総《かずさ》の国の勝浦《かつうら》から御《おん》宿《じゅく》へ向かう海沿いの街道に、縞《しま》の廻し合羽《がっぱ》に三度笠《さんどがさ》の旅人の姿があった。

旅人はやや小柄だが、背筋のすっとのびた痩軀は健やかに見え、足の運びも軽快だった。

午後の光が、木漏《こも》れ日となって旅人の三度笠に降っていた。

旅人の廻し合羽の裾を、やわらかな海風がとき折りひらめかせていた。

白い雲が浮かんで、その雲を鳥影がかすめた。

旅人は、ふと立ち止まり、菅笠の縁を持ち上げて青い空と雲を仰いだ。

それから童顔の面差しを海へ向けた。

旅人は、束の間、ところどころに白波がたつ群青《ぐんじょう》の海原へ童子のような笑みを投げた。

そうして再び軽快な歩みに戻り、長く遠い旅を続けるのだった。

光文社文庫

文庫書下ろし／長編時代小説

冬《ふゆ》のやんま　読売屋《よみうりや》　天一郎《てんいちろう》㈡

著者　辻《つじ》　堂《どう》　魁《かい》

2012年12月20日　初版1刷発行
2020年12月10日　4刷発行

発行者　鈴木広和
印刷　萩原印刷
製本　ナショナル製本

発行所　株式会社　光文社
〒112-8011　東京都文京区音羽1-16-6
電話　(03)5395-8149　編集部
8116　書籍販売部
8125　業務部

落丁本・乱丁本は業務部にご連絡くだされば、お取替えいたします。

ISBN978-4-334-76512-5　Printed in Japan

組版　萩原印刷